S. FISCHER

Bénédicte Belpois

# Hingabe

Roman

Aus dem Französischen von Eva Scharenberg

S. FISCHER

Aus Verantwortung für die Umwelt hat sich der S. Fischer Verlag zu einer nachhaltigen Buchproduktion verpflichtet. Der bewusste Umgang mit unseren Ressourcen, der Schutz unseres Klimas und der Natur gehören zu unseren obersten Unternehmenszielen. Gemeinsam mit unseren Partnern und Lieferanten setzen wir uns für eine klimaneutrale Buchproduktion ein, die den Erwerb von Klimazertifikaten zur Kompensation des $CO_2$-Ausstoßes einschließt. Weitere Informationen finden Sie unter: www.klimaneutralerverlag.de

FSC
www.fsc.org
MIX
Papier aus verantwortungsvollen Quellen
FSC® C014496

Deutsche Erstausgabe
Erschienen bei S. FISCHER
Die Originalausgabe erschien 2019 unter dem Titel
›Suiza‹ bei Éditions Gallimard, Paris

Satz: Dörlemann Satz, Lemförde
Druck und Bindung: GGP Media GmbH, Pößneck
Printed in Germany
ISBN 978-3-10-390004-0

*Für Élisabeth, Adélaïde und Éléonore*

»Zwei große, ruhige Naturwesen sind sie jetzt,
ihre Seelen sind einfach wie Feldblumen.«

*Jean Giono*

Die Leute hier werden alles Mögliche über mich erzählen, lauter Geschichten mit ähnlichen Schlagzeilen. Gewalt und Probleme lägen mir in den Genen, ich sei der Sohn meines Vaters, und es habe ja so kommen müssen. Sie werden meine Geschichte sogar jenen erzählen, die sich gar nicht dafür interessieren, die zufällig vorbeikommen, einen Bekannten im Dorf besuchen oder sich die Gegend anschauen wollen. Aber keiner kennt die Geschichte wirklich, mit Ausnahme von Ramón. Und Agustina, wenn ich es recht bedenke, aber sie ist alles andere als neutral, ich war wie ein eigener Sohn für sie. Vor allem Ramón hätte das Recht gehabt, meine Geschichte zu erzählen, denn er lebte praktisch bei uns.

Er war der Erste, der wusste, dass ich krank war. Wirklich ernsthaft krank, nicht bloß ein Schnupfen. Ja, so hat diese Geschichte angefangen, mit einer fiesen, ziemlich abscheulichen Krankheit.

Und tückisch dazu, denn ich merkte es nicht sofort. Am Anfang spuckte und hustete ich nur, hatte Fieber, ich dachte, es wäre eine einfache Grippe. Nicht einmal das Rauchen gab ich auf. Don Confreixo verschrieb mir Antibiotika, aber es wurde nicht besser. Es ging mir dreckig.

Eine Woche später schickte er mich in die Notaufnahme nach Lugo, und dort wurde ich auf den Kopf gestellt. CT der Lunge, dann des ganzen Körpers, die Ärzte wuselten um mich herum, diskutierten an meinem Bett über das weitere Vorgehen, neue Untersuchungen und Diagnoseverfahren, während ich unruhig wurde, als ich an den Haufen Arbeit zu Hause dachte: In ein paar Tagen wäre es Zeit für die Heuernte, ausgerechnet jetzt hatte einer meiner besten Traktoren den Geist aufgegeben, außerdem standen die Gesundheitskontrollen für das Vieh an, und das drohte haarig zu werden: In Terra Chá gab es noch immer einige Fälle von Katarrhalfieber, die uns die Exporte verhagelten. Schließlich entließ ich mich gegen den Rat der Ärzte selbst, bat sie, mich an meinen Hausarzt zu überweisen, wenn sie sich über die Diagnose und das weitere Procedere endlich geeinigt hätten. Aber ich spürte, dass es riskant war.

Gleich am nächsten Tag, in aller Früh nach dem Melken, rief Don Confreixo an.

»Tomás? Bist du zu Hause? Du musst heute Vormittag vorbeikommen, das Krankenhaus hat mich angerufen, ich habe die Ergebnisse.«

»Das geht nicht, Doktor. Heute steht die Kontrolle der Viehbestände an. Ich muss nach Orense, nach einem Traktor schauen. Ich bin schon spät dran.«

»Das war keine Frage, Tomás, du musst kommen, es ist dringend. Bitte.«

Gerade war Ramón gekommen, ich rannte zum Traktor, wehrte ihn mit einem »jaja« ab. Ich war auf hundertachtzig, weil ich wusste, dass ich meinen Plan, heute Morgen eine Menge wegzuschaffen, vergessen konnte.

Im Sprechzimmer setzte er seine Brille auf, die einen echten Arzt aus ihm machte, und öffnete den Mund, dann schloss er ihn wieder, ohne etwas zu sagen, holte nur tief Luft. Zwei- oder dreimal machte er den Karpfen, das ging mir auf die Nerven, also stieß ich hervor:

»Schlimm?«

»Ja.«

»Krebs?«

»Ja«, antwortete dieser Idiot.

Einfach so. Er schluckte schwer und sah mich an wie ein blinder Lemur, ich verstand, mit Samthandschuhen würde er mich nicht anfassen, da war ich hier an der falschen Adresse.

»Wie lange hab ich noch?«

Ich sagte es, ohne wirklich nachzudenken, denn in Filmen sagt man das immer, wenn man eine solche Nachricht bekommt. Mit angsterfülltem Gesicht. In Schwarz-Weiß pressen die Hauptdarsteller ihre Zähne zusammen und flüstern biblische Phrasen, dass man meint, sie hauchten ihr Leben aus.

»Das ist aber ein bisschen voreilig, Tomás! Wir wollen nicht über deine Überlebenschancen sprechen, sondern über deine Heilung.«

Ach, immerhin ließ er sich zu einer Ermunterung herab, dieser Quacksalber.

Ich schaute auf meine Hände, meine großen Bauernpranken, trotz allem ziemlich saubere Nägel, fand ich, und fragte mich, ob ich Zeit für einen Rioja haben würde, bevor ich wieder an die Arbeit ging.

Gemäß Protokoll machten wir Termine aus, die ich einzuhalten hatte, Don Confreixo kümmerte sich um alles, aber vermied es, mir in die Augen zu schauen. Er nestelte an meiner Akte herum und räusperte sich regelmäßig, rief Kollegen an, um schnell einen Termin bei einem renommierten Pneumologen für mich auszumachen.

In der Kneipe traf ich Ramón.

»Ich habe eine Rippenfellentzündung. Ich muss wahrscheinlich noch mal für ein paar Tage ins Krankenhaus, bekomme Antibiotika, und neue Röntgenbilder müssen gemacht werden, vielleicht sogar ein Eingriff. Frag Alberto, ob er dir zur Hand gehen kann, während ich in Lugo bin.«

Der Hof war kein Problem, der Alte wusste genauso gut wie ich, was zu tun war. Schwieriger war, was ich einpacken sollte: Ich hatte noch nicht einmal einen Schlafanzug. Ich schlief nackt. Oder in meinen Kleidern, wenn ich zu besoffen war.

Ich hatte also Zeit für einen Rioja. Trank sogar drei, während der Alte mich auf den neuesten Stand brachte, was die Felder anging.

So hatte es eigentlich angefangen. Den Rest werde ich versuchen, einfach zu erzählen. Denn vielleicht mag ich nicht die hellste Kerze auf der Torte sein, aber auch nicht der Psychopath, für den die Leute mich halten. Ich habe mein Bestes gegeben, aber darauf bin ich nicht vorbereitet gewesen, und ich weiß nicht, was ich sonst hätte tun können.

Beinahe war ich froh, endlich ins Krankenhaus zu gehen.

Der Schlafanzug war kein Problem gewesen, ich war wohl kein Einzelfall. Ich hatte den zwölfjährigen Waisenjungen gemimt, dem niemand einen Schlafanzug fürs Ferienlager einpackt, die Krankenpfleger hatten mir mitleidig ein großes Nachthemd gegeben, das hinten offen war. Jedes Mal, wenn ich aufstand, um pinkeln zu gehen, sah mein Zimmernachbar meinen Hintern, sosehr ich auch versuchte, das offene Hemd mit meiner linken Hand zusammenzuhalten. Aber da ich gleichzeitig mit der rechten Hand den Infusionshalter schieben musste und mich sowieso immer wie ein Elefant im Porzellanladen benahm, endete es damit, dass ich doch meinen Allerwertesten präsentierte, um nicht gegen das Bett zu stoßen, die Tür, den Stuhl, all die absichtlich dort aufgestellten Hindernisse, die mich den letzten Nerv kosteten und mir unter die Nase rieben, dass ich zu groß war, zu schwerfällig, zu dämlich.

Am liebsten hätte ich zu den Weißkitteln gesagt: Operiert mich. Schneidet mir alles raus, was rauszuschneiden ist: Lunge, Leber, Milz und Herz. Ich will dieses verdorbene Fleisch nicht mehr, in dem gegen meinen Willen etwas Grauenvolles wächst. Die Ärzte waren nicht alle dafür, sie brauchten zwei Tage für die Entscheidung, ja, sie würden mich schließlich aufschneiden, um diesen Dreck rauszuholen, der meine Lunge zerfraß.

Gleich nach dem Eingriff glaubte ich, es gehe mir gut. Ich hatte keine Schmerzen, sie setzten mir regelmäßig einen Schuss, zusätzlich sickerte durch die Morphinpumpe ein sedierendes Glück in meine Adern. Sie kümmerten sich um mich, das muss ich schon sagen. Die Krankenschwestern waren nett, aber dick und hässlich: nicht eine, die den Schnitt anhob, nicht mal eine, die mich heißmachte. Von den Strapsen und aufreizenden Dekolletés aus den Pornoheften keine Spur, sie rannten ununterbrochen durch das ganze Krankenhaus, kamen nur, um mich umzudrehen wie einen Crêpe und mir den Rücken mit irgendetwas Stinkendem zu waschen, so in der Art wie teures Kölnischwasser. Sie standen drauf, mir den Rücken zu waschen, ich wusste nicht, warum, hinterher fragten sie mich immer, ob ich mich »frischer« fühlte. Es brannte, aber ich sagte nichts, ich wollte ihnen nicht den Spaß verderben. Sie wuschen mir auch den Penis, aber mit Gummihandschuhen, kein Scherz, das machte mich überhaupt nicht scharf.

Abgesehen davon schien seit zwei Tagen die Sonne, und wir hatten eine Affenhitze, ungewöhnlich, selbst für die Jahreszeit. Kein Gewitter, auf meinem Plastiklaken schwitzte ich wie ein Bulle, und ich dachte an meine Felder, scheiße … Normalerweise hätte ich jetzt Heu machen müssen. Ich hoffte, Ramón würde mit den Feldern am Hang anfangen, da war es immer am schnellsten reif. Aber das wusste er besser als ich.

Ich hatte ihm verboten, mich zu besuchen, er sollte sich lieber um meine Felder kümmern, und ich wollte nicht, dass er mitkriegte, dass ich kränker war, als ich vorgab. Er kannte mich in- und auswendig, ich wusste, dass er sich alles zusammenreimen würde. Wegen einer Rippenfellentzündung schnitt man niemanden auf.

Was meinen Fall betraf, verstand ich gar nichts, obwohl man mir alles erklärte wie einem Schwachsinnigen. Ich war zum Analphabeten geworden. Nichts zu machen, dieses Fachchinesisch ging nicht in meinen Schädel. Das hier betraf jemand anderen, ich sah mich durch die Gänge gehen, essen und pinkeln, hatte das Gefühl, in einem Film zu sein und eine andere Person dabei zu beobachten, wie sie das erlebte, was ich erlebte: Der Kerl war stark, er spielte gut. Er würde den Oscar für den besten Krebskranken abräumen.

Ich lächelte sogar, als ich mich nackt und komplett mit Betadine® bepinselt im Spiegel sah, baumelnde Schläuche, um den Oberkörper ein Druckverband, es sah aus, als hätte ich super Brustmuskeln. Mit der Wunde würde ich den Mädchen erzählen können, ich sei Söldner in Zaire gewesen und hätte einen Machetenschlag abbekommen, der mich eine ganze Weile außer Gefecht gesetzt hätte. Die Sache war nur, dass ich nie mit Mädchen sprach.

Zwei Wochen später wurde ich an einem Vormittag aus dem Krankenhaus entlassen. Abends ging ich mit Ramón ein Estrella trinken, ich fühlte mich fit, nur ein bisschen langsam, wenn ich so drüber nachdachte, mit einem leicht wattigen Gefühl, das sicher mit der Anästhesie zu tun hatte. Ich hielt große Stücke auf die Medizin und sagte mir, Hand aufs Herz, Fortschritt lässt sich nicht aufhalten. Ramón nahm sich ein Mädchen, es juckte mir in den Fingern, es ihm gleichzutun, um diese Angst zu vergessen, aber ich musste vernünftig bleiben. Ich schnorrte nur eine Zigarette von Felipe, die bei mir einschlug wie ein

Tütchen. Zum Glück war der Alte schon blau, sonst hätte ich mir sicher dieselbe Moralpredigt wie am Nachmittag anhören können, als ich mir von ihm eine Ducados schnorren wollte.

Auf dem Weg zu der alten Edelmira, seiner Vermieterin, stützte ich ihn, das ging also noch, der Alte musste immerhin um die siebzig Kilo wiegen, und er stützte sich fröhlich auf mich, immerhin auf meine gesunde Seite ohne Operationswunde. Ich achtete aber darauf, dass er die noch immer schmerzende Wunde nicht berührte. Der Trottel sabberte an meinem Hals und säuselte, er liebe mich. Allerdings gefolgt von einem »Mein dreckiges kleines Häschen«.

Als ich wegen meiner Krankheitstage wieder zu Don Confreixo ging, damit er die Formulare ausfüllte, sagte er nichts weiter, nur, dass er den Operationsbericht bekommen habe.

Er hielt das zweimal gefaltete Blatt in den Händen und las.

Ich wartete abwesend, leicht schläfrig – seit einer Woche Dauerzustand. Ich beobachtete eine Fliege, die über den Stapel Akten hinter ihm krabbelte. Mach die Biege, Fliege. Kleines vages Lächeln. Er las immer noch mit ernstem Gesicht.

Mein Blick blieb an dem Brief hängen, und spiegelverkehrt sah ich den ersten Teil, das obere Drittel, bis zu dem Knick. Ich saß nicht sehr dicht, konnte nur die fettgedruckten Buchstaben lesen: *Tomás López Gabarre*, und dann zwei Zeilen darunter: *nicht kleinzelliges Karzinom, Stadium IIB, T2N1M0.* So etwas in der Art. Aber nur *Tomás* und *Karzinom* kamen bei mir an.

Es war wie eine Ohrfeige. Eine schallende Backpfeife, dass dir die Birne wegfliegt. Ich war die Fliege, auf die gerade die Fliegenklatsche niedergesaust war, tot, zerquetscht, nur die Beine bewegen sich noch ein bisschen, aus Reflex.

Ich erinnere mich nicht an das Ende des Termins, ich erinnere mich nur noch, dass ich aus der Praxis ging und auf die Straße stolperte. Im wahrsten Sinne des Wortes, aber in Zeitlupe. Verwirrt sah ich die Passanten, die wenigen Autos auf der Straße, diesen morgendlichen Trubel. Dieses Leben, an dem ich plötzlich nicht mehr teilhatte. All die Leute, die nicht wussten, dass ich sterben würde, bestimmt unter schrecklichen Qualen. Ich wollte schreien. Krebs, verdammt. Krebs. Als hätte ich es mit einem Mal verstanden: Die Krankheit drang in mein Gehirn vor, ich hatte sie mir gerade auf die Stirn tätowieren lassen. Ich begriff, dass ich die Nachricht bisher komplett ausgeblendet, sie in den letzten Winkel meines Bewusstseins verbannt hatte, ohne ihr auf den Grund gegangen zu sein, weil zu heftig, zu ungerecht. Ich war wie erschlagen, versteinert, und schob es schnell beiseite, um mich aufrecht halten zu können, nicht zusammenzubrechen wie ein Häuflein Elend, mich nicht auf dem Boden zu wälzen und zu heulen wie eine alte Frau. Um ganz einfach weiter lebendig zu bleiben und den Tod zu verjagen, der mich soeben auf den Nacken geküsst und mir zärtlich ins Ohr gesäuselt hatte. Krebs war die Realität für mich, in mir, er spielte gegen mich. Endlich realisierte ich die Dimension der Angst, Panik lähmte meine Beine, Wut brachte mein Herz zum Rasen, Traurigkeit ließ mir die Tränen in die Augen steigen.

Ich gab Ramón ein Zeichen, der bei einem Bier an der Theke auf mich wartete. Er stürzte auf mich zu. Ich murmelte:

»Bring mich nach Hause, ich muss mich hinlegen.«

Ich konnte damit nicht alleine nach Hause gehen.

Der Alte verstand, er schaute auf seine Schuhspitzen.

»Ich komme mit, wenn es dich nicht stört, Junge. Ich habe im Moment mit Rückenschmerzen zu tun, würde mich auch gern ein bisschen hinlegen. Dann müssen wir die nächsten Tage aber schuften wie die Berserker.«

Während der kommenden Tage musste ich trotz allem weiterleben, schlafen, essen, arbeiten. Tausend alltägliche Dinge erledigen. Als ich im Supermarkt in Lugo an der Kasse stand, war mir danach, all diesen ahnungslosen Leuten entgegenzuschreien, ich hätte Krebs. Und ich rechnete aus, wie viele von uns hier betroffen waren. Zehn Prozent hatte ich gehört. Ich zählte zehn, einem unter ihnen ging es wie mir. Vielleicht konnte ich ihn erkennen. Er musste traurig aussehen, krank, niedergeschlagen. Ich flüsterte: »Wo bist du, mein Leidensbruder?«

Ich fand ihn nicht. Wir hatten nicht denselben Tätowierer.

Ich durfte mir nichts anmerken lassen, um mir die Jeremiaden zu ersparen. Jedem, der mir den Rat gegeben hätte, nicht den Mut zu verlieren, hätte ich eine Kopfnuss verpasst. Dennoch hatte ich Angst. Diese große Angst, die dich lähmt, versteinert, dich weich in den Knien werden lässt.

Seit ich mit meinem Kumpel, dem Karzinom, lebte, passierten mir seltsame Dinge: Sobald ich einen alten Menschen sah, packte mich eine Welle der Wut. Ich hasste graue Haare, zahnlose Münder, vor Arthritis gekrümmte Gestalten, weil ich wusste, dass ich davon ausgeschlossen war. Diese Alten lebten, wohingegen ich sterben würde, mit gerade einmal vierzig Jahren. Eine himmelschreiende Ungerechtigkeit. Diese Alten jammerten in einer Tour. Wussten über alles und jeden Bescheid. Verurteilten dich mit ihrem Maßstab von gestern oder verkauften dir ihr erbärmliches Leben und ihre armseligen Erfahrungen wie Grundgesetze. Ich wollte ihnen ihre Erinnerungen stehlen, die Zeit, die ihnen blieb. Ihren Ruhestand, um den sie so große Angst hatten, Angst, sie könnten ihn verlieren.

Ich beneidete sie um ihr Alter, es machte mir keine Angst mehr, ich sehnte mich danach, missgönnte es ihnen. Ich wollte knorrige Hände und eine Vergangenheit, Rheumaschmerzen, wenn sich Regen ankündigte. Ich wollte Enkelkinder, die ich auf meinen Knien schaukeln konnte, einen Rollator, um damit mein Brot einkaufen zu gehen. Ich wollte mich in meine Windeln erleichtern, das Pflegepersonal in meinem Altersheim ärgern, Karten spielen, und dabei mit meinem Gebiss mampfen. Ich wünschte mir sehnlichst all diese Wehwehchen, diese Kompromisse, diese bescheidenen kleinen Freuden als Belohnung für ein arbeitsreiches Leben. Das stand mir zu wie jedem anderen. Vielleicht sogar eher als anderen.

Nur der alte Ramón fand vor meinen Augen Gnade. Schon allein deshalb, weil er den Mund halten konnte.

Mit Kirchen war es das Gleiche. Sobald ich eine sah, wollte ich sie anzünden, die Buntglasfenster mit Steinen einschmeißen. In Dauerschleife sagte ich mir den Vers dieses französischen Dichters auf, an dessen Namen ich mich nicht mehr erinnere: *Und am Abend warfen wir Speere in die Sterne. Über der Tür stand graviert: »Gott ist ein ungebet'ner Gast.«*

Gott? Dieser Mistkerl ließ mich im Regen stehen.

Vergiss ihn.

Es war ein Tag wie jeder andere, als ich sie zum ersten Mal sah. Ich drehte mich zur Bar um und sah diese Frau.

Die Sekunden dröhnten in meinem Kopf, einzeln, intensiv wie eine Totenglocke. Verlangen überkam mich, wie der Sturm, der dem Hagel vorausgeht. Mein Herz pumpte sich unweigerlich auf, platzte fast in meinem Brustkorb, der plötzlich zu klein war. Was von meiner Lunge noch übrig war, war verschwunden, eingefallen, denn ich hatte aufgehört zu atmen.

Ich schloss die Augen, kurz vor dem Kollaps, schnappte nach Luft.

»He! Junge! Alles in Ordnung? … Tomás?«

Die Stimme des Alten holte mich wieder runter. Ich tat einen tiefen Zug an meiner Zigarette, um mich zu vergewissern, dass ich wieder atmen konnte, dass ich noch am Leben war.

»Doch, doch. Keine Sorge. Ist fast schon zu kühl hier, der Unterschied zur Hitze draußen ist zu groß. Es geht mir nicht so gut. Ein bisschen müde wahrscheinlich, die Antibiotika. Keine Sorge … Keine Sorge, es wird schon.«

Damit wollte ich mich selbst überzeugen.

»Du machst mir Angst, Kleiner! Sogar bei deiner dunklen Haut bist du grün wie eine Mandel. Und kannst du verdammt nochmal nicht aufhören zu rauchen?«

»Erschöpfung, ich hab's dir gesagt. Ich mache eine Siesta. Und das Rauchen … dafür ist es zu spät.«

»Tja, hast recht, schaufel dir dein eigenes Grab, Junge, ich mein ja nur …«

Ich grinste wie ein Idiot. Ich wusste, den Alten dazu zu bringen, mich in Ruhe zu lassen, würde kein Problem sein. Hier interessierte er sich nur für den Fernseher. Beruhigt durch mein Lächeln, wandte er sich wieder seiner Nachrichtensendung zu. Der Alte betete diesen riesigen Flachbildschirm geradezu an, den einzigen Luxus dieser verrauchten Kneipe. Das war seine Droge, sein Koks, er schnupfte es jeden Mittag, injizierte die Sprecherin mit den blutrot angemalten Lippen, den kleinen, makellos runden Brüsten und der eng anliegenden Designerbluse in seine Pupillen. Die Nachrichten strotzten wie üblich vor Elendsschicksalen, vor Angst und Ungerechtigkeit, aber das war dem Alten ziemlich egal, denn alles war ja in HD.

Ich hatte wieder Gelegenheit, die Frau zu mustern, aus wenigen Metern Entfernung. Fast hatte ich Angst, sie anzuschauen. Ich ließ den Blick ganz langsam nach links schweifen, hatte Schiss, dass sie verschwinden oder anders aussehen würde, so etwas in der Art. Sie spürte meinen Blick nicht, wischte mit einem nassen Tuch und langsamen Bewegungen die lange Kupferverkleidung der Theke auf der Seite der Gäste: Ich hatte freie Sicht auf sie.

Sie beugte sich ein bisschen vor, ich stellte mir den Ansatz ihrer weißen, leicht hängenden Brüste vor, die empfindliche Haut wie Milch, die sich unter dem Stoff ihres luftigen Kleides verbarg. Ihre rotblonden Haare fielen ihr in weichen, dünnen Locken ins Gesicht.

Ihre großen, leeren Hundeaugen ließen sie leicht dümmlich wirken, doch ihre Farbe, azurblau wie die Sommertage, machte das wett. Vor Eifer leicht geöffnete Lippen, feucht und zartrosa wie Perlmutt. Weil sie so klein war und so unglaublich weiß, wirkte sie zerbrechlich. Sie hatte etwas übertrieben Weibliches an sich, unglaublich sanft, unglaublich blass, was in mir den starken Drang weckte, sie zu packen, zu schütteln, zu ohrfeigen, sie letztendlich zu besitzen. Sie besitzen. Sie eben vögeln. Aber zuerst schlagen.

Ich wurde hart, die Erektion, eingeschnürt in meiner Hose, war schmerzhaft. Ich wollte aufstöhnen. Ich versuchte, mich zusammenzureißen, sah zur Decke hinauf, wollte noch tiefer atmen, ohne Ramóns Aufmerksamkeit zu wecken. Ich streckte die Beine aus, um den Druck auf meinen Penis erträglicher zu machen, verschränkte die Arme, trank einen Schluck Bier, zog die Beine nervös wieder an, und dann das Ganze wieder von vorn. Ich schwitzte wie ein Schwein, spürte, wie mir der Schweiß den Rücken runterlief, an den Innenseiten der Oberschenkel ... Ich hätte wirklich brüllen können. Ich reagierte mich an meiner Zigarette ab, drückte sie im Aschenbecher aus. Für eine Sekunde dachte ich daran, sie mir auf der Hand auszudrücken, damit der Schmerz mich auf andere Gedanken brachte.

»Was ist denn mit dir los? Hast du dich immer noch nicht beruhigt? Der hat Hummeln im Hintern ...«, sorgte Ramón sich plötzlich.

»Nerv nicht, guck Fernsehen. Meine Beine tun weh.«

Ich konnte nicht die Augen von ihr lassen, obwohl ich wusste, dass ich sie sogar, ohne sie anzusehen, hätte spüren können, wie sie durch den Raum ging, nur anhand der Schwingungen, des Luftzugs und des Rauschens ihrer Bewegungen.

Álvaro, der Chef, rettete mir das Leben. Er kam mit seinem obligatorischen Tablett mit Brot, Serranoschinken und Schafskäse aus der Küche.

»Also, Leute? Jetzt, wo es gerade ruhig ist: Wie sieht's aus?«

Wie immer war der alte Knacker wie aus dem Ei gepellt. Sein babyrosa Hemd mit weißem Kragen und feinen Streifen spannte über seinem gewaltigen Bauch. Die hochgekrempelten Ärmel setzten seinen protzigen Schmuck in Szene. Die Uhr mit quadratischem Ziffernblatt und breitem Krokodillederarmband, römischen Ziffern, Datumsanzeige und Sekundenzeiger. Dreifacharmband aus massivem Gold, so wuchtig wie Handschellen, ein Siegelring mit seinen Initialen, der ein ganzes Fingerglied seines linken Ringfingers beanspruchte. Auf der Brust das gleiche Spiel: eine dicke Goldkette, an der ein Jesus am Kreuz hing und auf den noch schwarzen krausen Brusthaaren hin und her rutschte. Dieser Kerl war nicht nur ein wandelnder Juwelierladen, sondern auch eine Reklame für den Friseursalon: Seine weißen Haare fielen in pomadigen Locken in seinen Nacken, während sein makelloser feiner Schnauzbart, mit scharfer Schere zu einem Schatten getrimmt, an dezenten Bierschaum erinnerte. Der ganze Mann war in eine Wolke schweren Aftershaves gehüllt, wie Toilettenduft, aber das Beste vom Besten.

Álvaro mochte mich eigentlich. Ich war – neben Ramón, für den ich jede Rechnung übernahm – sein treuester Kunde. Wir aßen jeden Mittag hier und manchmal, wenn wir lange arbeiteten, auch abends. Tagsüber kamen wir oft auf ein Gläschen vorbei. Ich hatte meine eigene Flasche, ein guter alter Rioja aus dem Eichenfass, für den er mir weit mehr als den realen Preis berechnete, aber ich wusste, dass er ihn extra für mich bestellte und sich sonst niemand so einen Wein leisten konnte. Das Leben hier war hart, wir waren fernab von allem, lebten nahezu komplett autark. Wir waren es gewohnt, auf alles zu verzichten, zu haushalten. Das kleinste Stück Fleisch, der kleinste Pulpo war von unschätzbarem Wert. Generationenlanges Leben unter dem Joch der Armut, eine Krise, die uns sehr hart getroffen hatte, alles andere als leicht. Wir waren immer härter geworden, waren wie Steine, überrascht von winterlichem Frost. Am auffälligsten war, dass wir, einmal daran gewöhnt, uns einzuschränken – und das bis zur Perfektion zu steigern –, auch mit unseren Gefühlen sparsam geworden waren, den Beziehungen zu unseren Mitmenschen. Wir redeten wenig, nur das Wesentliche, eigentlich sogar nur das Nötigste. Wir hielten uns an das absolute Minimum. Wir hatten Zärtlichkeit verlernt. Die Werte waren immer noch dieselben, Freundschaft, Ehre, Liebe, Respekt, aber wir drückten sie nur in unseren Taten aus, auch hier auf ein Mindestmaß beschränkt. Die Wörter waren verschwunden. Glück war vergänglich, fast schon ein Wunder, und wenn, dann kulinarischer Art. Ein gutes Glas Wein, ein gutes Stück Fleisch, dunkles Brot, das satt machte, erfreuten uns eher als ein Kompliment. Wir waren keine schlechten Menschen, aber die Entbehrungen hatten uns zurückhaltend mit Gefühlen werden lassen. Ich hätte eigentlich gesprächiger sein müssen, da ich reicher war, aber leider war ich noch rauer als die anderen, weil ich während meiner Kindheit nicht viel Liebe erfahren hatte und niemand imstande gewesen war, sie mir nahezubringen.

Álvaro anzustarren, ihn unter die Lupe zu nehmen, brachte mich auf andere Gedanken, tat mir gut. So konnte ich meine Aufmerksamkeit ein bisschen von dieser Frau ablenken.

»Na, Freunde? Wie geht's, hab ich gefragt? … Hat's euch heute die Sprache verschlagen?«

»Kann nicht klagen, Álvaro, kann nicht klagen, immer mit der Ruhe …«

Auch Ramón ließ nicht vom Fernseher ab.

»Alles okay, alles okay.«

Ich stimmte ihm zu, es kostete mich ungeheure Kraft, mich zu konzentrieren.

»Habt ihr das Heu eingefahren?«

»Machst du Witze? Nicht mal die Hälfte haben wir geschafft. Mit dem kaputten Traktor und meiner Rippenfellentzündung hängen wir total hinterher.«

Mir war eigentlich nicht nach Smalltalk. Ich antwortete widerwillig, wollte nur, dass Álvaro ruhig war und zur Seite ging, er versperrte mir die Sicht auf die Frau.

»Setz dich, Álvaro. Ich geb dir ein Bier aus, ja?«

Das war der einzige Weg.

Er schaute mich erstaunt an. Einen auszugeben war normalerweise nicht meine Art. Ich galt als Geizkragen, schon seit ewigen Zeiten hatte ich diesen Ruf, aber wenn man der Reichste im Dorf ist, hat man natürlich viele Neider.

Er antwortete mir mit misstrauisch zugekniffenen Augen:

»Da sag ich nicht nein … Besonders, wenn ausgerechnet du einlädst, das ist ja eine Seltenheit … Und dann diese Hitze, ich bin schon ganz ausgetrocknet. Hundertjährige in spe wie ich müssen genug trinken, jeden Tag trichtern sie uns das im Fernsehen ein.«

Ramón horchte auf:

»Bier zählt als Flüssigkeit? Darf ich dich erinnern, dass ich in deinem Alter bin, du alte Mumie!«

Álvaro drehte sich zu der Frau um und schrie sie an:

»Suiza!«

Langsam wandte sie ihm den Kopf zu. Ihr Gesicht war ausdruckslos, man hätte meinen können, sie wäre taub, blind und stumm, so unbewegt schaute sie.

»Bring mir ein Bier!«

Álvaro brüllte. Er hackte die Wörter ab, als wollte er jedes buchstabieren.

»Warum schreist du? Ist sie taub?«

Er drehte sich zu mir um.

»Nein, aber … sie spricht kein Spanisch. Sie versteht nur zwei, drei Wörter, ›hallo‹, ›Wein‹, ›schlafen‹ und ›essen‹. Unter uns: Das reicht auch für eine Frau, stimmt's?«

Er lachte laut, wobei er sich, stolz auf seinen Witz, den Bauch hielt.

Sie verschwand in der Küche. Jetzt konnte ich mich auf das Gespräch konzentrieren.

»Ist sie deine neue Kellnerin?«

»Ja … na ja, wenn man so will, ja, Kellnerin … Sie ist halt nicht sehr helle. Paula hat sie zu mir gebracht. Sie hat sie in ihrem Hühnerstall gefunden. Verdreckt und am Verhungern. Anscheinend hat sie da eine ganze Weile geschlafen.«

»Woher kommt sie?«

»Aus der Schweiz, wie es aussieht. Daher der Name. Eigentlich wissen wir nicht mal, wie sie heißt. Ein Schweizer Name natürlich, was Exotisches. Aber alle nennen sie

Suiza. So fühlt sie sich ein bisschen zugehörig, weißt du. Allerdings … mit der Hautfarbe kann sie selbst in Galicien keinem lange was vormachen!«

Álvaro brach wieder in schmieriges, lautes Lachen aus, was Ramón vor seinem Fernseher zur Besinnung brachte, so dass er sich auch an der Unterhaltung beteiligte.

»Aus der Schweiz, sagst du?«

»Tja, mein Freund, das ist die Globalisierung! Früher ging man von hier fort, um seine Familie zu ernähren und wie ein Sklave für einen Hungerlohn zu arbeiten, und heute sind es die Schweizer, die nach Galicien kommen, um ihr Glück zu suchen.«

»Wenn die Schweizer zu dir kommen, um ihr Glück zu suchen, Álvaro, haben sie's noch nicht geschafft!«

Auch Ramón fing an zu glucksen wie ein Truthahn, wobei er Álvaro mit seiner schweren Pranke auf die Schulter schlug. Was für ein Haufen seniler Tattergreise.

Die Frau, diese Suiza, kam mit einem Tablett und dem Bier wieder an den Tisch.

»Ein Tablett nur für ein Bier, das ist doch überflüssig wie ein Kropf«, wollte Álvaro lospoltern.

»Warum redest du mit ihr, als wäre sie beschränkt?«, fragte Ramón.

»Hör mal, Opi, hör doch einfach zu, wenn einer redet! Sie spricht kein Spanisch. Du kannst ihr sagen, dass sie dumm ist, sie versteht es nicht. Kannst sie beschimpfen, sie zuckt nicht mal. Die perfekte Frau, ich sag's dir.«

Sie verstand wirklich nicht. Jedenfalls hörte sie nicht zu. Sie sah uns nicht einmal an, war ganz eingenommen von ihrer Aufgabe: das Bier und das Glas hinstellen, ohne etwas zu verschütten. Mit ihren kleinen weißen Babyzähnchen knabberte sie an ihrer Unterlippe.

Ich drehte noch durch, ich wusste es. Wegen ihres Geruchs, der mir in die Nase stieg. Eine einfache Mischung, sinnlich und eigenartig, milder Schweiß und Milch. Ein mehliger, süßer Duft nach Frau, den ich vergessen hatte. Jetzt konnte ich ihre blonden Haare mit einem eindeutigen roten Schimmer von nahem sehen. Das war etwas anderes als die vollen schwarzen Fluten der Mädchen aus dem Dorf, die sie zu einem Dutt oder komplizierten Kunstwerken aus kräftigen Knoten und locker fallenden Strähnen eindrehten, diese Haare waren absolut fein, umspielten in zarten Locken ihr Gesicht. Ich erahnte die Ohren, auch sie klein, den Halsansatz, wo sich ein pulsierendes blaues Adernetz scharf abzeichnete.

Wieder wurde ich fast verrückt. Ein Raubtier. Ich wollte meine Zähne in sie schlagen, da, wo die Adern pochten, und ihren Hals erst wieder loslassen, wenn sie sich endlich nicht mehr wehrte. Eine ähnliche Szene kam mir in den Sinn: ein Fuchs, der eine Wachtel tötet, die blitzende Kälte seines unbeirrbaren, entschlossenen Blicks.

Ich stand ganz langsam auf, in Zeitlupe, um sie, unvorbereitet, möglichst schnell zu erwischen. Ich war mindestens drei Köpfe größer als sie, das würde einfach sein. Mein Blick war so durchdringend, dass sie, als sie es geschafft hatte, das Bier und das Glas endlich unfallfrei hinzustellen, zu mir aufsah. Prompt schien sie erschrocken. Ich spürte, dass sie mein Verlangen wahrnahm, meine Kraft, und dass ich ihr Angst machte. Ihre Verunsicherung machte sie noch starrer, mein Blick fesselte sie an Ort und Stelle.

Beide versteinerten wir in dem Bewusstsein, dass der Erste, der eine Bewegung andeutete, entweder Angriff oder unwiderrufliche Flucht provozieren würde. Ich stand in den Startlöchern, bereit vorzuschießen.

»He! Verzieh dich!«

Álvaros Schrei kappte wie eine Axt den Augenblick, der uns verband. Ich hörte ihn den Befehl wiederholen, vielleicht schon zum dritten Mal. Ich ließ von ihr ab. Sie ebenso, begriff plötzlich, machte mit absurder Schnelligkeit eine Kehrtwende, als wäre der Teufel hinter ihr her, und stakste wie ein Roboter Richtung Theke.

»Die ist wirklich dämlich«, seufzte Álvaro. »Was soll's, putzen kann sie gut … Und den Rest hat sie auch drauf«, betonte er mit einem eindringlichen Augenzwinkern in Ramóns Richtung.

»Du bumst sie? Verarsch mich nicht, Álvaro, du bumst sie?«

»Manchmal. Sie hat nichts dagegen.«

Dieser Mistkerl. In seinem Alter!

Und mit einem Blick auf mich:

»Wo willst du denn hin?«

Ach ja, ich war aufgestanden. Ich musste weg. Ich konnte nicht hierbleiben, mit ihr, da sie womöglich wiederkam.

»Muss los … Hab zu tun. Setz alles auf meine Rechnung … Wie immer.«

»Schon? Aber Junge, wir sind doch gerade erst gekommen, hm? Essen wir denn heute nichts?«, fürchtete Ramón.

»Es gibt Kabeljau, interessiert mich, ob's euch schmeckt.«

»Ich muss los. Du isst was und kommst nach der Siesta wieder, wenn du so weit bist. Ich muss Besorgungen machen.«

»Einverstanden! Du bist der Boss, Junge, hab ich nicht vergessen, Dienst ist Dienst und Schnaps ist Schnaps, du weißt schon. Mit vollem Bauch arbeitet es sich gleich noch mal so gut …«

Dann wandte er sich an Álvaro:

»Kabeljau, das hört sich gut an. Was gibt's dazu?«

»Kartöffelchen von Marta, die an der Brücke wachsen, zergehen auf der Zunge.«

»Wunderbar! Geh nur, Chef, ich bleibe hier.«

Ich hatte mich noch nicht ganz umgedreht, als Ramón wieder anfing:

»Álvaro, du alter Bock! Erzähl mal, wir haben ja Zeit. Und schalte mal um, zu den amerikanischen Musikvideos von den dicken Negern mit den Halsketten und den Miezen in den heißen Shorts. Und dann sag deiner analphabetischen Kellnerin, sie soll noch ein Bier bringen, jetzt lassen wir's uns gut gehen. Und wenn wir schon dabei sind, sag ihr auch, sie soll die Oliven und zwei, drei *Pinchos* bringen, ich warte immer noch drauf. Kriegt man in der Schweiz keine Oliven zum Bier?«

Ich hätte sie beide umbringen können, um Dampf abzulassen.

Ich rannte davon. Ich stieg auf meinen Traktor, raste los und fuhr nach Hause, durchgerüttelt von den Spurrillen, eingelullt von dem Geräusch des Motors. Ich murmelte Wortfetzen vor mich hin, saß leicht nach vorn gebeugt, klammerte mich ans Lenkrad. Ich stand total neben mir.

Der vor Freude bellende Hund riss mich aus meinem Monolog. Ich war schon vor einer Weile auf dem Hof angekommen, der Motor war aus. Ich streichelte ihn flüchtig, weil er sich so freute, dass ich wieder da war, und rannte, zwei Stufen auf einmal nehmend, die Treppe zum Dachboden hinauf, zuerst Stein, dann Holz, nahm den Rest des Hauses überhaupt nicht wahr. Zwischen den Spinnweben gab es ein kleines Fenster, das auf das umliegende Land hinausging, hier war mein Aussichtspunkt. Schon als kleiner Junge hatte ich mich dorthin geflüchtet, wenn mein Vater mich wegen einer kindlichen Dummheit ausgeschimpft hatte. Ich hatte einen alten Schemel unter das kleine Viereck Himmel gestellt, und jetzt stand ich dort und rauchte, den Kopf in der Dachluke. Von dieser Warte aus überblickte ich meine gesamten galicischen Ländereien. Felder, so weit das Auge reichte, wie eine grüne weiche Dünung, die an das Meer erinnerte, so nah und doch nicht sichtbar. Die Eukalyptusbäume, die Blaugummibäume. Die zarte blaue Farbe der jungen, das dunkle Grün der älteren Blätter. Wenn der morgendliche Wind anhob und den Wald seufzen ließ, war es, als würden sie ineinanderfließen. Blau und Grün. Grün und Blau. Je nach Windstärke war es immer anders. Wenn die Brise die Blätter träge wogen ließ, waren sie wie ein großer Schwarm

Sardellen, der in Panik vor den Fischernetzen floh, wobei ihre glänzenden Bäuche einen Sonnenstrahl einfingen. Wenn der Wind stärker wurde, toste der ganze Wald, und in den dicken Ästen und auf den Baumkronen brausten dann mächtige zweifarbige Wellen voller Gischt, brandeten gegen den Himmel. Was ich an den Eukalyptusbäumen besonders mochte, waren die kräftigen leprösen Stämme, die sich in großen, duftenden Schuppen schälten, darunter kam, frisch und hell, die neue Haut zum Vorschein. Das Geräusch der trockenen Blätter unter meinen Stiefeln und das Knacken ihrer Früchte, die wie kleine Laternen aussahen, waren mir vertraut. Ich nahm mir vor, am Nachmittag hinzugehen, es würde mir guttun, meine Pflanzen zu sehen. Ich besaß einige Hektar, für den Papierzellstoff. Es war immer ein seelischer Schmerz für mich, die Kolosse zu fällen, aber ich tat es dennoch, denn diese Bäume waren Ungeheuer, die alles verschlangen, was ihnen unterkam, jahrhundertealten Urwald aus Eichen, Kiefern und Kastanien.

Normalerweise erfüllte mich der Anblick meiner Ländereien mit Kraft, dem Gefühl, etwas zu besitzen, Stolz. Ich hatte auf dem Land bleiben können, hatte nicht nach Buenos Aires gehen müssen wie mein Großvater, mein Vater und mein Onkel, wie ein großer Teil der Männer aus dem Dorf. Diese Vorfahren, die mir das Land hinterlassen hatten, die Freiheit zu wählen, den Wohlstand, den sie nicht gehabt hatten. Aber an diesem Tag, in der vernichtenden Sonne, der Schönheit der Umgebung, belebte mich nichts. Ich spürte, wie ich vor Verlangen erstickte, gespannt wie ein Bogen, außer Kontrolle. Niemals zuvor hatte ich mich in einem solchen Zustand der Unruhe befunden.

Wenn ich zurückdachte, hatte ich in meinem Leben nicht viele Frauen gehabt. Sie hatten mir immer Angst gemacht. Seit meiner Jugend schaffte ich es nicht, mit ihnen zu sprechen. Im Grunde sprach ich mit niemandem, ich war einsam und verloren in einer für mich zu großen Welt. Die anderen machten sich dauernd über mich lustig, allerdings hinter vorgehaltener Hand, denn ich war zum Glück schon damals größer und kräftiger als sie und galt als ziemlich impulsiv.

Während der Schulzeit und meines Studiums beschränkte sich mein Sozialleben darauf, dass ich mich Tag und Nacht mit meinem Computer unterhielt und mich exzessiv der Masturbation hingab. Das Einzige, was mich beflügelte, war laufen. Ich lief jeden Tag, mindestens zwei Stunden lang. Es war magisch, so wurde mein Kopf frei. Ich lief langsam, aber stetig, und meine Kraft lag in der Ausdauer. Vor allem war da nach den quälenden Minuten der Anstrengung dieses orgiastische Gefühl, mein Gehirn endlich auf »off« zu schalten.

Damals hatte ich nur wenige Freunde, Spinner wie ich selbst einer war, picklig und unzufrieden mit sich selbst. Wenn wir uns trafen, versuchten wir nicht, in tiefgründigen Gesprächen das Rad neu zu erfinden: Wir gaben uns damit zufrieden, uns Bier hinter die Binde zu kippen und nächtelang realistische und brutale Rollenspiele zu spielen.

Ich hatte mir angewöhnt, meine Einsamkeit und mangelnde Kommunikationsfähigkeit in Strömen von Alkohol zu ertränken. Täglich trank ich etwa zehn Bier, damit ich mich halbwegs normal fühlte, und im Zuge der vielen Studentenpartys verging praktisch kein Tag, an dem ich nicht bewusstlos in einem Rinnstein lag, am Rande eines Alkoholkomas. Sogar besoffen war ich nicht gesellig. Natürlich interessierte sich kein Mädchen für mich, denn sie hielten mich – zu Recht – für einen wortkargen und wenig liebenswerten Säufer mit dem Charisma eines Schaumlöffels und dem Feingefühl eines Sattelschleppers.

Als ich ins Dorf zurückkehrte, hatten mich die Betriebsleitung und die körperliche Arbeit ein wenig von meiner Alkoholsucht geheilt. Ich arbeitete pausenlos, trank weniger, das Leben schien mir leichter. Da es mir besser ging, entschied ich kurzerhand, mir eine Frau zu nehmen, wie man entscheidet, einen Traktor zu kaufen. Agustina, meine Pflegemutter, hatte sie für mich gefunden. Sie hatte die perfekte Puffmutter gegeben. Nachdem sie die Neuigkeit meiner Offerte innerhalb ihres Netzwerks von Tratschtanten verbreitet hatte, hatte sie persönlich alle Bewerberinnen getroffen und Rosetta ausgesucht. Die offiziöse Übereinkunft war klar: Ich hatte Land, Viehbestand und Geld, Rosetta war Jungfrau, Waise, ohne Abschluss und Einkommen, sparsam und eine gute Hausfrau. Aus Agustinas Sicht seltene Eigenschaften. Schon die bloße Tatsache, dass sie Jungfrau war, überzeugte mich: Wenn ich schlecht war, würde sie es nicht merken, da sie keinen Vergleich hatte.

Die Hochzeitsnacht war ein echtes Fiasko, mein Rausch dauerte dreiundzwanzig Stunden lang – ein Rekord für mich –, und um sechs Uhr morgens wachte ich in meinem Erbrochenen auf, um melken zu gehen. Wenig später versuchte ich, die Ehe zu vollziehen, wobei ich den Eindruck hatte, ich würde »es in Angriff nehmen«. Ich hatte Mühe, einen hochzukriegen, und Rosettas verängstigter Blick brachte mich komplett aus der Fassung. Mit vier oder fünf Gläsern Wein trank ich mir Mut an. Ich erinnerte mich an ein schmerzvolles Eindringen, eine mühsame Ejakulation und ein flüchtiges Lustgefühl.

Mit der Zeit und der Gewöhnung verbesserte sich unser Sexleben ein wenig, aber keiner von uns beiden fand dieses Glück und diese Lust, die in den Büchern beschrieben werden. Ziemlich schnell signalisierte Rosetta mir ihre mangelnde Begeisterung. Weil ich ihr nicht das Kind hatte schenken können, das sie sich wünschte, und ihr sehnender Bauch leer geblieben war, hatte sie diese Partien, die ihr keine Freude bereiteten, seltener werden lassen. Da auch ich dabei nicht auf meine Kosten kam, drängte ich sie nicht. Wir gaben uns mit wenig zufrieden, ein paarmal pro Monat, wenn sie ihren Eisprung hatte, obligatorischen schnellen Geschlechtsverkehr, der Gesundheit und des potenziellen Erben wegen. Ich hielt mich wieder an die Selbstbefriedigung und erfüllte regelmäßig das alte Sprichwort »Selbst ist der Mann!«.

Nach fünf Jahren Ehe starb Rosetta an einem Hirntumor. Wieder Krebs. Wahrscheinlich hatte ich deshalb so einen Bammel. Nicht zuletzt, weil meine einzigen Erinnerungen an sie leider mit ihren letzten Momenten verbunden waren, ihrem Verfall, ihrem Leiden. Zu Beginn ihrer Krankheit ließ der Tumor, der ihr Gehirn zerfraß, sie merkwürdige, beinahe poetische Dinge tun.

Im Dorf glaubte man, sie sei verrückt geworden wie ihre Mutter, die in der Psychiatrie in Lugo geendet war. Es kam vor, dass sie sich in den paar wenigen Sträßchen verlief, Salat in fremden Gärten schnitt, sich komplett angezogen mitten auf dem Feld in den Trögen wusch, unter dem sanften Blick der Rinder. Manchmal beschimpfte sie grundlos die Leute, dann lief sie stundenlang vor sich hin murmelnd herum, um schließlich in einer Böschung zusammenzubrechen und bis zum Morgen zu schlafen. Wenn ich vom Melken zurückkam, ging ich sie suchen und rief die ganze Nacht lang ihren Namen über die Hügel, Wälder und Wege. Ich fand sie jedes Mal, schlafend vor Erschöpfung, durchnässt von Regen oder Morgentau. Ich schaffte es kaum, sie aufzuwecken, noch im Halbschlaf prügelte sie auf mich ein, und ich brauchte Stunden, sie bis zum Haus zu schleppen. Wir liefen über die Wege, ich steif und tropfnass vom Regen, geladen, weil es so anstrengend war, sie halb nackt in ihrem nassen Kleid, das an ihrem mageren Körper klebte, und damit beschäftigt, sich zu wehren und zu versuchen, wer weiß wohin zu fliehen.

Später fraß der Schmerz an ihrem Geist, trotz Schmerzmitteln und Morphium. Ich wollte, dass sie starb. Ich ertrug es nicht mehr, sie von ihrem Leiden entstellt zu sehen. Ich hasste ihr verzerrtes Gesicht, ihre vorstehenden Augen, ihr unverständliches Murmeln und vor allem ihren aufgedunsenen, ausgemergelten Körper, gelb und stinkend. Er widerte mich an, ich konnte ihn nicht berühren, ohne dass mir der Brechreiz kam. Als sie anfing, Tag und Nacht zu schreien, und jede Hoffnung verloren war, ließ ich sie ins Krankenhaus in Santiago einliefern, betete, dass sie das nicht überleben, man mir eine tote Rosetta zurückbringen würde, die ihren Frieden gefunden hatte, einbalsamiert und in einem weißen Kleid in ihrem Sarg aufgebahrt – damit sie mich ein bisschen an die Frau erinnerte, die ich geheiratet hatte. Die Ärzte hatten meinen Wunsch erhört.

Zwar erleichterte mich ihr Tod in praktischer Hinsicht, doch ich litt lange unter schweren Schuldgefühlen, weil ich sie nicht mehr geliebt, sie nicht glücklich gemacht hatte, und ich fühlte mich sehr lange für ihren Krebs verantwortlich. Ich glaubte, die Krankheit habe ihr das Gehirn zerfressen, weil ich, ihr Mann, nicht in der Lage gewesen war, ihre Gedanken für mich einzunehmen, ihren Kopf und ihr Herz zu erobern, weil ich sie nicht hatte schätzen, ihr nicht meine Hingabe, Zärtlichkeit und letztendlich Liebe hatte schenken können. Weil sich in der emotionalen Leere, die ich nicht gefüllt hatte, diese üble Bestie einnisten konnte, und ich es, selbst als sie sich schon breitgemacht hatte, nicht fertiggebracht hatte, sie zu verjagen. Was ich hätte versuchen sollen, war mir damals wie eine Kleinigkeit vorgekommen: Ich hätte ihr hin und wieder, wenn ich spürte, dass sie traurig oder ängstlich war, über den Nacken streichen, ihre Hand halten sollen, wenn wir ins Dorf gingen. Sie auch dann berühren sollen, wenn wir nicht gerade Sex hatten, lernen sollen, zärtlich und sanft zu sein. Sie voller Stolz anschauen. Zwar lag die Schuld, dass ich sie nicht zur

Mutter gemacht hatte, nur zum Teil bei mir, doch ich trug allein die Verantwortung dafür, sie nicht zur Frau gemacht zu haben.

Ich hatte sie nicht lieben können, wie ich niemanden lieben konnte. Ich hatte gedacht, es wäre leicht, im Zusammenleben mit einer Frau würde die Beziehung zu ihr mühelos, ich könnte hineinwachsen, da ich es weder als Kind noch als Jugendlicher gelernt hatte. Aber ich war ein schlechter Schüler. Da ich von vorneherein davon ausging, ich wäre schlecht, verschloss ich mich. Ich hatte mich in der Klasse in der letzten Reihe zurückgelehnt und gewartet, dass die Stunde vorbeiging, ohne mich anzustrengen. Jetzt, da es zu spät war, gab es keine Entschuldigung mehr. Trotzdem versuchte ich, mir einzureden, dass es nicht nur an mir und meiner Unfähigkeit zu lieben gelegen hatte, verschanzte mich hinter einem männlichen, schon konstitutionellen Atavismus: Männer realisieren eben von Natur aus die Dinge erst dann, wenn sie schon geschehen sind. Sie sind erst dann wirklich Väter, wenn das Kind da ist, und leiden erst unter dem Fehlen und der Einsamkeit, wenn ihre Frau weg oder gestorben ist. Auch wenn ich zugab, nie wirklich geliebt zu haben, litt ich schmerzlich unter ihrer Abwesenheit, hörte nachts ihre Stimme und befühlte morgens, wenn ich die Augen öffnete, traurig ihre leere, kalte Bettseite. Ich bereute, dass ich mich nicht mehr um sie bemüht, sie nicht für mich gewonnen hatte. Dass ich keine mütterliche Liebe, überhaupt keine Liebe erfahren hatte, hatte mich hart und kalt werden lassen, aber das entschuldigte nicht alles. Ich zwang mich, sie auf dem

Friedhof zu besuchen, und wenn ich sicher war, allein zu sein, bat ich sie laut um Verzeihung, sagte ihr, dass sie mir fehle, versprach ihr, in einem anderen Leben eine neue Chance zu haben, ich würde es wiedergutmachen. Ich bat sie, auf mich zu warten, denn wenn ich im Tod wieder bei ihr wäre, hätten mich die Jahre bestimmt umgänglicher und milder gemacht, und ich hoffte, sie dann lieben zu können. Ich drückte ihr mein Bedauern aus, dass ich sie nicht, wie in der Kirche vor den Menschen und vor Gott versprochen, genug geliebt hatte. Manchmal weinte ich in meinen Ärmel.

Ich war nicht sicher, ob sie mir verzeihen würde.

Nach Rosettas Tod fuhr ich manchmal, und das war auf Ramóns Mist gewachsen, nach Lugo in den Puff. Er hatte ein Mädchen aus Córdoba für mich aufgetrieben, das sich Nacera nannte, eine zierliche schwarzhaarige Andalusierin, braun gebrannt, trockene Haut, kleine flache Brüste mit großen Brustwarzen wie zu lange gebratene Spiegeleier. Eine Andalusierin, in Gedenken an meinen Großvater mütterlicherseits, einen alkoholsüchtigen Zigeuner und Schürzenjäger, der mir nichts als die braune Haut eines Alteisenhändlers, die Liebe zur Gitarre und zum Geist des Flamenco hinterlassen hatte, als er an einer Zirrhose starb.

Ich ging immer wieder zu Nacera, weil ich sie brauchte, damit ich nicht an Einsamkeit krepierte. Wegen ihres Jasminparfüms, das den Geruch von frittierter Paprika und Olivenöl, der ihr, je nachdem, wo man war, vorausging oder folgte, nicht ganz überdeckte. Letztendlich ging ich aus Gewohnheit hin. Und um Ramón eine Freude zu machen, der glaubte, mich aus der Traurigkeit und Langeweile zu retten, indem er mich zu wilden Spritztouren mitschleppte, die unterm Strich aus einigen Gläsern Rotwein, schnellem Sex und einer guten Dosis Melancholie bestanden. Die Hälfte der Zeit bekam ich keinen hoch und brauchte immer Alkohol, um meine schwache Leistung auszugleichen. Nacera verkaufte ihren Körper, um ihr Gehalt aufzubessern, sie vögelte wie andere in der Fabrik stempeln, und zwar in ihrer winzigen Wohnung. Sie warf ein großes zitronengelbes Frotteetuch mit einem Tigerkopf über ihr Bett, wegen der Flecken, und zog sich schnell aus. Auch sie mochte es nicht, und das konnte sie nicht verstecken. Ihr Gesicht wurde abweisend, sie sprach nicht und spielte auch kein Stöhnen vor. Oft kam es mir vor, als vögelte ich andalusische Erde, schwarz und trocken, verbrannt von der Sonne. Als ob ich sie in der kalten Jahreszeit umpflügte, ohne dass sie es wollte. Sie konnte sich nicht wehren, öffnete sich zwangsläufig unter der Pflugschar, aber der Geruch war nicht da, keine Lust, die Erde blieb wüstenhaft und wild. Sie brachte nichts hervor, weder Getreide noch Frucht, gerade ein bisschen spärliches und fruchtloses Kraut, damit ihr Widerpart nicht komplett die Lust verlor, sie zu beackern. Nach diesen sportlichen Zärtlichkeiten verspürte ich eine Mischung aus Müdigkeit, Erleichterung und Übelkeit.

Der Rückweg im Lieferwagen – einem leicht altersschwachen Seat Inca, der aber fuhr wie ein Rolls-Royce –

mit dem besoffenen Ramón neben mir, der sabbernd seinen Rausch ausschlief, gab mir den Rest, und ich kam noch verbitterter zu Hause an, als ich aufgebrochen war.

Meistens zog ich es vor, mir einen runterzuholen und mich allein zu zerstreuen, während ich mir im Internet kostenlose Pornovideos anschaute oder alte, zerknitterte Zeitschriften, die ich an einer Autobahnraststätte gekauft und zu oft durchgeblättert hatte.

Besonders ein Foto hatte es mir angetan, auf dem ein Mädchen nackt oder mit einer kleinen Schürze à la perverses Dienstmädchen posierte, die nichts oder gerade eben das Wichtigste verdeckte. Sie schien mir ein bisschen korpulent, um nicht zu sagen schwabbelig, im wörtlichen Sinn schweinisch, vor allem wegen der großen rosigen Nasenlöcher und der kleinen, runden, sehr eng zusammenstehenden Augen. Von hinten war es noch schlimmer, sie hatte einen glatten und rosigen Hintern, drall und glänzend, nur der Ringelschwanz fehlte. Auch hier war ich nach meinem Rendezvous mit dem Mädchen vom Foto niedergeschlagener als alles andere, aber ich konnte es einfach nicht lassen.

Aber das hier war nicht dasselbe, das spürte ich. Nie zuvor hatte ich eine solche Lust empfunden. Ich sah die Frau wieder das Kupfer der Theke polieren, ihre Brüste, ihre Haare, und augenblicklich wurde ich hart, ich schwitzte, und Wut stieg in mir auf. Ich konnte nicht an sie denken, ohne mit den Zähnen zu knirschen.

Ich nahm die Gitarre und spielte eine Melodie von Pastora Pavón. Ein altes vergessenes Flamencostück, das ich seit Ewigkeiten nicht gesungen hatte:

*Una farruca en Galicia*
*Amargamente lloraba*
*Porque a la farruca*
*Se le había perdío*
*Su rebañito de cabras*
*Abajo el olivo*
*Arriba el limón*
*Limonada de mi vida*
*Limonada de mi amor*
*Allá arriba, allá arriba*
*Allá arriba los dos*
*Después de pasar fatigas …*

Anfangs sang ich leise, nur für mich. Die Töne folgten aufeinander, ohne dass ich es merkte, schwollen sie an, denn es war mein Herz, das klagte, meine Einsamkeit, die dürstete, mein Verlangen, das schmachtete. Am Ende brüllte ich. Ich zerriss die Wörter, spickte sie mit übertriebenen Tränen, ich schluchzte, ich war der unglücklichste Mann auf der Welt: Hör meinen Schmerz, sieh, wie sie mich verzehrt und mich verschlingt, wie sie mich vernichtet.

Im Dämmerschlaf der Siestazeit lauschte mir nur der Hof, an den Wald geschmiegt, ängstlich, erschöpft und zurückgezogen. Das Wehgeschrei des Mannes. Nur das Geflügel, das sich vor der heißen Mittagssonne unter den

Brettern verkrochen hatte, gackerte weiter dümmlich vor sich hin.

Ich wimmerte eine gute Stunde auf meinem Speicher vor mich hin. Den von Schmerz gebeutelten Zigeuner zu geben, unverdorben und wütend, das fühlte sich gut an.

Ich ging hinunter in die Küche, hatte trotz allem riesigen Hunger. Ein bisschen Chorizo, ein Stück Weißbrot und Rioja. Ich stürzte mehrere Gläser hinunter, zur Beruhigung. Dabei trank ich zu der Zeit etwas weniger.

Eigentlich wollte ich gar nichts essen.

Ich drehte mir eine Zigarette und steckte sie mir im Halbdunkeln an. Während ich rauchte, sah ich mich in meiner Bruchbude um, meiner Höhle: draußen das helle Licht, das verzweifelt versuchte, durch die vor Fliegendreck verkrusteten Scheiben ins Innere zu dringen, um die Schwärze des Zimmers zu durchbrechen.

Der Tisch war vollgepackt mit verschiedenen Sachen, Schnüren, Werkzeug, Gabeln, Öl und leeren Konservendosen. Auf dem ramponierten Sessel stapelten sich dreckige Klamotten, das Feuerholz war nachlässig auf einen Haufen geworfen worden. Die Stuhlbeine splitterten, das Stroh der Sitzfläche stand in alle Richtungen ab. Auf den schmutzigen Regalen starben Stiere in ewigen Stierkämpfen, daneben das Sammelsurium von bäuerlichen Andenken: alte handbemalte Teller, Jungfrauen von El Rocío oder von woanders, verstaubte Wandbehänge, Heiligenbilder und Glaskunst. Alles war versifft. Das Haus eines eingefleischten Junggesellen. Ich würde allein enden, krank, aufgefressen von meinen Hunden.

Sechzehn Jahre war es her, dass Rosetta gestorben war. Sechzehn einsame Jahre. Wahrscheinlich fuhr ich deshalb auf Knopfdruck hoch, sogar zerfressen vom Krebs. Weihnachten würde ich vierzig Jahre alt werden, war trotz des Krebses noch im besten Alter. Ich hätte mir eine neue Frau nehmen sollen, eine zweite Rosetta … Auch wenn der alte Ramón mich manchmal Junge nannte oder Kleiner, die Zeit war auch an mir nicht spurlos vorbeigegangen. Ich fühlte mich alt, verbraucht, krank und bitter. Und es war eine Ewigkeit her, seit ich mit mir selbst geredet hatte.

Komm, geh schlafen.

Mein Bett. Ein bisschen zur Ruhe kommen, bevor Ramón aufkreuzte und wir bis zum Abend weiterarbeiten würden. Der Wein hatte mich etwas beruhigt, meine Augen brannten, und ich fühlte mich, als würde ich zwei Tonnen wiegen.

In meinem Schlafzimmer sah es nicht besser aus. Schmutzig. Die weißen Gardinen aus feinem Tergal starrten vor Dreck, eine Tagesdecke gab es schon lange nicht mehr. Genauso wenig wie Laken, meistens rollte ich mich in eine Decke ein, das reichte mir. Die Nachttischchen quollen über vor Zeug, das ich in meinen Taschen gesammelt und hastig herausgezogen hatte, bevor ich trunken vor Erschöpfung oder von Wein auf mein Bett gefallen war. Die Fensterläden hatte ich seit Rosettas Tod nicht mehr geöffnet, ich kam nur zum Schlafen hierher.

Draußen herrschte Stille. Nur das rhythmische Gurren des Geflügels und das Bellen der in ihrer Siesta gestörten Hunde. Sogar die großen, gezähnten Blätter der Palme im

Hof standen still, warteten auf die Brise des Abends, in der sie erzittern würden.

Ich fand keinen Schlaf. Mit geschlossenen Augen grübelte ich über die Leere meines armseligen Lebens nach und die Angst davor, dass es vorzeitig enden könnte.

Meine Augenlider hingen tief: Mein Blick wanderte von einer Wand zur anderen, heftete sich dann ans Fenster, wo eine Fliege mit dem Tode rang, während sie immer wieder summend gegen die schmutzigen Scheiben flog. Als ich die grauen Gardinen sah, dachte ich plötzlich, dass Ramón recht hatte mit der Haushaltshilfe, ich sollte mir eine suchen. Ich würde Agustina fragen. Die Frau aus Álvaros Kneipe tauchte in meinen Gedanken auf, ihre Blässe, ihre langsamen Bewegungen. Ich wollte sie, aber nicht für den Haushalt.

Ich sprang auf. Alles brachte mich auf sie, immer wieder. Ich schlich in meinem eigenen Haus herum, tigerte ziellos hin und her, von neuem von ihrer Vorstellung geplagt. Ich suchte das Foto des nackten Mädchens, sie sah mich aus ihren kleinen Schweinsäuglein lasziv an. Sie erregte mich nicht mehr, an diesem Nachmittag erinnerte sie mich wirklich an eine dicke Sau.

Ich nahm eine kalte Dusche. Ich sollte arbeiten. Die Arbeit würde mir sicherlich größere Linderung verschaffen als die Musik, die nur flüchtig gewirkt hatte. Und am Abend würde ich in den Wald gehen.

Ach, immer mit der Ruhe … Nimm dein Bromid. Hör auf mit den Selbstgesprächen, Herrgott noch mal.

Am nächsten Tag musste ich wieder nach Lugo zur Krebstherapie.

Ich saß im Wartezimmer des großen Professors, eines angesehenen Onkologen. Don Confreixo hatte viel Einfluss, und ich hatte Geld, also bekam ich sofort einen Termin. Der Arzt der letzten Hoffnung, dachte ich.

Ich fragte mich, was der Beweggrund dafür sein könnte, ausschließlich Krebspatienten zu betreuen. Vielleicht hatte er sich spät beworben und das Angebot war bescheiden gewesen. Proktologie oder Onkologie …

Ich war etwas nervös. An diesem Tag sollte man mir erklären, woran ich war.

Meine Kehle war wie zugeschnürt. Es gab nichts zu lesen außer alten, zerfledderten Zeitschriften wie *Hérode*, aus denen jeder den Artikel herausgerissen hatte, der ihm gefiel. Merkwürdig, nebenbei bemerkt, dass Krebskranke selbst an der Schwelle zum Tod das Rezept des Jahres klauen, zufrieden, endlich die Antwort auf diese existenzielle Frage zu bekommen: Was koche ich heute zu Abend?

Apropos Krebskranke, eine kam herein, die gar nicht mal so übel war, mit einem breitkrempigen Hut, großen Ohrringen, so bunt wie Sittiche. Sie hatte ausdrucksstarke schwarze Augen und ein freundliches Lächeln, Buenos días, Señor, Buenos días, Señora. Sie setzte sich hin und legte ihren Hut vorsichtig auf den Stuhl neben ihrem, während sie mich mit einem gewissen Stolz anschaute: SIE HATTE KEINE HAARE!

Mein Lächeln erstarrte, ich sah aus wie ein Schreckgespenst.

Und das Gespräch? Eine klare Darstellung all dessen, was mit mir passieren würde. Ich war die Nummer 2222, ein Polaroidfoto wurde geschossen, um es an die Akte zu klammern. Vielleicht würde ich nach der Behandlung nicht mehr wiederzuerkennen sein? Da die Polaroid noch aus Bürgerkriegszeiten stammte, war ich auf dem Foto ganz grün, es war komisch. Grün und an die Wand gedrückt, mit einem leichten Lächeln, das meine Zähne entblößte. Ein Reflex, das Lächeln.

Die Koryphäe erklärte: Chemotherapie, Bestrahlung, bla, bla, bla. Zwischen zwei Erklärungen klopfte ein pickliger Assistenzarzt an die Tür und entschuldigte sich. Er sprach von einem hoffnungslosen Fall. Er flüsterte dem Chef ins Ohr, aber ich hörte alles. Ein Mann, er würde sterben, die Befunde seien grauenhaft, Endstadium, Schmerzen und Schmerzmittel. Ich brach in nervöses Lachen aus, der Chef schaute mich herablassend an, nach dem Motto: Bitte, keine Bange, alles wird gut, das ist normal.

Sobald der Assistenzarzt gegangen war, setzte er seinen Monolog fort, hielt seine einstudierte Rede. Haarverlust, Verbrennungen von der Bestrahlung. Bla, bla.

»Ich habe Angst, Doktor.«

»Das ist ganz normal, mein Sohn. Wir arbeiten eng mit einer Psychologin zusammen, die Erfahrung mit der Betreuung von Patienten der Onkologie hat, sie kann Ihnen sicher helfen. Scheuen Sie sich nicht, sie zu kontaktieren.«

Was bei mir ankam, war: Klar hat man die Hosen voll, wenn man weiß, dass man abkratzt, Du Depp, aber ich habe keine Zeit für deine metaphysischen Fragen, ich habe noch gut dreißig Patienten nach dir, also wenn du deinen kleinen Hintern hochkriegen und schnell verschwinden könntest, ich habe noch eine Menge zu tun. Wenn du dich auslassen willst, geh zu der Fachfrau für Flennereien von Krebskranken, der Psychologin, die wird dich wieder hinkriegen. *Der Nächste.*

Am frühen Nachmittag war ich wieder zu Hause, ging zurück auf die Felder, ohne einen Abstecher zu Álvaro zu machen, denn ich hatte keine Lust, Suiza über den Weg zu laufen.

Aber sosehr ich auch versuchte, an etwas anderes zu denken, ich kam immer wieder auf sie zurück. In der brennenden Nachmittagssonne fuhr ich wie ferngesteuert. Ich folgte der Schwade wie ein Zombie, dachte unentwegt an die Frau aus der Kneipe. Ich sah wieder die sanfte Bewegung ihrer weißen Arme vor mir, roch wieder ihren Duft. Plötzlich ließ ich es zu, ich kam nicht dagegen an, der Versuch, sie zu vergessen, zermürbte mich. Ich kriegte einen Steifen, sanft, ruhig, ohne Wut.

Ich traf meine Entscheidung, sie fiel wie das Fallbeil der Einsicht. So oder so hatte ich nicht mehr viel Zeit rumzueiern. Ich würde an diesem Abend in die Kneipe gehen, um diese Frau noch einmal zu riechen. Diese Aussicht besänftigte mich. Ich würde an diesem Abend hingehen. Meine Lippen waren Lefzen, die die weißen Zähne einer blutrünstigen Bestie entblößten, in einem Lächeln, das meine Grausamkeit demonstrieren sollte. Beinahe hätte ich den Kopf in den Nacken gelegt und meine ganze Wut und mein Verlangen hinausgeheult.

Ich plante ganz bewusst, dass ich an jenem Abend zu Álvaro gehen würde. Ich war entschlossen zu morden, einfach, präzise und systematisch. Ich würde sie sehen, warten, bis sie ging, sie mir schnappen und sie vögeln.

Vielleicht sogar vor aller Augen.

*Ich weiß nicht, wie man eine Geschichte erzählt, weil ich dumm bin, schon seit ich ganz klein war, alle haben das gesagt. Ich kann auch nicht gut reden. Zählen kann ich überhaupt nicht, Zahlen sind schwer. Manchmal sind meine Sätze fast richtig, aber nur, weil ich mir Sachen merke, ich habe ein gutes Gedächtnis. Das ist das Einzige, worin ich gut bin, mich erinnern. Die Wörter von anderen bleiben in meinem Gedächtnis, die Wörter von normalen Leuten. Zum Beispiel von meiner Freundin Cindy oder sogar von Madame Laurent, der Lehrerin, oder Madame Bobillier, der Psychologin. Die Sätze von Papa. Er spricht auch nicht gut, und er wiederholt viel, das hat sich mir eingeprägt, und jetzt will es nicht wieder weg.*

*Ich glaube, die Geschichte hat damit angefangen, dass ich das Meer sehen wollte.*

*Als ich entschied wegzugehen, hieß ich noch Sylviane. Das Meer sollte den Schnee wegwaschen, den ich leid war, besonders morgens. Ich wachte immer sehr früh auf, es war die Zahl 5, fünf Uhr. Wenn sie allein stehen, ist es einfacher. Aber wenn etwas dahinter steht, kann ich es nicht mehr.*

*Typisch ich: Ich fange eine Geschichte an und erzähle am Ende eine andere, und hinterher weiß ich nicht mehr, was ich eigentlich sagen wollte.*

*Ich habe erzählt, dass ich mich, wenn ich aufstand – immer sehr früh –, und den Schneepflug vorbeifahren sah, den Schnee, der in dicken Wattebäuschen fiel, und ich meinen Kaffee trank und dabei die Stirn gegen die kalte, feuchte Fensterscheibe drückte, traurig fühlte. Vor allem fühlte ich mich so allein.*

*Auch wenn ich das Radio angemacht hatte, das reichte nicht. Ich war überzeugt, dass ich das Meer mit seinen Wellen von meinem Bett aus gehört hätte, sogar nachts, dass es mit mir gesprochen hätte.*

*Im Heim war mir immer zu kalt. Ich frühstückte unter meiner Bettdecke und schaute mich in meinem Zimmer um. Es war klein, aber sauber, ich putzte gern, das beruhigte mich. Ich hatte alles, was ich brauchte, sogar zwei Teller und zwei Gläser. Zwei deshalb, damit ich einen Gast empfangen konnte, aber nie kam jemand zu mir essen.*

*Ich hasste die Wände, sie waren trist und schmutzig, sie hatten Löcher von Reißzwecken von den Leuten vorher, Spuren, wo Möbel gegen die Wand gestoßen waren, eine Faust. Papa schlug auch gegen die Wände, wenn er sehr sauer auf Maman oder mich war.*

*Ich hatte zwei Bilder, damit es ein bisschen hübscher war. »Porte Saint Pierre im Schnee« und »Der Fujiyama«, ein schöner blauer Berg mit einer weißen Spitze und vorne rosa blühende Kirschbaumzweige. Auf dem Rand des Bildes stand: »Mit Empfehlung der Marguet-Einrichtungen«. »Es ist ein japanischer Holzschnitt«, hatte mir die Sozialarbeiterin gesagt. »Dieser ist schon ziemlich verblasst, aber er ist trotzdem sehr tröstlich.«*

*Das Schlimmste hier war der Krach. Man wusste genau, was nebenan bei Laurence, bei Johnny Faivre auf der anderen Seite,* gegenüber bei Mouloude und den anderen los war. Die Geräusche, wenn sie Liebe machten oder sich prügelten, wenn sie tranken. Alles, was sie machten, endete in Geschrei. Ich dachte jedes Mal an Papa, ich musste versuchen, nicht immer an ihn zu denken. Die Psychologin Madame Bobillier hatte mir gesagt, das wäre die körperliche Nähe der anderen, die mich erschütterte, ich hatte nie ganz verstanden, was sie sagen wollte. Sie hatte mir geraten, ich sollte versuchen, an etwas anderes zu denken. Also holte ich meine Musik, stützte den Kopf in die Hände und dachte ans Meer. Für die Musik hatte ich einen CD-Spieler und einen wunderbaren pinken Kopfhörer, den ich nicht gekauft hatte, Cindy hatte ihn als Geburtstagsgeschenk für mich bei »Hyper U« geklaut. Meine Musik war spanische Gitarrenmusik. Mein Lieblingsstück hieß Asturias. Ich hätte dem Monsieur, der spielte, so gern Danke gesagt: Isaac Albéniz. Ich fand diesen Namen interessant, Isaac, den kannte ich nicht. Ich kannte nur einen Mouloude, Kevins, Jordans, einen Johnny, einen Teddy. Wenn Cindy jetzt hier wäre, hätte sie gesagt: »Schon gut, jetzt zähl mal nicht das ganze Heim auf, mir doch egal, wen du alles kennst.« Sie sagte immer: »Scheiße, manchmal regst du mich echt auf mit deiner Blödheit! Denk mal nach.«

Ich konnte sie den ganzen Tag lang hören, fünfzigmal am Tag, meine Musik. Na ja, fünfzig … Ich weiß gar nicht, wie viel das genau ist, fünfzig. Ich habe mir zu dieser Musik eine Geschichte ausgedacht, damit ich träumen konnte. Ich hatte versucht, sie Cindy zu erzählen, aber sie sagte: »Scheiße, was hast du denn geraucht, Schätzchen, dein Gedudel da sagt mir gar nichts, ich mag lieber AC/DC.«

*Jetzt weiß ich wieder nicht, wo ich war. Ach ja! Eines Tages, als es gar nicht mehr aufhören wollte zu schneien, habe ich mich für das Meer entschieden, einfach so.*

*Ich schnappte mir eine Tüte von »Hyper U dankt«, Kleider, Shampoo, den CD-Spieler, die Musik. Ich hatte keinen Koffer, war noch nie verreist, abgesehen von dem Wandertag vom katholischen Hilfswerk.*

*Ich musste weg sein, bevor es hell wurde, im Heim hätten sie sicher nicht gewollt, dass ich abhaute, um das Meer zu sehen, wo es doch schon so ein Riesendrama war, wenn man in die Stadt fahren wollte.*

*Ich lief bis zum Kreisverkehr am Ortsausgang, da war niemand. Ich fuhr per Anhalter. Ich hatte Glück, das erste Auto nahm mich mit. Eine Frau, die nach Besançon zur Arbeit fuhr. Sie redete viel, sagte mir, es wäre unvernünftig, dass ein junges Mädchen nachts trampte, überall liefen Perverse rum. Ich fragte mich, was das eigentlich war, Perverse, vielleicht eine Art Werwolf, denn diese Frau sah aus, als hätte sie große Angst.*

*Ich erinnere mich noch gut an diese Nacht. Die Frau hatte die Heizung hochgestellt und das Radio leise, und durch das Fenster sah ich die Bäume mit ihren schneebedeckten Ästen, die fast abbrachen: Die Straße war wie ein weißer Tunnel. Ich guckte in den Wald, ob ich die Augen von Perversen sah, die nachts bestimmt leuchteten.*

*Die Frau redete jetzt weniger, konzentrierte sich auf die glatte Straße. Sie fragte: »Wo fahren Sie eigentlich hin?« Ich sagte: »Ans Meer.« Sie lachte und schaute mich komisch an. Sie dachte wohl, ich wäre verrückt, aber es stimmte doch, ich würde ans Meer fahren. Sie setzte mich in der Stadt ab, es wurde langsam hell.*

*Lange lief ich durch die Straßen, ich fand den Weg zum Meer nicht, niemand wusste, wo es war. Ich fragte die Leute, sie lachten und sagten: »Soll das ein Witz sein?« Oder sie gingen schnell an mir vorbei, ohne zu antworten. Mir war kalt, ich weinte, ich dachte: War wohl nichts mit dem Meer.*

*Ich dachte nur an Papa, der immer sagte: »Hör auf zu flennen, blöde Kuh, und streng dich an, das ist doch nicht schwer, zwei plus zwei. Wenn du nicht antwortest, fängst du dir eine, dann kommst du vielleicht drauf, wer hat mir nur so eine Idiotin geschickt? Eigentlich kein Wunder bei der Mutter.«*

*Ich setzte mich auf eine Bank, um in Ruhe zu weinen und meine Musik zu hören. Durch die Tränen sah ich überhaupt nichts. Als ich von meiner Tasche aufschaute, stand da ein kleines Mädchen, das mich beobachtete. Sie fragte mich, warum ich weinte, ich sagte, dass ich das Meer suchte, dass ich nicht wusste, wo ich hinsollte.*

*Das kleine Mädchen wusste es. Sie fuhr jedes Jahr ans Meer nach Spanien. Spanien! Wie* Asturias, *wie Isaac. Ich sagte mir, das ist ein Zeichen, dort würde alles wunderbar sein.*

*»Wo ist Spanien?« Das kleine Mädchen sagte mir, zuerst müsste ich nach Lyon, denn ihr Papa sagte immer, dass man dann Pipi machen könnte. Sie gab mir eine Menge Tipps: »Wenn ich du wär, würd ich trotzdem Pipi machen, bevor du losfahrst, weil in den Toiletten an der Autobahn kannst du dich mit deinem Popo nicht auf die Klobrille setzen, ist zu dreckig, Maman will das nicht. Aber es gibt gratis Parfüm, das du dir auf die Finger machen kannst, das riecht schön nach Urlaub. Maman will nicht, dass ich mir Parfüm ins Gesicht tue. Dann hält man in Mornas, da gibt es ein schönes Schloss wie im Mittelalter und im Laden*

*Nougat mit Mandeln. Wir kaufen das nicht, weil Maman sagt, es ist zu teuer, und Papa schon dick genug ist.«*

*Die Maman rief: »Hélène!«, und das kleine Mädchen flatterte davon wie ein Vogel und zwitscherte: »Schöne Ferien!«*

*Ich trampte, stieg in den ersten Lkw, der vorbeikam. Er fuhr nach Lyon und sogar noch ein bisschen weiter. Der Fahrer sagte, er würde einen anderen Lkw für mich finden, damit ich weiterreisen konnte, ich müsste mir keine Sorgen machen, hinter Lyon gäbe es nur noch spanische Lkws. Ich war froh, der Lkw war blau mit einer großen, lächelnden gelben Sonne. Der Mann war Kroate oder so. Er hieß Andréas. Er wollte reden, weil er immer allein war in seinem Lkw, weil ihm seine Frau und seine drei Kinder fehlten. Ich hörte nicht wirklich zu, ich beguckte mir die blühenden Obstbäume draußen, überall rosa, und dahinter bläuliche Berge mit schneebedeckten Spitzen. Ich sagte: »Ich kenne das hier: Das ist der Fujiyama, aber in echt und ganz neu, nicht wie in meinem Zimmer.« »Das ist doch Unsinn, du bist ein lustiges Mädchen, eine Anhalterin wie dich hab ich noch nie mitgenommen. Das ist nicht der Fujiyama, das sind das Rhônetal und die Ardèche-Berge, steht auf allen Schildern.«*

*Hinten schlief ich ein, er hatte ein richtiges Bett in seinem Lkw. Ich wachte auf, weil er mich zwischen den Beinen streichelte, er wollte Liebe machen. Er probierte es ganz vorsichtig, um zu sehen, ob ich schrie oder ob ich still war. So war das auf Reisen, ich ließ ihn machen. Er roch nicht schlecht, ein bisschen nach hellem Tabak. Es dauerte keine zwei Minuten, ich hätte nicht seinen Po anfassen sollen. Trotzdem war ich froh, dass er schnell fertig war, ich war müde.*

*Danach fragte er nur, ob ich eine Coca-Cola wollte, ob ich*

*Hunger hätte. Oh ja, ich hatte Hunger. Ich aß das Sandwich, er schaute mich nicht mehr an, redete auch nicht mehr, er fuhr, mehr nicht. Ich schlief lange, er weckte mich nicht, nach Spanien war es weit, es war Nacht, und ich sah nichts.*

*Er weckte mich auf einem Parkplatz, ich sollte in einen anderen Lkw einsteigen. »Er ist nett, du wirst sehen«, sagte Andréas, »er fährt nach Spanien.« In eine große Stadt, den Namen habe ich nicht richtig verstanden, es klang wie Pampelmuse. Der zweite Typ war aus Holland, er machte auch Liebe mit mir und kaufte mir einen Kaffee und ein Croissant. Er setzte mich mit meiner Tasche in der Stadt Pampelmuse ab, ich wusste nicht, wo das Meer war, aber immerhin war ich auf dem richtigen Weg, denn ich war in Spanien. Ich trampte, ich sah Berge und große, ganz ebene Felder. Ich sprach überhaupt nicht mehr, ich verstand ihre Sprache nicht. Papa sagte immer: »Du verstehst sowieso nichts, rede ich Französisch mit dir oder Chinesisch?«*

*Ich wusste nicht, wohin ich fuhr, ich erwartete jeden Moment, dass am Horizont das Meer auftauchte. Ich fuhr tagelang, die Männer nahmen mich mit, manchmal machten sie Liebe und setzten mich am Straßenrand ab. Und dann nahm mich niemand mehr mit, ich stank zu sehr. Ich hatte die ganze Zeit Hunger, pflückte Gemüse von den Feldern, ich aß es roh, hatte mein ganzes Pflegschaftsgeld für Brot und ein bisschen Schinken ausgegeben. Ich fand, die Leute schauten mich böse an.*

*Ich kam in eine große Stadt, die León hieß wie Monsieur Girardet. Ich schlief draußen oder in den Kirchen, die nie abgeschlossen waren. Ich passte auf die Polizei auf, die »guardia civil«, das stand in groß auf den Autos, den schnellen Autos mit Sirenen. Ich versteckte mich, wartete. Ich hatte Angst, dass sie mich fragen würden, was ich hier machte, ich hätte ihnen ja nicht sagen können, ich will zum Meer, ich war mir sicher, dass sie mich ins Heim zurückgeschickt hätten. Ich hielt nicht mehr an, ging sehr früh morgens weiter, wenn keiner draußen war. Ich fand Früchte, Sachen in den Mülleimern in den Gärten. Nachts und tagsüber versteckte ich mich.*

*Trotzdem kam ich voran, denn die Landschaft veränderte sich plötzlich. Aber das war noch nicht das Meer, sondern Berge, ein nasses, weiches, ganz grünes Gebirge. Das munterte mich auf, das sah schöner aus, ein bisschen wie zu Hause, und ich konnte mich leichter verstecken.*

*Am letzten Tag schlief ich in einem kleinen Gartenhaus, weil es regnete. Ich war erkältet und hatte ein bisschen Fieber, merkte nicht, dass es hell wurde und schlief zu lange. Ich wachte auf, weil eine Frau mich beobachtete. Sie hielt mir etwas Brot hin, also aß ich schnell ohne nachzudenken. Sie sagte »café«, und ich verstand, ich glaubte, sie würde Französisch sprechen. Sie brachte mich in ihr Haus, gab mir Kaffee und große Madeleines. Noch mehr Brot, mit Schinken. Ich aß alles gierig auf, sie lachte. Sie sagte: »Tranquilla, tranquilla.« Sie zeigte mir das Badezimmer, die Dusche, sie gab mir für nachher ein Kleid.*

*So kam es, dass ich mich Suiza nannte.*

Ich sah den Alten, der aufgeregt vor dem Traktor hin und her lief, doch ich hörte nicht, was er sagte. Ich öffnete das Fenster und lehnte mich raus.

»Was? Was ist denn los?«

»Was machst du denn, verdammt? Bist du besoffen, oder was? Siehst du nicht, wo du langfährst? Da warst du schon!«

Ich schaute hinter mich. Ich hatte mich vertan, war versunken in meinem Traum von Weißheit, weicher Haut und Sex.

»Okay! Okay! Ich drehe um. Tut mir leid.«

Ramón fluchte weiter, aber durch den Krach der Maschine hörte ich ihn nicht mehr. Bei der nächsten Reihe riss ich mich zusammen, dann warf ich einen Blick auf meine Uhr. Zwanzig Uhr. Die Sonne ging langsam hinter dem Wald unter.

Mir reichte es, und ich hatte etwas Besseres vor.

»Ramón! Schluss für heute!«

»Jetzt? Unten sind nur noch drei Reihen!«

»Mir egal! Hab die Schnauze voll. Außerdem müssen wir noch abladen, wir machen morgen weiter. Ich bin müde.«

»Morgen regnet es.«

»Mir egal, hörst du? Wir packen zusammen, ich hab genug.«

Ramón schaute mich besorgt an.

»Was hat der tolle Arzt dir denn heute Morgen gesagt? Seit dem Arztbesuch bist du komisch …«

»Lass gut sein, ja? Ich bin müde, das ist alles.«

»Gut, in Ordnung, wir hören auf, hm, du bist der Boss. Ich mein ja nur …«

Während wir mit dem Traktor zurückfuhren, spürte ich Ramóns argwöhnischen Blick in meinem Nacken und auf meinen Schultern. Er wusste noch nichts von dem Krebs. Ich hatte meine Geschichte über die Rippenfellentzündung ausgeschmückt, detailliert von meinem Krankenhausaufenthalt erzählt, er war nicht weiter darauf eingegangen. Ich hatte die lange und komplizierte Therapie beschrieben, weshalb ich häufig nach Lugo fahren müsse, eventuell sogar nach Santiago. Ich spürte, dass er mir misstraute, hatte mich um Kopf und Kragen geredet, um ihn von der Diagnose abzulenken, dabei war ich doch eigentlich so wortkarg. Als wir jetzt die großen Ballen einen nach dem anderen abluden, schaute er mich ständig schief an. Und dann sah es mir gar nicht ähnlich, einfach Schluss zu machen, mitten auf dem Feld aufzuhören, obwohl es in Galicien doch eine Binsenweisheit war, dass zwei Tage ohne Regen zwei goldene Tage waren.

»Bis morgen!«

Sobald der letzte Wagen abgeladen war, gab ich mich betont locker. Ich wollte ihn loswerden, damit ich freie Bahn hatte.

»Gehst du nicht auf einen Schluck in die Kneipe?«

Ramóns Fistelstimme überschlug sich, er riss die Augen auf und machte einen Schmollmund. Ich schloss die Scheunentür, reagierte nicht. Um ihn auszutricksen, würde ich mir mehr einfallen lassen müssen.

»Ah, jetzt hab ich's! Warten deine Gören auf dich?«, spottete der Alte.

Ich drehte mich mit einem Ruck um, machte meinem plötzlichen Ärger wegen seiner Hartnäckigkeit Luft:

»Du willst mich wohl wirklich nerven heute, was? Leg's nicht drauf an! Wenn ich wollte, würde ich gehen, wenn ich Lust dazu hätte. Darf ich das vielleicht noch selbst entscheiden?«

Angriff ist die schlechteste Verteidigung. Ich stapfte brüllend über den Hof und riss die Tür zur Küche auf, am liebsten hätte ich sie mit dem Fuß aufgetreten. Ich drehte mich zu dem Alten um.

»Hör auf, mich anzustarren, als würdest du mich zum ersten Mal sehen, hau ab und komm morgen früh wieder.«

»Denk an Don Confreixo, Kumpel, ich mache mir Sorgen um dich«, murmelte er und taxierte mich wie ein bissiger Hund.

Ich schlug ihm die Tür vor der Nase zu. Dieser Saukerl las mich wie ein offenes Buch, er wusste, dass ich nicht auf dem Damm war. Wie sollte ich es anstellen, dass ich vor dem alten Trottel nicht aufflog, der mich besser kannte als mein eigener Vater? Und warum hatte ich gesagt, ich wollte nicht in die Kneipe, obwohl ich doch genau dort hinwollte?

Ich stürzte wieder zur Tür.

»Ramón! Warte auf mich! Ich komme …«

Der Alte war schon ungefähr zwanzig Meter weit weg. Er drehte sich um und kam mit dem Lächeln eines Aficionados, der auf dem Weg zu seinem ersten Stierkampf ist, auf mich zu.

»Ah! Ein Glück! Ich wollte schon den Priester holen.«

Es wurde gerade erst dunkel, es war die Zeit der längsten Tage. Der Sonnenuntergang ließ den Himmel brennen wie zu Zeiten der Großfeuer. Wir gingen nebeneinander Richtung Dorf, und ich sinnierte, wäre der Weg aus Gras, hätten wir im Laufe der Monate und Jahre einen Pfad ausgetreten, so wie das Vieh auf den Hügeln. Mindestens zweimal am Tag gingen wir diesen Weg, passierten den klaren Fluss und die alte Römerbrücke, erreichten die ersten Häuser, die uns das beruhigende Gefühl gaben, in die Zivilisation zurückzufinden: Nie kam es vor, dass wir den Dorfplatz ohne einen Händedruck oder einen Gruß erreichten. In dem typisch galicischen Dorf reihten sich weiße Häuser mit kleinen Fenstern und bunten Fensterstürzen, die den schmucklosen dunklen Stein freundlicher wirken ließen, harmonisch aneinander. Hortensienbüsche, gelbe Stechäpfel, Astern und riesige Rosensträucher besprenkelten die grauen Mauern mit einer unendlichen Vielfalt von Farben, die je nach Jahreszeit wechselten. Der Dorfplatz war nicht mehr als ein ziemlich leerer Platz, an dem sich die drei Mittelpunkte unseres ländlichen Lebens befanden: Álvaros Kneipe, Luis' Laden, Gottes Kirche. Der Rest des Dorfes war entlang der schmalen verschlungenen Wege in Richtung der Hügel verstreut, und die Häuser schienen in ihrer Bergfahrt am Rand des Eukalyptuswalds gestrandet zu sein, einem mächtigen, übermenschlichen, unüberwindbaren Schutzwall, hinter dem eine andere Welt lag.

Wir waren fernab von allem, noch nicht einmal an die Schnellstraße waren wir angeschlossen, man musste einige Kilometer fahren, nur das Murmeln des Westwinds war zu hören. Lkws, Fremde kamen nur hierher, wenn sie sich verfuhren. Die Abgeschiedenheit wahrte für uns die Gemächlichkeit und den Frieden und zwang uns dazu, zurückgezogen zu leben, vergessen von der Welt.

Daher riefen wir unter uns die »Stunde der Frauen« aus, wenn das Dorf zum Leben erwachte. Zweimal am Tag. Morgens, wenn sie auf die Türschwellen heraustraten, um, gewappnet mit Eimern voll Seifenwasser und Bürsten aus Stechginster, die Stufen zu putzen. Und abends, wenn die Sonne noch nicht ganz hinter dem Wald verschwunden war und sie wieder herauskamen, um ihre Blumen zu gießen, mit den Fingernägeln eine vertrocknete Knospe oder welke Blüte abzuknipsen und sich dann einfach nur auf einen Korbstuhl setzten und den wunderbar milden Abend genossen. Das Dorf summte dann von Gesprächen, man grüßte, rief von Haus zu Haus, berichtete von einer bevorstehenden Geburt oder einem Todesfall und verbreitete Gerüchte.

Im Gehen schnappten Ramón und ich Gesprächsfetzen auf, aber stolz und aufrecht hielten wir nicht an: Die Männer trafen sich in der Kneipe.

Als wir dort ankamen, war der Raum brechend voll.

Suiza war da.

Ich spürte ihre Gegenwart. Ich bewegte mich langsam, mit eingezogenem Kopf, ich wollte es hinauszögern, dass ich sie sah, zuerst wollte ich sie riechen.

»Tomás! Spielst du mit?«

Normalerweise spielte ich gern Karten mit Felipe und den anderen.

»Nein, keine Zeit. Ich trinke ein Glas mit dem Alten und gehe dann ins Bett. Das Heu, weißt du.«

Meine Stimme, laut, kräftig, erschreckte mich. Um sie zu warnen.

Aber auch sie wusste schon, dass ich hier war.

Sie stand genau vor mir, hinter der Theke. Sie schaute mich mit ihren großen blauen, ausdruckslosen Augen und ihrem halb geöffneten Mund an.

»Rioja wie immer?«, fragte Álvaro und stellte uns einen Teller Oliven und Erdnüsse hin.

»Nein, für mich … Orujo.«

»Aber wir haben doch noch nichts gegessen, Junge?«

»Hab keinen Hunger. Trink deinen Roten und iss was, wenn du willst. Ich brauch was Stärkeres.«

»Mensch, Álvaro, ich mach mir Sorgen um den Kleinen. Er ist wie ausgewechselt. Schert sich nicht um die Felder, isst nicht ordentlich, trinkt keinen Wein mehr …«

Ich verzog keine Miene, blieb gleichgültig, Lärm und Gespräche berührten mich nicht, ich lauerte gespannt auf die geringste Bewegung der Frau. Suiza war in meinem

Fadenkreuz, ich musterte wieder ihre helle Haut, den halb geöffneten Mund, die feinen Schweißperlen auf ihrer Oberlippe. Die bebenden Nasenflügel, den kurzen weißen Hals, die pochenden Adern. Das luftige Kleid, die vom Stoff eingeschnürten Brüste, die schlanke Taille. Weiter unten sah ich nichts, da war die Theke, aber ich erträumte mir ihre Vulva, rot und schaumig wie ihre Haare, die weichen Schenkel.

»Vielleicht ist er verliebt?«

Mit einem Augenzwinkern machte Ramón Álvaro auf meine Erstarrung aufmerksam.

»Ja, vielleicht …«

Der Alte kniff die Augen zusammen, in einem lichten Moment verstand er. Er nahm meine Erregung wahr, spürte die Spannung. Die aufkeimende Wut Álvaros, meine Unberechenbarkeit und Bedrohlichkeit. Er erkannte, dass wir uns gleich gegenseitig an die Gurgel gehen würden.

»Vielleicht musst du ihn nach Lugo mitnehmen, den Kleinen«, brach es plötzlich voller Hass aus Álvaro hervor. »Der spinnt im Moment. Die Einsamkeit, die Krankheit, da ist man nicht mehr Herr seiner Sinne und schielt schon mal nach den Frauen anderer.«

»Sie ist nicht deine Frau«, knurrte ich mit zusammengebissenen Zähnen, ohne den Blick von dieser Suiza zu lassen.

Hilflos wandte sich Álvaro jetzt ihr zu. Ihre Passivität, die er als stilles Einverständnis verstand, ihre blauen Augen, die sich in meinen verloren, ließen ihn aus der Haut fahren. Er brüllte mit erhobener Hand:

»Und du, beweg dich, du Miststück! Mach dich in deine Küche! Ich ruf dich schon, wenn wir dich brauchen.«

Suiza deutete eine Rückwärtsbewegung an, sie hatte wohl die Wut verinnerlicht, aber nicht die Worte, oder das, was sie tun sollte, sie war vor Schreck wie versteinert.

Ich hatte ihn verstanden. Geistesgegenwärtig ging ich dazwischen. Ich packte Álvaros Arm, drückte ihn mit Gewalt runter und hielt ihn auf der Theke fest. Ich hätte ihm den Arm brechen können, nur mit zwei Fingern. Nachdem ich ihm an der Thekenkante den Schädel eingeschlagen hätte.

»Du lässt sie in Ruhe, kapiert?«

Ich sprach nicht mehr, ich zischte. Die ganze Kneipe war still. Die Gespräche waren verstummt, die Speisekarten blieben aufgeschlagen, nur das leise Surren des Fernsehers zerriss die schwüle Atmosphäre.

»Komm schon, Junge, schon gut … Komm … Lass ihn los.«

Ramón legte seine Hand ruhig auf meinen Unterarm, er fühlte meine stählernen Muskeln. Er streichelte mich, wie man ein widerspenstiges Tier zur Beruhigung krault. Seine Hand lag jetzt auf meinem Nacken und tätschelte ihn sanft.

»Komm, Junge … Wir setzen uns hin und trinken einen, da hinten, in Ruhe … Los, komm schon, Junge, komm … Bring die Oliven, Álvaro, und reg dich nicht so auf, das ist nicht gut für dein Herz. Kommt schon, Kumpel, alles bestens. Gehen wir …«

Nach ein paar endlosen Sekunden, die sich anfühlten

wie Minuten, ließ ich in Zeitlupe Álvaros Arm los, bereit, ihn wieder zu packen. In dieser Erwartungshaltung war ich noch immer erstarrt, gefährlich. Meine Kiefermuskeln, die immer wieder zuckten, ohne dass ich es kontrollieren konnte, verrieten mich.

Die Zeit stand still. Mein Herzschlag hämmerte in meinem Kopf, ich wusste nicht mehr, wo ich war, was ich tun sollte.

Ich konnte das nicht auf sich beruhen lassen. Ich konnte nicht denken.

Kurzerhand sprang ich ohne Vorwarnung wie eine Raubkatze hinter die Bar, griff Suiza beim Handgelenk und zog sie mit mir zur Tür.

Niemand rührte sich. Männer wissen, wenn sie es mit Wahnsinn zu tun haben, sie gehen jeden Tag damit um.

Die Tür schlug zu, wir stolperten hinaus in die Nacht. Ich rechnete damit, dass die Verblüffung noch für einige Augenblicke in der Luft hängen würde, aber die Unterhaltungen und Kartenspiele wurden fortgesetzt, als wäre nichts gewesen. Das Mädchen war nicht von hier, und die Begierde eines Mannes ist etwas Essenzielles und kann jedem, der es wagt, sich einzumischen, sehr gefährlich werden.

Wir liefen stramm, ich voraus, ich zerquetschte ihr das Handgelenk. Ich war viel größer als sie, für jeden meiner Schritte musste sie zwei tun. Sie lief zögerlich, denn sie sah nicht gut, wohin sie trat, trug nicht die richtigen Schuhe, ausgetretene Ballerinas. Sie trippelte hinter mir her, so gut sie konnte, mit lächerlich kleinen und geräuschvollen Sprüngen, wenn die Schlappen gegen ihre Fersen klatschten. Je nachdem, ob sie aufschloss oder zurückblieb, spürte ich, wie der Zug schwächer oder stärker wurde.

Die Nacht durchbohrte mich wie ein spitzes Messer. Ich versuchte nur, mein klopfendes Herz zu beruhigen, ich wusste nicht mehr, warum ich sie so umklammerte, was ich vorhatte, wohin ich ging. Ich nahm die Signale meiner Umwelt nicht mehr wahr, die normalerweise mein Alphabet ausmachten. Weder den starken Duft des endlich von der stickigen Hitze des Tages erlösten Eukalyptus, noch das unergründliche Rauschen des Flusses, oder die Glocke, die Mitternacht schlug. Ich lief ohne Orientierung, nur auf mein Herz konzentriert, das schlug wie ein Totengeläut, und auf die Frau, die ich mitschleifte wie eine Kriegsbeute.

Plötzlich erinnerte ich mich wieder, warum ich sie festhielt. Ich wollte sie vögeln. Ich hielt an und drehte mich um, damit ich sie sehen konnte.

Sie war so hell in der Sommernacht, dass sie strahlte, leuchtete wie die Heilige Jungfrau. Die Straße führte an einem Feld vorbei, einer weiten, duftenden Wiese, ich zog sie hinein, und wir hinterließen im hohen Gras eine Schneise. Ruckartig brachte ich unser beider Schatten zum Stehen, mitten in diesem Bett aus Schwingeln. Der Mond färbte unsere Haare weiß.

Ich zog sie runter und drückte sie energisch auf die Erde. Ich stellte mir vor, dass mein bloßer Blick sie auf dem warmen Gras festbannte, ich vergaß, dass sie in der Dunkelheit nichts sehen konnte. Ich hielt sie immer noch am Handgelenk fest, das ich über ihren Kopf gehoben hatte. Mit meiner linken Hand versuchte ich, die kleinen Knöpfe ihres Kleides zu öffnen. Wie immer hatte sie den Mund leicht geöffnet, ich konnte ihre weißen Zähne sehen. Wütend presste ich meinen Mund auf ihren, als wollte ich sie zum Schweigen bringen, vor allem wollte ich diese übermächtige Weiblichkeit zerstören, die mich erregte, verschlang. Ihr Mund war sanft und weich, klein, sein Inneres stellte ich mir rosa vor, meine Zunge wälzte sich darin, ich nahm ihn für mich ein, ich machte es ihr unmöglich zu sprechen oder sich zu beklagen. Mein Penis schmerze schrecklich, mein Gürtel quälte mich, die Knöpfe an meiner Hose, alles, was ihn einzwängte und wovon ich ihn befreien musste. Endlich riss ich ihr Kleid auf, ihre Brüste quollen hervor, noch weißer als ihr Hals. Zwei Mondmelonen, die ich aber nicht anfassen konnte, weil ich ihr weh getan hätte. Ich hätte Zeit gebraucht, sie sanft berühren, zärtlich küssen müssen, nur diese Freiheit hatte ich nicht. Zuerst musste sie mir gehören. Ich wollte in sie eindringen, sie unterwerfen, sie zunichtemachen. Sie hatte zu viel Macht über mich. Ich wollte diese Frau schänden wie ein Barbar, ihren Körper rauben, bevor der bloße Anblick ihrer Brüste mich zum Orgasmus bringen würde. Ich wollte meinen Samen in ihr Fleisch bringen, meine Spur in ihr hinterlassen, mein Leben vielleicht. Ich wollte, dass sie nicht vergaß, niemals. Verflucht, vor allem wollte ich, dass sie endlich mir gehörte. Ich war nur noch dieses Wort, wollen, wollen, wollen, wieder und wieder, ich will dich, gottverdammt, ich will dich für mich.

Ich überwand alles, was meiner Lust im Weg war, zog meine Hose gerade eben herunter, um meinen schmerzenden Schwanz zu befreien. Ich hob ihr Bein an und ihr weicher, weißer Oberschenkel lag in meiner Hand, fühlte sich auf meiner rauen Hand an wie warme Milch.

Sie protestierte nicht, sie wehrte sich nicht. Ich hatte keine Zeit, darüber nachzudenken warum, mit einem harten Stoß drang ich endlich in sie ein. Es war beinahe schmerzhaft, und ich wollte es nicht: Mein Orgasmus sprengte mir das Hirn weg wie ein Gewehrschuss. Ich stieß einen wilden Schrei aus. Ich war in einem großen Seufzer der Überraschung gekommen, wollte es nicht, nicht sofort. Nicht jetzt. *Nicht jetzt!*

Ich zog ihn schnell raus, hörte plötzlich die Nacht und das Blut, das mir in den Schläfen pochte. Ich stand auf, zog meinen Reißverschluss zu und sagte:

»Du kommst mit mir.«

Ich wollte mehr.

Sie verstand nicht. Sie wartete geduldig, dass ich abhauen würde. Sie rannte nicht weg.

Plötzlich schämte ich mich. Ich begriff, dass ich sie nicht vergewaltigt hatte, sie hatte mich einfach gelassen. Jeder konnte sich an ihr vergehen, sie sagte nie etwas. Álvaro oder ich, das war egal.

Ich hatte nur an mich gedacht, an meinen Trieb. Ich hatte geglaubt, sie zu entführen, ohne die schlichte Prämisse in Betracht zu ziehen, nicht einmal für eine Zehntelsekunde, dass sie mit mir mitgehen wollte.

Ich knöpfte ihr Kleid so gut es ging wieder zu und versuchte, in Ordnung zu bringen, was ich zerrissen hatte, damit sie nicht so nackt war. Ich wischte ihre von meinem Sperma nassen Schenkel mit meinem Ärmel trocken und zog ihr Kleid runter, um das Schamgefühl, das mir noch immer in den Ohren dröhnte, zu beschwichtigen. Trotzdem hatte ich ein schlechtes Gewissen.

Ich stand vor ihr und wiederholte:

»Du kommst mit mir.« Ohne sie aus den Augen zu lassen, schloss ich die Gürtelschnalle: Ich hatte Angst, dass sie doch noch das Weite suchen könnte.

Ich nahm sie wieder beim Handgelenk, zog sie mit einem Ruck hoch und schleifte sie hinter mir her. Wie vorhin hielt ich ihren Arm fest umklammert. Ich ging langsam und geräuschlos, sie stolperte hinter mir über die Steine.

In der dunklen Nacht hatte ich ein breites Grinsen auf dem Gesicht. Ich fühlte mich stark, ich hatte gewonnen, es war mir egal, was sie war, ich war auch nicht besser. Ich hatte mich für Carlos Soria gehalten, aber plötzlich kam die Erinnerung wieder, dass ich nur ein armer Bauer war.

Ich kannte den Weg genau. Doch ich achtete nicht auf den Wald, der mich rief, den in dicken, noch durchscheinenden Schwaden aufziehenden Nebel, das Wegkreuz an der Gabelung, das vor im Mondschein schimmernden Flechten gelb war. Ich sah den Fuchs nicht in den Graben huschen und nicht, dass er sich duckte, als wir uns näherten, weil er wusste, dass der Mensch nur vorbeigehen würde, dass sein letztes Stündlein noch nicht geschlagen hatte.

Der Weg war weit, sie stolperte immer häufiger. Also trug ich sie. Das war kein Problem für mich. Ich brachte eine Frau nach Hause, *meine* Frau. Eine Sabinerin, und es war wirklich egal, was sie war.

Ich setzte sie auf der Treppe ab, um die Tür zu öffnen, die nie abgeschlossen war. Ich schob sie sanft ins Haus.

Die nackte Glühbirne an der Decke verströmte ihr schwaches Licht. Sie warf ein unbeschreiblich chaotisches Schattenspiel auf die Wände des Zimmers, das näher zu untersuchen ich ihr nicht die Zeit ließ. Ich zerrte sie ins Schlafzimmer und warf die Decke auf das Bett, damit sie sich auf die Kante setzen konnte. Ich hockte mich vor ihr hin, um in etwa auf ihrer Höhe zu sein. Aber selbst so war ich noch zu groß. Unter dem Schirm der kleinen Nachttischlampe sickerte ein ersterbendes Dämmergrau hervor. Man konnte nur das Wesentliche erkennen, das Bett, die Nachttische, die Gesichter, die Körper. Ich wollte ihre Brüste sehen, sie endlich berühren.

Sanft schob ich dieses Mal ihre Hand weg, mit der sie das zerrissene Kleid vor der Brust zusammenhielt. Da waren sie, ein bisschen hängend, mit ihren beinahe unsichtbaren blassrosa Brustwarzen. Blendend weiß. Ich schloss die Augen und sah sie immer noch auf meiner Netzhaut. Ich legte die Lippen zwischen sie, auf den Pfad in der Mitte, der sie voneinander trennte, um mich dort zu verlieren.

Ich sah mich wieder als das Kind, das ich einmal gewesen war, ich erinnerte mich an Milch und Honig, an eine mütterliche Zärtlichkeit. Ich wollte weinen. Die Schluchzer zogen sich in meiner Kehle zusammen wie Reisigbündel, die bereit sind, in den Flammen zu knistern. Sie vergrub ihre Hand in meinen langen Haaren, sie verstand alles, sah in mir die große Traurigkeit eines Menschen, der sterben würde. Sie legte meinen Mund an ihren Hals, sprach zu meiner kalten Haut, besang das Leben, das vergeht, und die Zeit, die verstreicht. Sie flößte mir ihre Sanftheit ein, ihre Jugend, sie brachte mich zurück in die Realität, zu dem Mann, der ich in der Gegenwart war, immer noch in der Lage zu trinken, zu essen und hart zu werden. Ich wollte sie nicht mehr zerstören.

Ich hob ihre Beine hoch, drang mühelos in sie ein. Sie war schmiegsam, feucht und warm. Ihre Augen waren geöffnet, ihre großen, etwas ausdruckslosen Augen, so blau und so berührend. Bei jedem Stoß fielen ihre Augenlider kaum wahrnehmbar herab und ihr Blick trübte sich, als hätte man einen Stein in einen See geworfen. Sie machte eine Musik, die mich an meinen Flamenco erinnerte, Seufzer und Klagen, Schnurren und Weinen. Ich schloss die Augen, ich fand bis dahin vergessene Empfindungen wieder, spürte den heißen Sand unter meinen Füßen rinnen, die Sonne meine Haut gerben, den Wind meine Haare streicheln und den Staub aufwirbeln, ich malte mir die immerwährende lange Reise meiner Vorfahren mütterlicherseits aus. Ich lauschte der Stimme ihres weißen Körpers, der mit meinem eigenen so dunklen Körper verschmolzen war. Sie sang wie La Niña de los Peines. Ich wollte bis zum Morgen auf ihr spielen, aber wie in der Wiese spürte ich schon, dass ich nicht durchhalten würde, vor allem wegen ihrer Lippen, die mich glauben ließen, dass es ihr gefiel, sie mehr wollte.

Ich fluchte wie ein Verdammter, versuchte zu vergessen, wie makellos ihre Haut war, ich ejakulierte in einem langen Stöhnen vor Wut und Genuss.

Ich wünschte mir, es hätte nie aufgehört.

Hinter den Fensterläden brach der Tag an, die Hähne krähten schon lange. Bald würde Ramón kommen. Ich sprang schnell unter die Dusche, sie wartete in der Küche. Sie rührte sich nicht von der Stelle, schwieg, die Hände hinter dem Rücken. Ich zeigte ihr den Kaffee, das Wasser, die Kaffeemaschine. Sie sagte ja, indem sie nickte. Sie wirkte ganz unbeschwert, sah mir direkt in die Augen, als ich mit ihr sprach, sie war ruhig. Ich war derjenige, der sich etwas mies fühlte. Jedes Mal, wenn ich etwas in die Hand nahm, sagte ich ihr das spanische Wort, zumal ich nicht wusste, was ich sonst sagen sollte, weil ich verlegen war und ich so die drückende Stille füllte. Mit der Zeit würde sie sich schon ein oder zwei Wörter merken.

Ich hatte ihr ein Kleid von Rosetta gegeben, einen blauen geblümten Kittel, ihrer war zerfetzt. Das Kleid war zu groß, es hing unter den Armen und ging ihr bis zur Mitte der Waden. Es war scheußlich, sie sah schlampig aus. Der Gedanke kam mir erst später, ihr ein Stück Schnur als Gürtel umzubinden, damit es ein bisschen enger anlag und nur bis unterhalb der Knie reichte. So, das war besser, jetzt sah sie aus wie eine Frau. Ich konnte sie ja nicht nackt herumlaufen lassen.

Wie immer kam Ramón, denn das Wetter war noch gut an diesem Morgen, und wir wussten beide, dass es erst abends Regen geben würde. Sein Lächeln gefror, als er die Frau sah.

»Guten Morgen zusammen!«

»Hallo Ramón. Kaffee?«

»Warum nicht. Könnte welchen vertragen. Hab nicht viel geschlafen letzte Nacht, weißt du …«

Ich ging nicht darauf ein.

»Heute müssen die Felder von San Martiño fertig werden, und alles, was wir gestern gemäht haben, bevor es regnet.«

Mit seinem eingefrorenen Lächeln und der Zigarette im Mundwinkel wie ein Gewehrlauf, aus dem es rauchte, blieb er auf der Türschwelle stehen und wartete auf mich. Mehr sagte er nicht, aber ich konnte ihn beruhigen, dass der Kaffee, die Arbeit, das morgendliche Ritual dasselbe bleiben würde, auch wenn sie jetzt mit ihrer Schüssel am Tisch saß.

Wir gingen an die Arbeit, ohne uns umzudrehen. Ich sagte nicht auf Wiedersehen: Seltsamerweise wusste ich nicht einmal, ob ich sie küssen oder ihr die Hand schütteln sollte, aber ich hatte keine Angst mehr, dass sie verschwinden würde.

*Sie waren gegangen. Ich blieb allein in der Küche zurück. Ich wollte mich wieder hinlegen, aber das Bett war wirklich sehr schmutzig. Ich wollte die Fensterläden öffnen, aber ich wusste nicht, ob ich es durfte. Ich zögerte, und dann sagte ich mir, was soll's, ich versuch's. Oh! Wie schön! Grüne Felder, hohe Bäume, der Waldrand ordentlich beschnitten wie in den Büchern von Père Castor. Dort wimmelte es sicher vor Waldgnomen. Von Gnomen hatte mir die Nachbarin erzählt, Madame Turbin. Sie ließ mich »Die Nomen-Trilogie« lesen. Gnome sind kleine, freundliche Kobolde mit »stechenden« Augen. Sie zaubern, zaubern gute Dinge, denn es sind gute Gnome, die beschützen. Manchmal spielen sie Streiche, aber sie sind nie böse, denn es sind possierliche Wesen. Ich weiß nicht genau, was das bedeutet, possierlich. Ich würde gern einen Gnom kaufen, damit er mich immer beschützt, ich habe einen bei Luis, dem Krämer, gesehen, gegenüber von Álvaros' Haus. Am liebsten habe ich den kleinen Dicken mit Pfeife und schiefem Hut. Aber ich habe kein Geld, und ich weiß nicht, wie ich zu Geld kommen soll. Hier war ich mir sicher, dass sich in diesem nahen Wald welche hinter den Blättern versteckten und dass sie mich gerade mit ihren »stechenden« Augen beobachteten, als ich die Fensterläden aufmachte.*

*Licht fiel herein, es freute sich, es war schon lange nicht mehr hier drinnen gewesen, nicht wahr? Alte, verlassene Vogelnester hingen an den Läden, die waren wirklich sehr lange nicht mehr geöffnet worden. Ich stupste die Nester sanft an, falls noch Tiere darin saßen, aber nein, es regte sich nichts. Ich fing damit an, die Fensterbank abzuwischen.*

*Unter dem Staub und Dreck verbarg sich schöner blaugrauer Stein.*

*»Mesdemoiselles, ich werde aus Ihnen perfekte Hausfrauen machen, sie werden ausgebildet«, sagte Madame Laurent. Collège section adaptée für vier Jahre. »Kochunterricht, Nähen, alles was dazugehört, um perfekte Hausfrauen aus Ihnen zu machen. Eine gute Haushaltsführung fängt mit einer guten Hygiene der Hausherrin an. Sich mindestens einmal am Tag waschen, ›die exponierten Stellen‹: Achseln, Vulva, Füße. Die hässlichen Haare entfernen, Augenbrauen, Achseln, Unterschenkel, den geheimen Garten pflegen, frisch und bereit sein, wenn der Ehemann von der Arbeit nach Hause kommt.«*

*Das Fenster war sauber, keine Tiere oder Staub mehr. Ich zerrte die Matratze auf die Fensterbank, um sie auszulüften, aber in der Sonne sah sie noch schmutziger aus. Die andere Seite war besser, darauf konnte man schlafen. Schlafen oder Liebe machen. Oh ja! Mit ihm wollte ich wirklich gern. Vielleicht würde er mich behalten? Ich musste mir Mühe geben, dass ich nicht zu viel Unsinn redete. So oder so lief ich nicht Gefahr, zu viel zu sagen, ich konnte die Sprache von hier nicht.*

*Im Schrank lag ein Unterlaken, vor langer Zeit gebügelte und gefaltete Bettlaken, eine große rosafarbene Tagesdecke mit Fransen und kleinen Schleifen an den vier Ecken. Sie war so grauenhaft, dass ich lachen musste, ich fragte mich, wer auf die Idee gekommen war, eine Tagesdecke in so einer Farbe mit all diesen Fransen zu machen.*

*Jetzt hatten wir ein schönes sauberes Bett.*

*Der Mann kam nach Hause. Ich konnte an seinem Gesicht nicht erkennen, ob er die Tagesdecke bemerkt hatte, ob er sich über das saubere Bett freute. Er war müde, er schlief sofort ein.*

*Ich schlief selbst auch lange, und als ich aufwachte, stand die Sonne tief und der Mann war schon vor einer Weile wieder gegangen, seine Seite war ganz kalt. Ich dachte nach. Ich dachte: Ich bin glücklich. Ich schloss die Augen und war immer noch glücklich. Ich dachte, ich müsste aufstehen, ein bisschen Hausarbeit machen, damit er mich bei sich behalten wollte. Aber da war eine kleine Stimme in mir, die sagte: Steh nicht auf, es kann sein, dass du unglücklich bist, wenn du aufstehst. Da schlief ich wieder ein.*

*Er kam auf mich zu, ich hatte ihn nicht nach Hause kommen hören. Ich wollte gern seinen Namen wissen, aber ich wusste nicht, wie ich das anstellen sollte. Ich konnte nicht auf Spanisch sagen: »Wie heißt du?« Ich war hier eine Wilde wie … wie Pocahontas! Sie half mir. Ich erinnerte mich und machte es wie sie in dem Disneyfilm: Ich legte die Hand auf meine Brust und sagte: »Suiza.« Dann legte ich meine Hand auf seine Brust und schaute ihn mit den Augen von Pocahontas an, die fragten: »Wie heißt du?«*

»Tomás.«

*Es funktionierte! Ich dachte an Cindy, sie wäre stolz auf mich gewesen, sie sagte, manchmal wäre ich gar nicht so dumm, wie ich aussehe. Ich wusste jetzt, wie der Mann hieß. Tomass. Auf Französisch hätte man Tomah gesagt, klar, wie der Tomah von Jennifer, der ihre Himbeerzahnpasta genommen hatte, um sich zu rasieren. Meiner sagte: »Tomass«, er zischte am Ende, das war besser, klang weniger nach Tomate. Genau das gefiel mir hier, die dummen, einfachen Dinge wurden immer ein bisschen besonders und kompliziert. Ich mochte Tomass gern. Ich wollte, dass er mich behielt. Behalte mich, ich bitte dich, ich mache den Haushalt, ich würde alles tun, was du willst, behalte mich doch. Ich sah ihn an, und ich dachte es mit aller Kraft, ich hoffte, er würde Pocahontas wieder hören.*

*Am nächsten Tag sagte ich mir, als er fort war: Jetzt arbeite ich und schlafe nicht mehr den ganzen Tag. Zuerst die Fensterscheiben, ich putzte sie mit dem Schwamm. Ich fing oben an, öffnete sie weit über das Land. Draußen war es ganz grün, Tau ließ dieses Grün funkeln, dass du die Augen ein bisschen zusammenkneifen musstest, sonst hättest du nichts mehr sehen können, das verbrannte dir die Augen. Das Licht besprenkelte den Weg, die Felder, den Himmel mit seinen feuchten Strahlen. Der Nebel wollte sich noch nicht auflösen, wollte noch ein bisschen bleiben, fühlte sich wohl im Tal. Die Hühner kamen zu mir, sie waren alle vor dem Haus und versuchten, sich mit mir zu unterhalten. Es überraschte sie, dass sie mich hier putzen sahen, sie kannten mich nicht. Ich wusch, schrubbte, wischte trocken. Na, ihr Hühner, wie geht's? Gut, sagten sie. Die Fenster waren sehr froh, die Sonne wieder zu sehen, die jetzt ins Haus hereinscheinen konnte.*

*Das Geschirr musste seit Monaten herumgestanden haben, wenn nicht noch länger. Es stank, war ganz verklebt. Ich weichte es ein, wusch es und trocknete es gut ab, sonst würde es Wasserflecken geben. Nachdem ich den Geschirrschrank aufgeräumt hatte, war Platz, um es einzuordnen. Den Geschirrschrank hatte ich vorher ausgewischt, um das Fett und den verklebten Staub herauszubekommen. Madame Laurent wäre zufrieden mit mir gewesen. Ich stapelte die Teller, legte die Messer zusammen, die Gabeln, die Esslöffel, die Teelöffel einzeln, dann war kein Platz mehr. Aber das gefiel mir nicht, zum Schluss änderte ich es: Die Teelöffel legte ich zu den Esslöffeln, damit sie keine Angst haben mussten, und die Messer einzeln. So, das war viel besser, Messer haben keine Angst, sie sind ja Messer.*

*Dann räumte ich die Regale auf, den fettverkrusteten, klebrigen Krimskrams. Die Heiligen und die Jungfrauen Maria badete ich mit Tomass' Shampoo, Lauge wäre zu scharf gewesen, fürchtete ich. Ich ließ sie nicht zu lange einweichen, denn ich hatte Männer und Frauen gemischt und das ist nicht gut für die Heiligen, sie machen keine Liebe, das mögen sie nicht, das ist Sünde, sagte Großmutter Yvette. Der Stier blutete nach dem Bad wieder hübsch rot und frisch, als hätte er seine Tage am Hals.*

*Apropos Tage, es musste hier früher mal eine Frau gegeben haben, ich fand eine alte angebrochene Schachtel Binden, super plus, mit drei Tropfen. Ich entdeckte auch hübsch gefaltete Tücher und Besen, alles, was man für die Hausarbeit braucht, Männer aber nicht kaufen würden.*

*Ich könnte stundenlang von der ganzen Hausarbeit erzählen, die ich erledigte, ich arbeitete den ganzen Tag. Ich war stolz auf mich, auf das Haus. Vor allem auf den Boden: Vorher war er eher ein Kartoffelacker gewesen. Nachdem ich ihn geschrubbt hatte, glänzten die kleinen glasierten Fliesen wie an Weihnachten, sie sahen aus wie neu. Ich hatte das Wasser im Eimer mindestens zehnmal gewechselt. Der Mopp war ein Klumpen aus Fusseln, wie bei Álvaro, in Spanien gibt es nichts anderes. Es ist praktisch, man macht sich nicht den Rücken kaputt beim Auswringen, aber er putzt nicht so gut wie ein Schweizer Mopp. Ich meinte, ein französischer Mopp. »Was du nur immer für einen Blödsinn redest, mein armes Mädchen«, sagte Papa. Hör auf damit, hör auf, du weißt doch, dass er nicht mehr mit dir reden kann, das sind nur Erinnerungen.*

*Die Badkeramiken schrubbte ich eine nach der anderen mit einem kleinen Schwamm und Weißweinessig gemischt mit Seife. Man hätte davon essen können, so sauber war es. Eine Zahnbürste in einem Glas für Tomass und ein Glas für mich, auch wenn ich keine Zahnbürste hatte. Ich putzte meine Zähne mit der von Tomass. Ein großes Glas und ein großes Handtuch für ihn, ein kleines Glas und Handtuch für mich. Maman, das war wie in »Goldlöckchen«.*

*Dann setzte ich mich hin und wartete, dass er nach Hause kam.*

Sie legten mir den Portkatheter ohne Vollnarkose, um sich den Anästhesisten zu sparen, nehme ich an. Einen Chirurgen kannte ich schon, er hatte mich hier nach meinem Militärdienst vor einigen Jahren an einem gutartigen Tumor in der Brust operiert. Auch ein hohes Tier. Aber Portkatheter machte er nicht. Niedere Arbeit eben.

Also legte ihn mir der Assistenzarzt, es muss für ihn das erste Mal gewesen sein. Er war genauso nervös wie ich, es lief nicht gut. Ich hatte Angst, ich hatte Schmerzen, ich spürte, wie der Katheter in mein Herz stach, ich brüllte so laut, dass sie einen Oberarzt holen mussten, der Assistenzarzt war schweißgebadet.

Im Aufwachraum, wohin sie mich gebracht hatten, obwohl ich gar nicht geschlafen hatte, gab es keine Klingel, und ich musste verdammt dringend pinkeln.

Ich war allein, das gesamte Personal war verschwunden, wahrscheinlich woanders mit »Notfällen« beschäftigt. In den entfernten Gängen hörte ich jemanden eilig laufen, Türen heftig zuknallen. Stille. Mussten sie jemand anderen foltern, Kaffeepause machen, ein wichtiges Telefongespräch führen?

Ich rief lange. Nichts. Ich schrie aus vollem Hals, so gut

ich konnte, war davon überzeugt, jetzt ginge mein Leiden erst richtig los, nachdem ich bisher verschont geblieben war. Innerhalb einer Stunde verlor ich das absolute Vertrauen, das ich in Krankenhäuser gehabt hatte, in die Medizin. Nicht wegen der Schmerzen, nur weil ich so dringend aufs Klo musste, panische Angst hatte, es keine Klingel gab und wegen der totalen Einsamkeit, die mir in diesem verdammten Aufwachraum für Kranke, die man nicht betäubt, bevor man sie verstümmelt, die Kehle zuschnürte.

Ich schrie auch, weil ich an meinen Vater dachte, diesen Mistkerl, der mich im Stich gelassen hatte, als ich ihn am meisten gebraucht hätte. Ich schrie, weil ich mir wünschte, dass er mich besuchen würde, hier auf der Erde: elend, zur Strecke gebracht, am Ende. Ich hatte meinen Stolz verloren, meine legendären Kräfte. Ich wünschte mir, dass er hier wäre, bei seinem einsamen, kranken Sohn, dass er ein bisschen Mitgefühl hätte, wenigstens ein bisschen Verständnis. Denn Liebe, das wusste ich, war undenkbar: Nur meine Mutter hatte er je geliebt.

Ich schrie vor allem, weil ich nicht wusste, wie ich ehrlich über mein Schicksal weinen sollte.

Ramón holte mich am Bus ab, das Pflaster unter meinem Hemd war nicht zu sehen, ich hatte ihm erzählt, es sei eine einfache Kontrolle gewesen. Er sagte nichts, aber er schaute mich von unten an, musterte mich wie ein Museumsstück, ich musste ausgesehen haben wie ein Zombie. Er wollte mich am Hofeingang stehenlassen.

»Okay, Junge, ich esse bei Álvaro, wenn der alte Hornochse mich bedient. Es gibt heute Lamm, und ich muss zugeben, dass er kocht wie kein anderer. Du hast wahrscheinlich Besseres zu tun. Wir sehen uns nachher, gegen drei Uhr, wir müssen trotz allem ein bisschen was tun … Zwei Stündchen, geht das?«

»Komm, trink einen Schluck, du kannst später essen. Auf eine halbe Stunde kommt es nicht an. Ich brauche dich, Ramón, ich hätte gern, dass du bei mir bleibst.«

Ich wusste nicht, ob ich die drei Stufen ins Haus schaffen würde, ich fühlte mich elend und niedergeschlagen. Der Alte hielt einen Moment inne und fixierte mich mit Adleraugen, dann folgte er mir nachdenklich.

Als ich in die Küche kam, vergaß ich meine Angst: Ich erkannte mein Haus kaum wieder. Aus der Junggesellenbruchbude hatte sie ein sauberes Interieur gemacht, zweckmäßig und gemütlich. Ramón pfiff und klopfte mir fest auf die Schulter, das tat höllisch weh, so ein Idiot. Ich unterdrückte einen Schmerzensschrei.

»Junge, Junge, du Ferkel!«

Sie lehnte an der Spüle und wartete. Ich schaute sie an: Ich musste einen Weg finden, ihr zu danken, aber ich wusste nicht, wie man mit Frauen redet, und schon gar nicht mit solchen, die kein Spanisch verstanden.

Ich beugte mich leicht vor und sagte ihr sanft ins Ohr:

»Gracias, Señora.«

Ich wollte noch mehr sagen, aber es ging nicht, sie hätte nichts davon verstanden. Ich begnügte mich damit, sie so zärtlich wie möglich mit meinen trockenen Lippen zu küssen.

Sie deckte den Tisch, denn sie hatte begriffen, dass wir zum Essen gekommen waren, als ich anfing, Schinken und Wein auf den Tisch zu stellen. Ramón geriet in Verzückung, als er die Fenster sah, wartete mit einem Glas in der Hand.

»Verdammt, ist das Gelände schön, jetzt, wo man es sieht, oder? Tomás, du solltest den Feigenbaum da vor der Tür ein bisschen zurückschneiden. Das passt jetzt nicht mehr dazu, wie es hier drinnen aussieht.«

»Werde ich machen.«

»Der Haushalt ist doch wirklich Frauensache, nicht? Das gibt's doch nicht, das haben sie im Blut. Vielleicht haben sie ein zusätzliches Stück Gehirn, extra dafür.«

Sie zeigte auf den Tisch und sagte mit zitternder Stimme auf Spanisch:

»Du wollen?«

»Ich werd verrückt! Sie spricht auch noch!« Stieß der Alte vor Überraschung hervor. Auch mir verschlug es für ein paar Sekunden die Sprache. Ich machte große Augen.

»Sie muss auch sagen können: ›Willst du Kaffee?‹ Du brauchst ihr die Dinge nur ein paarmal zu wiederholen, sie lernt schnell.«

Ich war stolz wie Bolle.

»Mal sehen: ›Willst du vögeln?‹, sollte sie auch sagen können.«

Ramón stellte pantomimisch Geschlechtsverkehr nach

und klatschte seiner imaginären Partnerin vor sich auf den Po.

Ich schaute ihn entsetzt an. Er vergaß sich, der Alte.

»Hör auf mit dem Unsinn und setz dich hin!«

Ich schimpfte vor mich hin, halb sauer, halb amüsiert, was für ein Trottel … Ramón machte weiter mit seiner Show, lachte sich einen Ast, bis er sich irgendwann in aller Ruhe an den Tisch setzte.

»Sind wir fertig? Können wir jetzt essen?«

Plötzlich war mir das Lachen vergangen.

Er plapperte weiter, ließ sich überhaupt nicht beeindrucken von meiner Selbstzufriedenheit:

»Du findest, sie muss gar nicht fragen können, du raffinierter Glückspilz! Sie braucht nur mit dem Hintern zu wackeln, das genügt. Ach! Wenn ich noch jünger wäre! Heilige Mutter Gottes, Tomás, wenn ich in deinem Alter wäre!«

»Das war einmal, alter Mann. Und was hast du draus gemacht?«

»Ich hab meine Zeit verschwendet, ich geb's zu. Aber wenn Gott mir so eine Frau geschickt hätte, mein Junge, hätte ich sie genommen, das kannst du mir glauben. Und ich hätte sie nicht mehr losgelassen.«

»Das letzte Mal, als ich dich von ihr hab reden hören, hast du gesagt, sie wäre dumm und eine Analphabetin, glaube ich.«

»Na ja … Kann sein … Wen intressiert's! Wen intressiert's, mein Junge! Sie lässt ihren Körper sprechen, und da ist sie für uns Cervantes, Kleiner! Ein waschechter Don

Quichote! Und davon gibt es nicht nur zwei Bände, was? Eher eine ganze Bibliothek. Ernsthaft, Tomás, du weißt es selbst, wozu sind kluge Frauen gut, außer, um dir auf den Sack zu gehen? Ich hatte nicht solches Glück, ich hab keine Frau wie die da gefunden. Ich werde ein einsamer alter Mann sein, der ganz alleine stirbt wie ein räudiger Köter. Meine Seele wird als Rabe wiederkommen, um dir in gutem alten Galicisch Tag und Nacht ordentlich von meiner Eifersucht vorzukrähen.«

»Gott bewahre, Ramón! Ich hab zu deinen Lebzeiten schon genug von deinem Gejammer!«

Innerhalb weniger Minuten bereitete sie einen Salat und ein Omelette zu, Tomaten und Eier hatte sie in der Vorratskammer gefunden. Wir schauten ihr beide beim Arbeiten zu, wie zwei artige Jungs ihrer Mutter.

»Ich kann bleiben, wenn du möchtest, Chef. Álvaros Lamm kenn ich. Wenn das Schweizer Essen so ist wie ihr Haushalt, ist es nicht mit Entenmuscheln aufzuwiegen.«

Sie brachte die vollen Teller, meinen zuerst, und es war albern, aber ich kam mir vor wie ein echter Räuberhauptmann. Sofort fing Ramón an, sich als Restaurantkritiker aufzuspielen, begeistert kauend, mit den Augen rollend:

»Keine Tortilla, aber trotzdem nicht schlecht, hm? Und Tomaten sind gut für den Darm, das Gegengewicht zur Chorizo. Du solltest im Laden ein Konto eröffnen, vielleicht kann sie dir typische Schweizer Gerichte kochen? Mit Käse. Die essen da nichts anderes, die schmelzen ihn mit Wein und essen ihn nur mit Brot. Hab ich im Fernsehen gesehen.«

Ich hörte nur mit halbem Ohr zu, ich beobachtete Suiza beim Essen. Sogar wenn sie aß, erregte sie mich. Ich fragte mich, warum ich einen Steifen kriegte, wenn ich sie kauen sah. Wahrscheinlich wegen ihrer blassrosa Lippen, die sich rhythmisch öffneten und schlossen und vor Hingabe anschwollen. Ich stellte mir ihre Lippen auf meiner Brust vor, auf meinem Penis. Da bekam ich einen Riesenständer. Flau, halb tot, verloren, wurde ich noch härter. Da war eben doch noch Leben in mir. Ich war ziemlich wütend auf den Alten, dass er da war, ich suchte verzweifelt nach einem Vorwand, um ihn rauszuwerfen, während er sich in aller Ruhe vollstopfte und dabei seine Kommentare abgab.

Mit Hintergedanken schlug ich ihm vor, seine Zigarette draußen zu rauchen, damit er sich im Schatten der Palme ausruhen konnte, während er auf den Kaffee wartete. Er schaute mich mit glasigen Augen an und fing an zu glucksen wie eine alte Gans.

»Gut, mach ich, Chef, ja. Ich bin im Schatten drüben und ruh mich aus, stimmt schon, dass man in meinem Alter langsam machen muss. Und du bringst mir den Kaffee, wenn er durchgelaufen ist, hm … Vergiss nicht, zwei Zucker, ja?«

Ich zerrte Suiza in die Vorratskammer und nagelte sie gegen die Wand, die Hand auf ihrem Mund, damit Ramón sie nicht hörte. Ich war überrascht, weil es so verblüffend leicht war, ich zögerte keine Sekunde, ich hatte den Eindruck, ich würde sie auf meinen Penis setzen. Ich konnte sie nicht tragen, ich war zu erschöpft, aber ich brauchte nur leicht in die Hocke zu gehen, und sie glitt mit Leichtigkeit auf mich, es tat nicht weh. Ich dachte an Rosetta und wie schwer es gewesen war, mit ihr schnell zur Sache zu kommen, weil sie immer trocken war. Suiza hingegen war nicht nur geschmeidig und feucht, es war leicht, sondern es dauerte auch nur ein paar Minuten, wegen ihrer trüben Augen, die mich glauben machten, dass sie es wirklich genoss, und vor allem, weil sie meine Handfläche leckte, die ich auf ihren Mund gelegt hatte. Ich hielt nicht sehr lange durch.

Als ich wieder auf die Felder ging, fühlte ich mich fast etwas besser, wie ich so mit Ramón in der Sonne arbeitete. Weil ich wusste, dass sie da sein würde, wenn ich heimkäme. Ihr leicht hüpfender Gang, ihre weiße Haut, ihre Jugend flößten mir ein Lebenselixier ein. Wie ein alter ausgetrockneter Vampir, der an der Quelle der Lebenskraft trinkt.

Nach dem Abendessen, als ich schlafen gehen wollte, versuchte sie es. Monoton, etwa als wollte sie mir ein Kilo Kartoffeln verkaufen, fragte sie:

»Willst du vögeln?«

Ich drehte den Kopf zu ihr und schaute sie fassungslos an. Dann erinnerte ich mich an die Unterhaltung mit Ramón heute Mittag: Vielleicht war sie gar nicht so dumm.

Egal, trotzdem musste ich es ihr begreiflich machen. Ich stellte mich vor sie, legte ihr die Hand auf den Mund und wiederholte: »Willst du vögeln?« und bedeutete ihr »nein« mit dem Finger und dem Kopf. Ich wollte ihr verständlich machen, dass man so nicht fragt. Einfach zu ungehobelt, selbst für das wilde Tier und obendrein den Grobian, der ich war.

Ich zeigte auf ihre Augen, ihre Brüste, ihren Körper und sagte:

»Anstatt ›Willst du vögeln‹, fragen wir damit. Nicht mit Worten.«

Ich legte meinen Zeigefinger auf ihre Augen, Brüste, ihren Körper, und ich sagte »ja« mit einem Kopfnicken.

Versteh doch! Keine Chance. Mit hängenden Armen stand ich vor dem Bett und fragte mich, wie ich das in ihren Kopf bekommen sollte, wie ich das anfangen könnte.

Irgendwie, ich wusste nicht wie oder warum, verstand sie. Sie setzte sich vor mich aufs Bett, ich stand. Sie öffnete leicht ihren Mund, knöpfte ihre Bluse auf, nur ein paar Knöpfe zwischen den Brüsten. Mit einer Hand raffte sie ihr Kleid über die Oberschenkel, die sie unverhohlen spreizte: Sie trug keine Unterhose. Sie stützte sich auf ihren Knien ab und sah mich, den Kopf leicht in den Nacken gelegt, an, als wäre ich der einzige Mann auf der Welt.

Ich stürzte mich auf sie wie ein Haudegen, hatte ich doch kurz zuvor noch von ungehobelt gesprochen, und murmelte:

»Verdammt, du kannst fragen wie keine andere.«

Nachts saß ich auf der Bettkante und betrachtete sie, während sie schlief, nackt und ruhig. Nach wie vor rührte mich ihre milchige Hautfarbe, ihre scheinbare Zerbrechlichkeit. Und dass sie komplett unbehaart war. Keine Haare unter den Achseln und auf den Armen, nur ein winziges Dreieck feinen Flaums, das ihr Schambein markierte. Ich beugte mich leicht vor, sah ihre Vulva, wie eine zierliche Muschel. Flüchtig erinnerte ich mich an Rosettas schwarze, buschige Vulva, die mich in den Bann ihrer Dunkelheit zog, diesen breiten, dichten Teppich von Locken, wo sich nichts abzeichnete als eine relative Feuchtigkeit, eine unheimliche Leere, deren Geheimnis mich beklemmte. Hier hingegen erkannte ich hinter dem leichten roten Schatten große rosa Schamlippen und kleinere, die neugierig, aber vorsichtig nach draußen schauten. Eine faszinierende Einfachheit, eine unerträgliche Zartheit. Eine aufgesprungene Herzmuschel im Sand. Hier vor mir, zum Greifen nah. Ich wollte meinen dunklen Penis voller Lebenskraft tausendmal dort hineinschieben, um die Grausamkeit von ihm zu waschen, ihn von Rosa, Weiß und Orange umspülen lassen. Ich brauchte nicht zu trinken, um hart zu werden.

Mein eindringlicher Blick weckte sie auf. Sobald sie die Augen öffnete, versank ich in ihr, immer in der Angst, zu schnell zu kommen. Meine riesigen Hände hielten ihr Gesicht, ich fesselte ihren Blick in meinem, ich wollte auch in ihrem Kopf sein, sie daran hindern, selbst in Gedanken davonzulaufen, fort von mir.

Nachdem ich gekommen war, hielt ich sie im Arm. Sie schlief schnell wieder ein wie ein Kind, ihr beruhigender Atem ging gegen meinen Oberkörper. Ich schlief auch ein, aber ich schnarchte wie ein Holzfäller, vor allem, weil ich auf dem Rücken liegen blieb, um sie nicht wieder aufzuwecken.

Als ich aufwachte, hatte ich wieder Lust auf sie. Mehr. Ich wollte ihre kleine rosa Vagina. Jetzt wollte ich sie lecken. Ich küsste sie, saugte gierig. Sie atmete stoßweise, erregt, sie bettelte. Da war dieser mehlige, zuckrige Duft, diese Feuchte, die mir normalerweise Angst machte. Aber klein und blass, weich und zerbrechlich, ich fühlte mich wie der absolute Herrscher. Auf jeden Kuss, jedes Stupsen mit der Zunge reagierte sie mit einem wilden Schrei oder einem Fauchen wie eine Katze, einem erstickten Schluchzer oder einer Lachsalve. Für ein paar Sekunden, einen lächerlich kleinen Zeitraum, war sie nicht mehr da, zuckte vor Lust. Ich wusste, sie war gekommen – mit einer bislang ungekannten Intensität.

Ich war mir nie sicher gewesen, ob ich einer Frau Lust bereitete. Sie waren Expertinnen der Täuschung, wie ich wusste, und ich hatte schon alle Hände voll mit meinem eigenen Orgasmus zu tun. Warum hatte ich mir bisher nicht die Zeit genommen, mich mehr damit zu beschäftigen? Warum war ich so glücklich, ihr Lust bereitet zu haben? Meine Gedanken drehten sich um diese Fragen, aber sie ließ mich nicht sehr lange über dieses Thema nachdenken. Immer wieder zog sie meinen Kopf zwischen ihren Beinen hervor, streichelte mich, bis ich eine Erektion bekam, rutschte rasch unter mich, um über meinen Penis zu gleiten, mir die flüchtige Macht zu stehlen, die ich über sie gehabt hatte. Ich konnte mich nicht entziehen, ihre weißen Schenkel umklammerten meine Taille, damit ich so tief wie möglich in sie eindrang. Ich versuchte, mich freizumachen, aber die feuchte, seidige Scheide, ihre Brüste, die meinen Oberkörper sanft berührten und der gierige Mund, der mich küsste, machten mich wehrlos, ich ließ sie gewähren, von vorneherein chancenlos.

Als ich zu meiner ersten Chemotherapie ging und in meinem Sessel saß, bot man mir einen Kaffee an. Das überraschte mich, ich war davon ausgegangen, das würde kein Zuckerschlecken werden, und dann Kaffee, das war ja ziemlich festlich … Sollte es am Ende gar nicht so schlimm sein? Am liebsten hätte ich gefragt: »Kann ich auch eine Zigarette rauchen?«

Aber eigentlich hatte ich so eine Scheißangst, dass mir schon schlecht wurde, als sie die Infusion am Portkatheter anlegten. Die Krankenschwestern verstanden schnell, dass der große stämmige Kerl ein wenig zart besaitet war, sie gaben mir ein Bett neben einem dürren alten Mann, der gelb wie eine Wachsbohne war und mir erklärte, dass ich keine Angst zu haben bräuchte. Er habe wie ich vor zwei Jahren Lungenkrebs gehabt, aber jetzt ging es ihm gut, es waren die Knochen.

Kurz kam mir ein »SCHNAUZE!« in den Sinn, aber ich tat einfach, als schliefe ich, damit er mich in Ruhe ließ.

Und dort in meinem Bett, die Augen geschlossen, krank vor Angst und Sorge, kurz davor, mich zu übergeben, dachte ich, ich würde wirklich sterben. Ich sah die Tropfen des Todes einen nach dem anderen fallen und fragte mich, welcher der letzte sein würde, der tödliche. Als die Infusion durchgelaufen war, war ich angenehm überrascht, noch am Leben zu sein. Die Krankenschwester komplementierte mich freundlich hinaus und sagte mit einem charmanten Lächeln: »Bis zum nächsten Mal«, als hätten wir uns auf einen Drink verabredet.

Ramón brachte mich nach Hause, es ging mir gut, es war seltsam. Wir tranken zwei Rioja, ich hielt Siesta, der Nachmittag versprach ziemlich gut zu werden. Ich wartete. Und am Abend kam die Übelkeit. Wie eine Sturmflut.

In der Nacht schaute ich abwesend Fernsehen und versuchte, diesen ganzen Mist zu vergessen. Keine Zärtlichkeiten mit Suiza, stattdessen nonstop Kotzerei. Ich sagte ihr, ich sei krank, tat, als würde ich mich übergeben, sie ging allein ins Bett, nachdem sie mir einen kalten Waschlappen auf die Stirn gelegt hatte. Rührend.

Drei Tage, es dauerte drei Tage. Die Übelkeit zog mir den Magen zusammen, ich hatte zu nichts Lust. Ramón machte die ganze Arbeit. Der Alte hatte verstanden. Ich war mir sicher, dass er es wusste. Doch wie immer sagte er nichts. Das war das Beste. Suiza spielte die Hausfrau, sie wuselte ununterbrochen herum, gab komische Töne von sich. Singen konnte man das wohl nicht nennen, es war eher eine Art Schnurren einer kastrierten Katze. Ich hörte ihr Summen im ganzen Haus. So fühlte ich mich nicht mehr allein, ich mochte dieses ständige Geräusch, das mir jederzeit anzeigte, wo sie sich befand – besser als ein Radar.

Eine kleine fleißige Biene, blond und seidig, die Leben ins Haus brachte.

Am Samstagabend ging es mir langsam besser. Der Folterknecht, der mir den Kopf unter Wasser drückte, um mich zum Reden zu bringen, hatte entschieden, den Druck ein wenig wegzunehmen, um zu sehen, ob ich etwas zu gestehen hätte. Ich hatte eine Höllenangst, dass es nur eine trügerische Pause sein könnte, er den Kopf doch wieder unter Wasser drücken würde, damit ich meine Geheimnisse und meine Eingeweide ausspuckte.

Am Sonntag war ich erlöst. Keine Übelkeit mehr. Ich fühlte mich ziemlich fit. Ich wollte nach draußen gehen, um die Sonne zu sehen und die Felder, das Dorf.

Suiza lebte jetzt schon eine ganze Weile bei mir, und Agustina hatte ich total vernachlässigt.

Ich beschloss, auf dem Weg zum Zigarettenholen zu ihr zu gehen, denn sonntags arbeitete sie nicht. Ich ahnte schon, dass ich eine ordentliche Abreibung einkassieren würde – zu Recht: Obwohl ich neuerdings herumturtelte, war das noch kein Grund, sie zu vergessen. Widerstrebend machte ich mich im Büßergang auf den Weg, des Unwetters bewusst, das ich abbekommen würde. Nicht, dass ich Angst gehabt hätte, weit gefehlt, aber ich wusste, sie kannte mich besser als ich mich selbst, meine Gedanken waren für sie ein offenes Buch, und wenn sie mit einer ihrer hellsichtigen Bemerkungen ins Schwarze traf, konnte mich das leicht aus der Fassung bringen. Ich stand dermaßen neben mir, dass ich ihren Scharfsinn fürchtete.

Sie hatte mir schon gezeigt, dass ich sie wiederum nicht durchschaute, und schon unten am Berg hörte ich sie keifen, sie beschimpfte und beleidigte mich. Mit der Zigarette im Mundwinkel war sie gerade dabei, ein Huhn zu rupfen, und blies den Rauch in regelmäßigen Intervallen zwischen zwei Beleidigungen durch die Nase wie eine Lokomotive.

»Tomás! Na, sieh mal einer an, du dreckiger Hund! Kommst du gucken, ob deine alte Amme noch nicht abgekratzt ist? Erinnerst du dich, woher du kommst und wer dir die Brust gegeben hat, Mistkerl?«

Sie redete immer wie ein Droschkenkutscher und brachte keinen Satz zustande, ohne ihn mit Flüchen oder Beleidigungen zu spicken. Da schlug sie nach ihrem Vater, dem großen, starken Lourado, dem aus A Vila do Monte. Mit dieser Sprache war sie aufgewachsen, genauso wie mit Arbeit, tagein, tagaus. Sie war die einzige Tochter der Familie und die Älteste. Bei ihrer Geburt war Lourado fuchsteufelswild gewesen, er hatte sich einen Sohn für den Hof gewünscht, keine Pissnelke. Seine Frau hatte es später wiedergutgemacht und ihm elf Söhne geschenkt. Sie starb kurz nach dem letzten an einer plötzlichen Leberentzündung, ihr Soll hatte sie reichlich erfüllt.

Agustina hatte den Stab übernommen und war wegen ihrer Brüder, die sie anstelle ihrer verstorbenen Mutter aufgezogen hatte, nie zur Schule gegangen. Als alle verheiratet oder fortgegangen waren und der älteste gestorben war, war sie zu den Garcia-Brüdern gezogen, Steinbrucharbeitern aus Lugo, die ein Mädchen für alles suchten. Zwei

Männer statt zwölf, das war wie Urlaub. Im Dorf war bekannt, dass sie mit beiden ins Bett ging.

Als ich klein war, ging ich jeden Tag zum Spielen zu ihr, vor allem wegen ihres Hundes, eines hässlichen gelben Mopses mit großen Glotzaugen, die mich als Kind angerührt hatten, denn sie waren immer wässrig. Er hörte auf den zuckersüßen, verheißungsvollen Namen Azúcar. Der Hund war sehr klug, und ich brachte ihm stundenlang komplizierte Kunststücke bei oder fuhr ihn, angezogen wie ein Baby – die alten Kleider gab Agustina mir –, in einem alten, ramponierten Kinderwagen spazieren. Ich fragte mich oft, warum sie sie mir überlassen hatte, vielleicht weil ihr bei deren bloßem Anblick die Tränen in die Augen stiegen und sie tief seufzte. Azúcar spielte seine Rolle des Säuglings meisterhaft: Er trug Spitzenmützchen, lag auf dem Rücken, die Pfoten über seiner Zudecke angewinkelt und winselte, sobald ich den Kinderwagen anhielt.

Wenn ich genug von diesen Spielen hatte oder der Hund, betäubt von dem Gerüttel, eingeschlafen war, kuschelte ich mich an Agustina, die mich in ihre zitternden und duftenden Arme nahm. In diesen Momenten kam es mir vor, als könnte nichts mir etwas anhaben oder mich berühren. Damals gab sie mir viele melodische Kosenamen, niemals zweimal denselben, sie nannte mich ihre andalusische Nachtigall, ihr schönes Kind, ihren sternglitzernden Fluss, ihre zauberhafte Grille, denn das waren die einzigen poetischen Wörter ihres ansonsten derben Vokabulars.

Dank ihr kannte ich die Geschichte meiner ersten Lebensmonate. Wenn die untergehende Sommersonne alles in Honigfarben tauchte, ging ich hinauf zu ihr und fand sie immer rauchend auf der Bank vor ihrer Tür. Ich kletterte auf ihre Knie, sie hob einen Arm, um mich nicht vollzuqualmen, und mit der anderen Hand strich sie erst meine langen schwarzen Locken glatt und umschlang mich dann energisch. Ich blickte auf das langsam einschlafende Flachland und lauschte der Geschichte meiner ersten Stunden.

Meine Mutter konnte mich, mager und schwach, wie sie war, nicht ernähren. Eine rehäugige Zigeunerin mit schlanker Taille und nachtschwarzen Haaren, zwanzig Jahre jünger als ihr Mann. Eine wahre Schönheit, mit ihren Brüsten wie zwei kleine Pflaumen, nicht mal gut, um sie zu streicheln, so winzig waren sie Agustina zufolge. Außer ihrem Mann wollte kaum jemand an ihnen saugen. Die Geburt ihres großen Babys von mehr als acht Pfund hatte drei Tage gedauert. Abgesehen von meiner Hautfarbe und meinen schwarzen Augen kam ich nach meinem Vater, Galicien und den Kelten, und das war zu viel für sie.

Zur gleichen Zeit hatte Gott Agustina ihren ungeborenen Sohn genommen. Er wurde tot geboren, weil er keine Nieren hatte, der arme Kleine. Vielleicht hatte Gott sie auch bestraft, weil sie nicht wusste, welcher der beiden Garcia-Brüder der Vater war. Agustina übernahm die Rolle der Amme, um ihre trauernden Brüste zu erleichtern und mich mit ihrer traurigen Milch zu verwöhnen.

Von Anfang an empfand sie für mich eine unfassbare Liebe, vor allem, weil ich die Reling war, an der sie sich festhielt, um nicht in der Depression, ja sogar im Wahn, zu versinken. Sie fütterte mich mein ganzes erstes Lebensjahr, da meine Mutter ihr unverhofft das Feld überließ, als sie an einer Gebärmutterentzündung starb, die zu spät festgestellt wurde und zu einer Sepsis geführt hatte. Selbst im Krankenhaus in Santiago konnten die Ärzte nichts mehr tun.

Mein Vater war verzweifelt, flüchtete sich in ein Leben voller Arbeit, schuftete wie ein Zwangsarbeiter. Er vernachlässigte mich, und es fiel ihm schwer, mich zu lieben, denn er machte mich, mehr oder weniger bewusst, für den Tod seiner geliebten Frau verantwortlich. Seine landwirtschaftlichen Flächen waren riesig, nach seiner Rückkehr aus Buenos Aires, wo er im Metzgerhandwerk ein Vermögen gemacht hatte, hatte er alles allein aufgebaut. Ein riesiger Besitz, der aus den kleinen, traditionell aufgeteilten Betrieben Galiciens herausstach. Als Kind gab er mich so oft wie möglich in die Obhut Agustinas und holte mich erst abends wieder ab; als Jugendlicher schickte er mich zum langen Studium der Agrarwissenschaft erst nach Lugo und dann nach Madrid. Im Jahr, als ich meinen Abschluss machte, erhängte er sich in der Annahme, seine Pflicht erfüllt zu haben, und hinterließ mir einen Hof, Viehbestand, Ländereien, ein dickes Bankkonto bei der Caixabank und einen Brief. Mit wenigen Worten erklärte er, da sein Sohn jetzt ein Mann geworden sei, erlaube er sich als Vater diese fatale Tat, er gehe in den Himmel zu seiner geliebten Frau, wo er sie lieben konnte, soviel er wollte, ohne fürchten zu müssen, ihr Kinder zu machen, die ihr den Tod bringen würden.

Für Agustina war ich also wie ein Sohn. Sie hatte beide Garcia-Brüder geliebt, aber sie waren unfähig gewesen, ihr weitere Kinder zu schenken, mit oder ohne Nieren. Der ältere starb kurz danach bei einem Unfall auf der Baustelle, der jüngere zwei Jahre später an einem Herzinfarkt, denn er soff wie ein Loch und rauchte, seit er zwölf Jahre alt war. Man fand ihn tot am Steuer seines Lasters: Das Gerücht ging um, so sei er noch zwei Kilometer gefahren, bevor er in eine Kastanie gekracht war.

Jetzt lebte Agustina allein, sie arbeitete schwarz in Lugo in einem Lebensmittelgeschäft. Sie putzte und kassierte ab und zu, wenn der Chef schlief. Ihre Rente reichte nicht zum Leben, sie hatte immer für zehn gearbeitet, aber nie eingezahlt. Jeden Morgen und jeden Abend nahm sie in dem abgewetzten schwarzen Kleid und den Lackschuhen, die ihre Knöchel wie Telefonmasten aussehen ließen, den Überlandbus. Sie wollte kein Geld von mir. Ich durfte sie nur ab und an mit einem halben Schaf, etwas Rindfleisch, Gemüse oder ein paar Früchten unterstützen. Und Milch, wenn sie welche brauchte – entweder sie bediente sich am Tank, oder ich brachte ihr einen kleinen Eimer mit, wenn ich sie hin und wieder besuchte. Ich versorgte sie mit Futter für ihr Geflügel. Manchmal verkaufte sie ihre Kapaune, um die sie sich kümmerte wie eine Mutter, sie ging sogar so weit, dass sie ihnen Schlaflieder vorsang, die Leute kamen von weither, um sie für Patronatsfeste zu kaufen.

Ohne ihr Wissen hatte ich sie als Erbin für die Hälfte meines Besitzes eingesetzt, der zweite Teil würde an Ramón fallen.

Ich hatte mich noch nicht hingesetzt, da brachte sie schon Wein, Oliven und Schinken und Brot, das sie in dicke Scheiben schnitt.

»Ich habe keinen großen Hunger, Agustina.«

»Iss, Quatschkopf, du bist dürr wie eine Bohnenstange. Macht deine neue Frau dir denn kein Essen? Die Schweizer haben kein Olivenöl oder Knoblauch. Deswegen sind die weiß wie Ärsche und immer krank.«

»Du weißt schon von der Frau …«

Sie lachte laut, und ihr großer Busen hüpfte.

»Wer im Dorf tut das nicht, Schlaumeier? Paula hat's mir erzählt, die hat sie gefunden. Dreckig wie der Schweinetrog, aus dem sie kam, hungrig wie ein Wolf, dumm wie Bohnenstroh. Paula hätte der Polizei Bescheid sagen sollen, aber sie ist da nicht gut angesehen, seit sie ihren Bruder Nicolás wegen einer jämmerlichen Ohrfeigengeschichte mit seiner Frau gesucht haben, diesem Flittchen aus Pontevedra. Paula hat eine Nacht auf der Wache verbracht, weil sie in ihrer Wut versucht hat, sie zu beißen, diese Dreckskerle, und sie hat sie unter anderem mit ›Scheißefresser‹ und ›Minischwänze‹ beschimpft. Paula wollte sie zu den Schwestern bringen, zumal dieses Mädchen nicht gerade helle wirkt, aber zwischenzeitlich hatte sie von ihrem Cousin Antonio erfahren, dass Álvaro eine Kellnerin suchte … Perfekt, sie sah jung aus und gesund. Gesagt, getan, und das war ein guter Handel für Paula. Álvaro zahlte mit einem Lamm und zwei Pulpos, was mehr ist, als dieses Mädchen angeblich wert ist. Außerdem, wenn du unauffällig sein willst, Kleiner, entführ keine Mädchen vor aller

Welt aus der Kneipe! Die Leute haben erzählt, du hättest sie danach abgestochen. Diese große Dumpfbacke von Felipe hat sich am nächsten Tag bei dir rumgedrückt, die anderen haben ihn dazu gedrängt. Hat sie quicklebendig vor deinem Haus gesehen, hat alle beruhigt. Álvaro war sauer. Keiner wollte mehr in die Bar kommen, anscheinend hat er alle ununterbrochen angeschrien. Er hat jeden vollgejammert, der es hören wollte, dass du ihm seine Frau geklaut hättest. Gestern hat er sich sogar mit Paolo geprügelt, der ihm zwischen zwei Bier gesagt hat, dass so eine Frau keine Frau für ihn ist und dass es richtig von dir war, sie ihm wegzunehmen. Álvaro ist ihm an die Kehle gegangen, aber Paolo mit seinen zwanzig Jahren weniger und zwanzig Kilo mehr auf den Rippen hat ihm eine Tracht Prügel verpasst. Der Alte liegt im Bett, heute Morgen ist die Kneipe geschlossen. An einem Sonntag! Keine Ahnung, wo nach der Messe alle ihren Wein trinken.«

Sie starrte mich an und legte die Scheibe Brot, die sie gerade abgeschnitten hatte, auf den Tisch.

»Aber zu dir passt sie sauberkeitsmäßig, die Schweizerin.«

Sie beugte sich zu mir rüber und roch an mir.

»Mensch, was er jetzt gut riecht! Wäscht sie auch deine Sachen?«

Sie setzte sich mir gegenüber und schaute mich spöttisch mit zusammengekniffenen Augen an.

»Ich hab sie nicht gesehen, aber die Leute sagen, sie ist bleich wie der Mond und rot wie ein junger Fuchs. Ein Spatzenhirn und frisch wie eine in der Früh gesammelte

Jakobsmuschel. Du lässt wohl nichts anbrennen, du Saukerl, wenn ich deine Augenringe so sehe.«

»Sie ist jetzt meine Frau.«

»Also, erzähl mal, warum bist du hier, Junge? Doch nicht nur, um mir zu sagen, dass du nicht mehr in den Puff gehst? Ich merke doch, dass du nicht nur meinen Segen willst.«

»Das stimmt, ich möchte dich um einen Gefallen bitten.«

»Immer raus damit.«

»Fährst du morgen nach Lugo?«

»Nein, erst nächsten Montag, Pedros Sohn ist gerade da, er ist mit seiner Frau und seinen Kindern nach Alicante gefahren. Er hat das Geschäft für ein paar Tage zugemacht, macht ein bisschen Urlaub.«

»Du weißt, dass du aufhören könntest zu arbeiten, ich kann dich unterstützen.«

»Du bezahlst mir meinen Sarg, kannst schon mal deine Groschen zusammenkratzen, ich will einen aus Marmor mit Griffen aus Gold. Ansonsten kümmer dich um deinen Kram, ich brauch deine Almosen nicht. Wenn du jetzt auch noch für eine Familie verantwortlich bist …«

Ich kam wieder auf meine Bitte zurück, da wir uns auf gefährliches Terrain begaben:

»Okay, du fährst also nächsten Montag nach Lugo?«

»Hab ich ja grade gesagt, Dummkopf.«

»Kannst du mir ein Wörterbuch kaufen? Ich würde selbst fahren, aber bei all der Arbeit habe ich im Moment kaum Zeit. Und ich bin erst in drei Wochen wieder in Lugo.«

»Willst du wieder studieren? Du hast doch schon so viel

gemacht. Willst du so ein Ministerarschloch in Moncloa werden, anstatt Bauer zu sein? Wundern würd's hier keinen.«

Ihr Lachen war bestimmt bis ans andere Ende des Tals zu hören. Wenn ich sie nicht so gut gekannt hätte, wäre ich beleidigt gewesen.

»Es ist nicht für mich, es ist für meine Frau. Ein französisch-spanisches Wörterbuch.«

»Warum Französisch? Sie ist doch aus der Schweiz, oder? Warum nicht Schweizerisch-Spanisch?«

»In der Schweiz spricht man unter anderem Französisch, Agustina, Schweizerisch gibt es eigentlich nicht, viele sprechen Schweizerdeutsch und manche auch Italienisch.«

»Haben die denn keine eigene Sprache, dass sie die von anderen klauen müssen? Mensch, was für Spinner! So was, da machen die einem Vorschriften mit ihrem Geld und ihren Banken und haben selbst nichts, womit sie sich unterhalten können … Wilde, jawohl!«

»Sie haben schon ihre eigene Sprache, Rätoromanisch, aber nur wenige Schweizer sprechen es tatsächlich.«

»Na ja, dann ist es ja eigentlich keine Sprache … Wilde, ich sag's ja.«

»Also Französisch-Spanisch, ja? Damit ich mit ihr sprechen kann, weißt du, ihr ein paar Wörter beibringen kann. Damit sie nicht die ganze Zeit allein ist, nur sich selbst hat. Damit sie sich ein bisschen mit mir und im Dorf unterhalten kann. Sagen kann, was sie denkt und will.«

Die alte Agustina starrte mich immer noch an, ein kleines Lächeln spielte um ihren Mund.

»Natürlich habe ich das verstanden! Ich bin doch nicht blöd. Du willst, dass sie mit dir redet, diese Frau, sie zu bumsen reicht dir nicht.«

»Nein … Das ist es nicht, ich will sie nur besser verstehen.«

Ich schmollte wie ein missverstandenes Kind, schwenkte meinen Wein im Glas.

»Pass aber auf, dass du dich nicht verliebst, wenn sie dann spricht. Nötig wie du es hast, reif wie du bist, lässt du dich noch pflücken wie eine Pflaume. Du bist nicht nur reif, du bist schon matschig.«

Sie musterte mich mit einem Blick à la Torquemada, dem Großinquisitor.

»Wenn's mal nicht schon zu spät ist! … Gut … Komm am Montagabend vorbei und gib mir schon mal zehn Euro. Ich bring dir dein Wörterbuch aus Lugo mit. Ich sage dir, wenn es mehr kostet. Wird dir schon nicht weh tun, reich wie du bist.«

Sie würde mir mitbringen, worum ich sie bat, auch wenn sie dafür zu Fuß nach Lugo gehen musste, das wusste ich. Als wir uns einig waren, fing sie wieder an:

»Trink deinen Rioja, der hat mich 'ne Stange Geld gekostet, und erzähl mir von der Ernte, du nervst mich vielleicht mit deinem verliebten Getue, reibst mir unter die Nase, dass ich alt bin.«

Bald fielen mir die ersten Haare aus. Auf meinem Kopfkissen fand ich ziemlich viele. Eines Morgens verlor ich fast alle meine Schamhaare. Das hatte mir keiner gesagt. Ich bekam einen Mordsschreck, als ich auf die Toilette ging. Ich drehte mich um und wollte spülen, für den Bruchteil einer Sekunde dachte ich, aus meiner Unterhose wäre eine eklige Spinne gefallen, so eine genetisch veränderte, riesige, schreckliche Vogelspinne. Ich machte einen Satz von zwei Metern nach hinten und kriegte die Türklinke ab.

Die Beine dagegen, und das war gar nicht schlecht, sahen aus wie die Beine eines professionellen Radfahrers. Was ich Suiza sagen sollte, wusste ich nicht.

Am nächsten Tag kämmte ich mir die Haare, zuerst an den Schläfen. Sie blieben in großen Büscheln in der Bürste hängen, und auf meinem Kopf waren zwischen kahlen Stellen hier und da nur noch einzelne Strähnen geblieben. Um das nicht jeden Morgen zu erleben, rasierte ich alles ab. Gar nicht übel, ich hatte einen schönen Kopf. Für Frauen musste es schwieriger sein ohne Haare. Suiza war überrascht, aber sie plapperte irgendetwas und streichelte mir ganz sanft den Kopf, wobei sie lächelte, als wollte sie sagen, sie fände das lustig. Unkompliziert, dieses Mädchen, ich war froh, dass ich sie mitgenommen hatte. Die Augenbrauen schienen nicht auszufallen. Die schönen schwarzen Augenbrauen meines Großvaters, das Markenzeichen der Gabarres. Ich berührte sie nicht mehr und achtete auf Zugluft. Nur Ramón konnte sich einen Reim darauf machen. Er sagte bloß:

»Ich wusste nicht, dass einem von Rippenfellentzündung die Haare ausfallen. Gut, ich habe lange auf dem Schlauch gestanden, aber du musst es Agustina sagen.«

Ich spürte, dass er noch mehr sagen wollte, aber nicht wusste wie.

Damit alle sehen konnten, wie ich jetzt aussah, machte ich die Runde durchs Dorf und holte bei Luis Wein. Niemand sagte etwas, doch ich spürte ihre verwunderten Blicke. Es waren nicht so sehr die Haare, sondern vielmehr mein Gesicht, das ihnen Angst machte: Ich war quittengelb, und meine Wangenknochen hatten selten so vorgestanden. Ein richtiges Verbrechergesicht.

Zehn Minuten später kam Agustina, überschlug sich fast, der Buschfunk funktionierte besser, als hätte ich TOMÁS HAT KREBS an die Wände angeschlagen.

»Gottverdammt, Tomás! Warum hast du mir nichts gesagt?«

»Was hätte ich dir denn sagen sollen, Agustina? Ich habe Krebs, ich werde sterben?«

»Aber man stirbt doch nicht unbedingt daran.«

»Meiner ist von der bösen Sorte. Es sieht nicht gut aus. Ich wollte dich nicht beunruhigen, ich wollte nicht drüber reden. Das Problem sind die Haare, jetzt kann ich es nicht mehr verstecken.«

»Das kannst du mir nicht antun, meine andalusische Nachtigall, du kannst mich nicht verlassen, um mich herum sind schon zu viele gestorben. Ich will nicht allein am Leben bleiben. Wenn du stirbst, bring ich mich um, du weißt, dass du wie ein Sohn für mich bist. Mein Fleisch und Blut, das Fleisch und Blut meiner Milch.«

Sie fing an zu weinen, und ich nahm sie in die Arme. Mir

wurde bewusst, dass es das erste Mal war. Sie schluchzte an meiner Brust, und ich küsste ihre Haare, die nach Flieder dufteten.

»Agustina? Ich möchte dich etwas fragen.«

»Alles, was du willst, meine Nachtigall.«

»Ich möchte dich ab und zu Mamá nennen anstatt Agustina.«

Sie sah mich an, als würde ich in der nächsten Viertelstunde sterben. Und dann wurde sie ganz weich in meinen Armen. Ich war leicht peinlich berührt, sie so an mich gedrückt zu halten, aber glücklich, dass ich es schaffte. Das war neu für mich, ich wollte, dass sie die Zuneigung spürte, die ich für sie empfand, wie viel Kraft es mich kostete, dieses einfache Gefühl auszudrücken. Ich hätte ihr auch gern gesagt, dass ich sie liebte, aber ich konnte nicht, noch nicht. Ich versuchte, die Botschaft mit meinem ganzen Körper zu vermitteln.

Sie konnte es auch nicht, sie wusste nicht, was sie mir sagen sollte. Sie lag in meinen Armen, eine um ihren Sohn trauernde Mutter. Dann wurde Agustina wieder ganz die Alte, immer in Bewegung.

»Gut! Du machst, was die Ärzte sagen, und da hört der Spaß auf. Das sind alles Arschlöcher, die nur deine Kohle wollen, und manchmal sind es obendrein Versager, also werde ich mich, um sicherzugehen, auch um dich kümmern. Ich werde dir Tee bringen, du musst ihn dreimal täglich trinken. Was für einen Krebs hast du eigentlich?«

»Lunge.«

»Dann brauchst du besondere Kräuter. Ich sammle sie

heute Nachmittag. Komm heute Abend vorbei, ich gebe sie dir frisch, aber ich trockne dir auch welche, dann wirken sie besser. Und wir brauchen Medaillons. Eine Jungfrau von Pilar und eine Jungfrau von El Rocío, du brauchst alles Glück, was wir nur kriegen können. Marta fährt nächste Woche nach Saragossa zu ihrem Sohn, sie kann mir Weihwasser mitbringen, das der Erzbischof gesegnet hat. Die Jungfrau von El Rocío hole ich selbst, wenn es sein muss, einmal im Monat fährt ein Bus ab Orense, oder ich frage Alfonso, ich glaube, er fährt wegen seiner Prostata hin. El Rocío ist sowieso besser bei deinem Zigeunerblut, sie wird dich besser beschützen. Jeden Tag zünde ich für dich eine Kerze an, dann werden die da oben mich schon irgendwann hören. Mach dir keine Sorgen, ich kümmere mich um dich.«

»Ich esse aber keine Kröte oder zerstoßene Spinnen, Agustina.«

»Wenn es sein muss, isst du sie, und wenn ich dir die Nase zuhalten muss. So, jetzt aber an die Arbeit. Komm heute Abend. Und du kannst mich Mamá nennen, aber nicht zu oft, denn dann platzt mein Herz vor Glück, und so alt, wie es ist, bin ich nicht sicher, ob es das aushält.«

Dann ließ sie mich stehen, unterwegs in ihrer Mission. Ich befürchtete, dass sie sich nach dem Wundermittel erkundigen, ein Vermögen für Kerzen ausgeben, alle Heiligen und Gott selbst anrufen würde, um mich zu heilen. Ich musste lachen, als ich mir das Donnerwetter vorstellte, das ihnen blühen würde, wenn dieser ganze Zirkus nicht das erhoffte Ergebnis brachte. Ich war sicher, dass man sie bis nach Rom würde brüllen hören.

Am folgenden Sonntag, als ich vom Feld nach Hause kam, erwartete Suiza mich mit einem Korb. Sie hatte etwas zu essen eingepackt: Chorizo, Schinken, Tomaten, Brot und Wein. Ein kariertes Tuch bedeckte einen Teil. Sie zeigte auf den Wald.

»Essen. Sonntag.«

»Ich habe keine Zeit. Ich habe Ramón heute schon zu lange allein arbeiten lassen, wir haben mit der Ernte angefangen, ich muss zurück aufs Feld. Ich bin spät dran.«

Ich hatte deutlich gesprochen, jede Silbe einzeln, mit lauter Stimme. Seltsam, dass man lauter spricht, wenn man glaubt, dass die Leute einen nicht verstehen … Ich bin wirklich sehr spät dran: Lektion Nummer eins: Sprich mir nach. Sie sah mich wie immer mit sanften Augen an.

Ich wiederholte zur Erklärung:

»Heute geht es nicht, Suiza, ich kann nicht im Wald rumspringen, ich habe zu viel zu tun, und ehrlich gesagt, ein Picknick … Das ist doch was für Frauen, nichts für einen Bauern, den die Arbeit erdrückt und der noch alle Felder mähen muss. Die Felder warten, verstehst du, und Ramón auch. Ein andermal vielleicht? Ich esse schnell und gehe zurück zu meinem Getreide.«

Sie rührte sich nicht. Sie sah mich mit ihren großen leeren Augen an und lächelte leicht. Sie hatte nichts verstanden.

»Essen.«

»Nein, kein Picknick …«

Sie zeigte wieder auf den Wald und den Korb:

»Essen.«

Na gut, es hilft nichts, weil du's bist. Da kann ich mir den Mund fusselig reden, ich nahm den Korb, dann aber fix, ab in den verdammten Wald, machen wir einen auf Barbie und Ken. Gehen wir halt zwei Schritte hinter den Waldrand, essen schnell, um Punkt drei Uhr sitze ich auf meinem Traktor, und alle sind zufrieden.

Sie trabte hinter mir her, ich trug den Korb vorsichtig, besonders wegen des Weins und der Gläser, die bei jedem meiner schweren Schritte klirrten. Hinter der Waldgrenze taten die Eukalyptusbäume ihre Wirkung, ihr Duft und die Stille entspannten mich. Ich hielt jedoch schnell an, wir waren ja nicht zum Vergnügen hier. Sie schien überrascht, erwartete wahrscheinlich, dass wir etwas tiefer in den Wald gehen würden, aber sie konnte nicht wissen, dass ich mich beeilen wollte. Folgsam breitete sie das Tuch aus und verteilte den Inhalt des Korbs auf dem rustikalen Tischtuch. Ich stürzte mich auf den Schinken, das Brot und den Wein. Während ich kaute, besah ich mir den Eukalyptus und sagte mir, dass ich die ältesten, die voll entwickelt waren, bald würde fällen und sie durch jüngere rundblättrige Pflanzen für die Parfümherstellung ersetzen müssen.

Sie war nicht mehr da. Ich aß allein mit meinen Bäumen.

»Suiza?«

»Kuckuck!«

Sie hatte sich hinter einem Baum versteckt. Verdammt nochmal! Ich merkte, dass ihr ein Spielchen à la *Die Schöne und das Biest* vorschwebte: Ich verstecke mich hinter einem Baum und buh! Ich sehe dich …

»Nein, Suiza, ich habe keine Zeit, ich habe es dir doch gesagt. Komm essen, ich bitte dich! ESSEN, bitte.«

*Nada*. Sie antwortete nicht, rührte sich nicht. Ich zeigte ihr die kalte Schulter, ich wollte nur essen und abhauen. Innerlich lachte ich, ich hätte wetten können, es würde keine zwei Minuten dauern, bis sie mir zu Tode verängstigt nachliefe, wenn ich sie mit den Bäumen allein ließe. Mädchen haben immer Angst vor dem Wald und den Tieren.

»Kuckuck!«

Ich antwortete nicht, hatte überhaupt keine Lust auf dieses Spielchen.

»Kuckuck!«

Sie ließ nicht locker. Ich sah ihr Kleid fliegen und vor meinen Füßen landen.

Plötzlich kaute ich nicht mehr.

Vielleicht sollte ich das Ganze noch einmal überdenken: Das Wetter sollte die ganze Woche gut sein, auf eine Stunde kam es nicht an, ich hatte Zeit, sie mir zu schnappen, sie zu vögeln, zu duschen, und um vier würde ich bei der Arbeit sein.

Sie war hinter einen anderen Baum gehuscht, ich hatte sie mit ihren schlechten Schuhen rennen sehen. Mit nacktem Po, nur einem Hemdchen, das den Blick auf ihre Venusgrübchen freiließ. Das erinnerte mich an einen Film von Borowczyk, auch mit einem Biest, aber eindeutig eher mein Genre als Disney.

Ich stand auf, zögerte … Und dann setzte ich ihr nach. Ganz leise, damit sie mich nicht hörte. Aber sie war hellsichtig, lautlos, während ich beim Laufen auf Äste trat und in den Blättern raschelte. Sie versteckte sich meisterhaft, hielt den Atem an. Ich hatte es wahnsinnig schwer, sie aufzustöbern. Manchmal witterte ich sie, ihren feinen Duft, der mir so vertraut war. Sie schwitzte leicht, ich roch, dass sie Angst hatte. Alle beide waren wir gleichzeitig erregt und ängstlich.

Allmählich fand ich Gefallen an der Jagd, ich wurde diskreter und listiger. Ich lief geduckt, in sukzessiven Sprüngen. Zuerst wollte ich mein Hemd ausziehen, denn mir war viel zu warm, aber dann zog ich alles aus, ein Teil nach dem anderen, um eins zu werden mit der Natur. Nur meine Unterhose behielt ich an, weil ich schon eine Erektion hatte, was mich beim Laufen störte. Wenn ich Farbe zur Hand gehabt hätte, hätte ich mir den Körper angemalt wie Sylvester Stallone. Ich war nicht mehr in meinem Wald in Galicien, sondern stapfte auf der Suche nach meiner Beute durch vietnamesische Mangroven. Ich fand sie nicht. Lauernd lief ich durch eine überwältigende Stille. Wo war diese Frau, nach der ich pirschte wie ein Jäger? Ich stellte sie mir vor, wie sie mich zitternd durch die dürren Blätter beobachtete. Wo hatte sie gelernt, sich so gut zu verstecken? Sie war wie vom Erdboden verschluckt. Verrückt. Ich rief: »Suiza?« Nichts.

Plötzlich kam mir die Idee, ich könnte einen kehligen Schrei ausstoßen, um ihr Angst einzujagen, um sie aus ihrem Versteck zu treiben. Vier Meter von mir sprang sie aus einem Gebüsch hervor. Ich holte sie mit zwei Schritten ein, aber ich ließ sie vor mir laufen, um den Anblick ihres hautengen Tops zu genießen, des nackten Pos, der fröhlich wackelte, ihrer schlanken, straffen Beine, die in weißen, vor trockener Erde staubigen Socken endeten. Ihre Schuhe hatte sie längst verloren.

Ich stieß schauderhafte Schreie aus, und jedes Mal, wenn ich röhrte, legte sie einen Spurt hin und schrie auch, schriller und kürzer, wahrscheinlich vor Entsetzen. Ich schlug Haken, wechselte nach links, nach rechts, brüllte wie ein Tauber. Ich war zwölf Jahre alt, die Ernte war mir egal, ich rannte wie ein Wilder und schrie mir die Lunge aus dem Leib, ohne auf aufragende Hindernisse zwischen uns zu achten, Zweige, die mir den Oberkörper zerkratzten. Ich ließ sie einen Vorsprung gewinnen, wollte sie nicht zu schnell fangen. Zu einfach. Ich wollte ein bisschen spielen.

Plötzlich sah ich sie nicht mehr. Obwohl ich immer wendiger lief, nichts mehr unter meinem Gewicht knackte. Wieder brüllte ich. Diesmal sprang sie nicht plötzlich hervor. So ein Biest! Auch sie lernte dazu. Ich roch nur noch ihren Duft, so blieb ich auf ihrer Fährte. Ich witterte sie. Folgte meiner Nase, lautlos, mit geschmeidigen, bedächtigen Schritten. Nie war ich so leichtfüßig gewesen, ich hatte mich immer als schwerfällig und unbeholfen empfunden.

Da war sie.

Kauerte an einem Baum. Ich sah, wie schnell ihr Atem ging, ihre Augen das Unterholz absuchten, während sie auf dem Boden hockte, wachsam, bereit, die Flucht zu ergreifen. Ich komme, meine Schöne. Ich sprang, erwischte sie am Knöchel, denn sie wollte reflexartig flüchten, dann spürte sie meine Gegenwart und meinen Atem. Sie ließ sich ins Laub fallen, ich zog sie zu mir. Ich ließ sie kurz los, um meine Unterhose herunterzuziehen, das nutzte sie aus, drehte sich auf die Seite und riss aus, ich war perplex. Sie rannte, die Haare voller Blätter und Erde, das Hemd und der Po braun. Jetzt hatte ich genug, ich stieß einen letzten Kriegsschrei aus und holte sie mit zwei Schritten wieder ein, sie fiel der Länge nach auf die Erde, sie war am Ende ihrer Kräfte. So legte ich mich auf sie, nahm sie gewaltsam, denn ich hatte gewonnen, ich hatte sie endlich gekriegt. Der Eukalyptus war vergessen, ich sah nur noch den runden Po voller Erde, das kurze Unterhemd, das bei jedem Stoß hochrutschte und ihren weißen Rücken entblößte, die lange Vertiefung zwischen ihren Schulterblättern. Ich hielt sie an einer Schulter und einem Oberschenkel fest, um tiefer in sie einzudringen und sie meinen Sieg anerkennen zu lassen.

Plötzliche verlangte etwas in mir danach, sie noch mehr zu unterwerfen, sie anal zu penetrieren. Ich schob meinen Penis zwischen ihre Pobacken und hielt kurz inne, um sie vorzuwarnen, damit sie wusste, was ich vorhatte, sie nein sagen konnte, denn das ist selbst auf Spanisch kein schwieriges Wort. Aber auch sie wartete, hielt den Atem an, sie hatte Angst, doch sie sagte nicht nein. Mein feuchter Penis drückte in ihren Anus, obwohl er nass von ihr war, drang er nur schwer in sie ein. Sie schrie auf vor Schmerz, aber ich machte weiter, ich wollte ihr weh tun, wollte, dass sie verstand, wer ich war, Teufel noch mal, dass sie wusste, dass ich zeitweilig noch der Stärkere war, dass sie mir gehörte, ich mit ihr machte, was ich wollte, und dass ich, weil ich sterben würde, tun musste, wozu ich nie den Mut oder schlicht die Möglichkeit gehabt hatte. Ich kam schnell, vor allem, weil sie mir ihre Unterwerfung schenkte, ihren Schmerz, und weil ihre Schreie in mir eine Wildheit entfesselten, die ich in Strömen fließen lassen konnte.

Als ich wieder bei Sinnen war, schloss ich sie in die Arme, streichelte ihren Kopf und bat sie um Entschuldigung: Auf einmal schämte ich mich für das, was ich ihr gerade angetan hatte, und war paradoxerweise trotz allem ziemlich stolz auf mich.

Diese Macht über sie zu haben machte mich wieder männlich, mächtig und stark, obwohl ich seit einigen Wochen ein Wrack war, ausgezehrt von der Krankheit.

Ohne mich anzusehen, sagte sie:

»Ich willst alles, was du willst.«

Obendrein gab sie mir auch noch ihren Segen.

Um fünf Uhr kam ich aufs Feld, so lange hatte es gedauert, unsere Kleider wiederzufinden, zu essen und zu duschen.

Ramón fuhr den Mähdrescher, Alberto folgte mit dem Traktor und dem Anhänger. Ich schlug vor, Ramón abzulösen, damit wir mit dem Anhängerwechsel weitermachen konnten.

»Als du nicht gekommen bist, habe ich angefangen … Bei dem Preis, zu dem du die Erntemaschine von der Genossenschaft gemietet hast, wäre es ein Jammer, Zeit zu verschwenden. Alberto war bereit, mit anzupacken, in seiner Firma steht gerade alles still, wegen der Krise werden sie bestimmt den Betrieb einstellen.«

Ramón brüllte mir ins Ohr, vom Lärm der dreschenden Erntemaschine wurde ich fast taub.

»Du hättest mich holen sollen, ich habe die Zeit vergessen.«

Eine tolle Entschuldigung!

»Hab ich ja versucht! Im Haus war keiner. Ich dachte, ihr wärt zum Essen zu Agustina gegangen oder weiter bis nach Lugo gefahren, hätte doch sein können. Stimmt schon, ich hab mich gewundert: sich während der Erntezeit einen lauen Lenz zu machen … Ich hab gerufen, aber nichts.«

Er nahm mich beiseite, in einiger Entfernung zur Erntemaschine beugte er sich vertraulich zu mir und sagte ruhig und besorgt:

»Ich muss dir noch was anderes erzählen: Als ich dich auf dem Hof gesucht hab, hab ich im Wald hinter dem Haus ein Wildschwein gehört. Wir müssen eine Treibjagd organisieren, es ist anscheinend riesig und brünstig, dem Gebrüll nach zu urteilen. Wir müssen vorsichtig sein, es hat seine Bache bei sich, die hab ich auch gehört, es wird also reizbar und gefährlich sein. Es muss mindestens … so groß wie du sein, kannst du dir das vorstellen? Dunkel und baumstark!«

»Ja klar! Mach dich nur über mich lustig …«

Der alte Gauner lächelte so breit, dass ich all seine Zähne und einen guten Teil seines Zahnfleischs sehen konnte.

Als ich an diesem Tag mit meinem Wörterbuch nach Hause kam, hatte sie auch eine Überraschung für mich vorbereitet: Es war Weihnachten. Sie hatte den Tisch weiß geschmückt, mit großen Kerzen überall, die sie in der Kirche mitgenommen haben musste. Sie hatte das gute Geschirr herausgeholt, ich erinnerte mich an einige Teller, die Rosetta sonntags benutzt hatte. Etwas köchelte auf dem Herd, und ein Apfelkuchen stand auf dem Tisch sowie ein Korb Brot. Zwischen Herd und Tisch rote Rosenblätter auf dem Boden. Auch die Rosenblätter hatte sie irgendwo stibitzt, denn hier gab es keine roten Rosen. Dieses Weib schreckte vor nichts zurück. Neben jedem Teller lag ein kleiner Strauß Feldblumen, und das war weniger schlimm: Alle Felder gehörten mir. Sogar die Servietten hatte sie wie in einem Luxusrestaurant zu einem kunstvollen Fächer gefaltet. Wie eine achtjährige Göre, die gerade ihr Gedicht zum Vatertag aufgesagt hat, wartete sie beim Buffet. Besser, ich setzte eine zufriedene Miene auf.

»Gracias, Señora.«

Das zeigte immer Wirkung bei ihr, was ich daran erkannte, dass ihre Augen leicht lächelten, an diesem Anflug von Rosa, der ihr in die Wangen schoss und dieser typischen Schnute, die mich immer fürchten ließ, sie könnte anfangen zu weinen.

Ich setzte mich und redete lange mit ihr, als ob sie mich verstehen könnte. Ich gab ihr das eingepackte Geschenk und einen dicken schwarzen Marker. Ich deutete auf das Päckchen und sagte »du«, sie wusste, dass es für sie war.

Es war das kleine Französisch-Spanisch/Spanisch-Französisch-Wörterbuch, das Agustina mir beim Aussteigen aus dem Bus in die Hand gedrückt hatte: Sie hatte es einpacken lassen wie ein Schmuckstück, und diese Aufmerksamkeit überraschte mich. Agustina war eigentlich nicht bekannt für eine romantische Ader. Auch sie lernte wohl dazu.

Suiza betrachtete das Päckchen, ohne es zu öffnen oder etwas zu sagen, als ob sie nicht verstünde, dass es für sie war. Nach einer halben Ewigkeit fing sie an, es vorsichtig zu befühlen, sie hatte Tränen in den Augen, und das machte mich nervös. Ich ließ ihr keine Zeit für ihre Rührung, ich war sehr aufgeregt. Ich ergriff die Initiative, wir wollten ja nicht stundenlang so rumsitzen. Vor allem hatte ich Angst, dass sie dachte, es wäre ein richtiges Geschenk, Parfüm, Schmuck, etwas, wovon Mädchen träumen. Immer noch redend nahm ich das Päckchen und riss das Papier auf. Ich hielt ihr das Wörterbuch unter ihre Nase, sie schaute mich leicht benommen an, ich wusste, dass ich das Falsche getan hatte. Aber ich wollte die Wörter für sie nachschlagen. Sie sollte verstehen. Da musste doch ein Fünkchen Verstand sein. Ich fing mit einem einfachen Wort an: Teller. Schrieb es mit dem dicken Filzstift auf den Teller. Ich gab ihr die französische Übersetzung zu lesen. Sie schaute mich an, ich spürte Panik in ihr aufsteigen, leise, aber durchdringend. Ich tat, als bemerkte ich nichts. Dann schrieb ich auf die Kaffeemaschine, die Töpfe, den Tisch, die Fenster, die Möbel. Alles beschriftete ich, sogar im Schlafzimmer, die Laken, die Kopfkissen.

Schließlich schrieb ich auf ihre Brüste, ihren Hals, ihre Schenkel, ihre Arme. Dann hörte ich auf zu schreiben, denn ich war damit beschäftigt, alles zu küssen, was ich auf sie geschrieben hatte.

Am nächsten Tag stand ich nicht auf, ich war zerschlagen. Gegen acht Uhr kam ich zu mir, vom Muhen der Kühe aus dem Schlaf gerissen, die sich lauthals über ihre schmerzenden Euter beklagten. Ich hatte miese Laune, Schmerzen in der Lunge, und eine hartnäckige Übelkeit hinderte mich daran, meinen Kaffee zu genießen. Aber Suiza hatte »Sonne« auf das Fenster geschrieben, dorthin, wo sie am Morgen erschien, wenn sie es endlich geschafft hatte, durch den Nebel zu brechen. Ich vergaß die Schmerzen und die Übelkeit und ging glücklich in den Stall. Ramón hatte ohne mich angefangen. Obwohl er es mit keinem Wort erwähnt hatte, spürte ich, dass meine häufigen Verspätungen ihm langsam ernsthaft und zu Recht auf den Wecker gingen. Das Wetter war schlecht, ich hatte es im Gefühl, dass es schütten würde, und die Zeit lief uns davon.

Trotzdem schafften wir nach dem Melken noch die beiden am weitesten außerhalb des Dorfes gelegenen Felder, bevor der Regen losbrach wie ein wahrer Monsun. Wir gingen auf einen Schluck ins Haus, Suiza schälte gedankenverloren und in ihre Arbeit vertieft Kartoffeln.

Ramón hielt mir vor seinem Glas Wein eine Moralpredigt.

»Verstehst du, Junge, ich hab ja nichts dagegen, dass du dich verlustierst, dazu hast du jedes Recht, besonders bei dem, was im Moment bei dir los ist, aber Bauer bleibt Bauer, und Tiere und Felder warten nicht. Du bist kein richtiger Bauer, hast zu viel Zigeunerblut in dir, und du hast studiert, aber ich weiß, dass dir das trotzdem viel bedeutet, die Liebe zu guter Arbeit zur rechten Zeit, das Land und der Wald. Ich weiß auch, all das zusammen kann nicht mit einer Frau mithalten. Und dann sind dir auch noch die Haare ausgefallen. Ich weiß, dass es schlimm ist. Du redest nicht drüber, aber ich bin nicht blöd, mir ist klar, dass du nicht zum Vergnügen so oft nach Lugo fährst. Ich weiß, dass du regelmäßig zu den Kurpfuschern gehst und dass du verdammt krank bist. Ich vertrau dir, du schaffst das, aber du musst auch ein bisschen Hilfe annehmen, hm.«

»Ich werde besser achtgeben, ich verspreche es dir.«

»Na also …«

Er trank, den Blick auf Suizas Kartoffeln geheftet.

»Ich will dich damit nicht ärgern, ich weiß, du weißt selbst, was alles zu tun ist, dass es im Moment hart ist, sich drum zu kümmern. Du könntest die Arbeit aber ein bisschen verteilen …«

»Verteilen?«

»Stell jemanden ein, noch eine Hilfskraft. Ich bin alt und mach's nicht mehr lang, ein junger Kerl würde dir mehr nützen. Du weißt, dass ich weitermache, bis ich umfalle, weil ich an dem Tag, an dem ich aufhöre zu arbeiten, sterbe. Aber der Neue kann übernehmen, ich zeige ihm ein paar Sachen, ein bisschen wie ein Gehilfensohn, weißt du, ich könnte ihn anlernen.«

»Ich kann keinen Neuen einstellen.«

»Und warum nicht? Meinst du, ich hab nicht mitgekriegt, dass du reich bist? Du weißt, dass ich den Hof noch mit drei Arbeitern erlebt habe! Dein Vater war nicht so geizig, und er hat sicherlich weniger verdient. Er hat sie nicht eingestellt, damit er auf der faulen Haut liegen konnte: Außer in der Kneipe zu saufen und auf dem Friedhof deiner Mutter hinterherzujammern, tat er nichts als arbeiten.«

»Nein … Es ist nicht das Geld … Es ist wegen ihr.«

Ich deutete mit einem Kopfnicken auf Suiza, ich wollte nicht riskieren, dass sie verstand.

»Wegen ihr?«

»Siehst du hier vielleicht sonst noch jemanden? Keine zwei Tage würde es dauern, bis er versuchen würde, sie im Vorratskeller flachzulegen. Ich will nicht Polizei spielen müssen, dauernd aufpassen. Nur dir kann ich vertrauen.«

»Da wär ich mir nicht so sicher, ich gehe oft in den Vorratskeller.«

Wie vom Donner gerührt starrte ich ihn an, aber er machte sich nur über mich lustig. Das wurde in letzter Zeit zur Gewohnheit. Der alte Trottel grinste, zeigte seine gelben Zähne. Ich schenkte ihm nach, um ihn zu beruhigen. Er trank einen Schluck und schaute mich wieder sehr ernst an:

»Ich hab ein bisschen nachgedacht, weißt du. Ich hab DIE Lösung.«

Plötzlich zögerte er verunsichert.

»Aber ich weiß nicht, ob's dir gefällt.«

»Spuck's aus.«

»Ich dachte an Lope.«

»Diesen Spinner?«

»Er ist kein Spinner, er ist ein bisschen … speziell, wenn du so willst.«

»Darf ich dich erinnern, dass ich einen Hof führe, ich will hier kein Irrenhaus eröffnen … Du kennst ihn doch, er spricht nicht, brabbelt ständig vor sich hin. Er hat Zuckungen. Der geht auch einmal im Monat ins Krankenhaus.«

»Wegen seiner Epilepsie. Er wurde zwei Monate zu früh geboren, habe ich gehört, das ist der Grund. Zurückgeblieben. Aber er hat keine Krampfanfälle mehr, er ist ›stabil‹, geht nur alle drei Monate, um bei den Hirnärzten die Medikation neu einzustellen. Letzten Sonntag hab ich mit ihm beim Kartenspielen drüber gesprochen. Er sucht Arbeit. Er hat seine Stelle in der Fabrik verloren, hat dem Sohn des Vorarbeiters schöne Augen gemacht.«

»Tja, dann besteht immerhin nicht die Gefahr, dass er meine Frau flachlegt, dann bin ich derjenige, der aufpassen muss.«

Der Alte lachte sich schief:

»Lach nur, solange du noch Zähne hast … Du musst auch auf der Hut sein. Du hast mir doch letztens selbst gesagt, dass Liebe kein Alter kennt?«

»Er ist nicht gefährlich. Und auch kein Faulpelz: Klein

und dürr, wie er ist, arbeitet er für zehn, und er säuft nicht viel. Was er mit seinem Arsch macht, geht uns nichts an, im Dorf wird sich genug das Maul drüber zerrissen, für die Arbeit ändert das nichts. Stell ihn ein, du wirst es nicht bereuen, er arbeitet manchmal am Wochenende bei Miguel, und der hat mir nur Gutes erzählt.«

Ich nahm einen Schluck, schaute Suiza an und die Kartoffeln, ihre weißen Hände, die fleißig die Kartoffeln in perfekt gleiche Stücke schnitten. Ihre Zungenspitze schaute zwischen ihren rosa Lippen hervor. Ich brauchte wirklich noch jemanden.

»Sag Lope, er soll nächste Woche vorbeikommen, dann sehen wir weiter.«

Eigentlich war es eine gute Idee.

Nach der Pause nahm sie meine Hand und zog mich in den ehemaligen Garten hinter dem Haus. Abgesehen von einem kleinen Teil, wo sie sich am Vortag ein bisschen zu schaffen gemacht hatte, war er verwildert. Sie zeigte mir die Erde, die sie in einem kleinen Viereck umgegraben hatte, und sagte:

»Ich willst.«

Sie legte die Steine der eingestürzten alten Mauer zurück auf ihren Sockel und hielt mir einen Zettel hin, auf den sie in einer schönen Kinderschrift geschrieben hatte: Reparieren? Ich willst: Blumen, viele, Gemüse, ein bisschen. Samen? Nicht wissen.

Das Wörterbuch war eine gute Idee gewesen, ich wusste, dass sie etwas zu sagen hatte, Wünsche, Bedürfnisse, die ich ihr nicht erfüllen konnte. Ich wollte mich davon überzeugen, dass sie nicht total verblödet war.

Ich rief Ramón, er brannte darauf, den Maurer zu machen. Zement war sein Metier. Als Jugendlicher hatte er zwei Jahre lang mit seinem Onkel als Maurer gearbeitet, und er genoss es, mir zu zeigen, was er konnte. Wir hatten etwas Zeit, seit ein paar Stunden nieselte es, mit den Feldern würde es nichts mehr werden.

Wir fingen an, alles umzugraben, die Erde war schön dunkel und fett. Ramón hatte Mörtel angemischt, wir bauten die jahrhundertealte Mauer aus grauem Granit wieder auf, die den Garten einfriedete. Am späten Nachmittag machte er mit neuen Pflastersteinen weiter. Halb unter Schutt und Unkraut begraben, fand ich das kleine schmiedeeiserne Tor wieder, das die Hühner einmal aus dem Garten ferngehalten hatte, Suiza bürstete es ab, und ich verpasste ihm einen neuen Anstrich, nun hing es wieder schön schwarz in seinen Angeln.

Während wir verfugten, versuchte Suiza, das Chaos zwischen Schuppen und Garten zu beseitigen. Sie hatte im Wörterbuch »wegschmeißen – behalten« entdeckt. Sie zeigte mir die Sachen, und ich sollte entscheiden: »wegschmeißen« oder »behalten«, sie machte zwei Haufen. Den einen zum Wegräumen, nehme ich an, den anderen zum Loswerden.

Das ging mir schnell auf die Nerven: Alle zwei Sekunden musste ich den Kopf heben, um die Sache anzuschauen, die sie aussortieren wollte, dabei verrottete dort seit hundert Jahren sowieso nur irgendwelcher Müll. Wenn die Stücke zu groß waren, kam sie zu mir, schob ihre Hand in meine und zog mich sanft zu dem Haufen Schrott. Jedes Mal sagte ich »wegschmeißen«, keine Ahnung, warum sie mich überhaupt noch holte. Als sie sich schließlich an einem Stück altem, rostigem Stacheldraht in den Finger schnitt, verlor ich die Beherrschung.

Ich brüllte den Alten an, er solle sie in seinem Seat zum Arzt fahren, wegen Tetanus, befürchtete, dass sie mit ihren Impfungen wahrscheinlich nicht auf dem neuesten Stand war. Während sie beim Arzt waren, machte ich kurzen Prozess mit all diesem Ramsch, ich lud den Anhänger mit dem Bagger voll und fuhr alles zur Deponie.

Sie wurde mit drei Stichen genäht und bekam einen dicken Verband.

Mein Ärger verflog schnell, ich musste lachen, als der Alte mir erzählte, wie er mit meiner Frau im Dorf geprahlt hatte: Sie waren vor der Praxis von Don Confreixo ausgestiegen und ein Stück zu Fuß gegangen, damit alle sie sehen konnten. Sie hatte die saubere Ecke neben dem Schuppen beäugt und mir mit ihrer gesunden Hand über Ramóns Kopf hinweg einen Kuss zugeworfen. Daraufhin hatte ich sogar die Harke geschwungen, damit es blitzblank aussah.

Als der Regen in den nächsten Tagen aufhörte, zeigte ich Suiza, wie man pflanzte, auch wenn es schon zu spät im Jahr war. Wie man Reihen mit der Schnur zog und die kleinen Samen mit ein bisschen Erde bedeckte. Nur ein bisschen, damit sie die Glocken noch läuten hörten. Ich kehrte zurück auf die Felder, ich fühlte mich leicht, ich wusste nicht, warum. Vielleicht, weil sie den ganzen Morgen in ihrer Sprache gesprochen hatte, als sie im Garten vor sich hin arbeitete. Das war das erste Mal, dass ich sie mehr als drei Wörter hatte sagen hören. Ich hätte Französisch lernen sollen statt Englisch oder Deutsch.

Als ich vom Feld kam, traf ich den Priester, auch er sprach mit sich selbst, die Hände auf dem Rücken, seine Soutane flatterte im Wind. Mir schwante, dass es um die Kerzen und die Rosen gehen würde.

»Buenos días, Herr Priester.«

»Buenos días, Tomás. Wie geht es mit der Ernte?«

»Ich bin ein bisschen spät dran. Und ich befürchte, der Regen wird nicht mit sich reden lassen. Haben Sie zu Hause reingeschaut?«

»Ich wollte zu dir, ja. Zu dir und der Frau, die bei dir lebt. Ich habe sie gesehen, sie war im Garten, aber ich habe nicht mit ihr gesprochen, ich weiß, dass sie kein Spanisch spricht, ich wollte sie nicht verschrecken.«

»Sie baut zum Zeitvertreib etwas Gemüse an. Eigentlich pflanzt sie vor allem Blumen. Sie wird sie in die Kirche bringen, ich weiß, dass sie oft hingeht.«

»Das ist eine schöne Idee.«

»Sind Sie wegen der Kerzen gekommen?«

»Nein, keine Sorge, ich pfeife auf die Kerzen, ich habe ein ganzes Pfarrhaus voll davon.«

»Sie wollte mich überraschen, ein Abendessen mit Kerzen, Weiberkram eben, wie in den Zeitschriften.«

»Ich verstehe, Tomás, ich verstehe schon. In Zukunft gib ihr ein bisschen Geld und zeig ihr den Laden. Deshalb bin ich nicht gekommen. Ich wollte sie einfach kennenlernen, wie alle, nehme ich an. Ich habe nur von ihr gehört, dem verlorenen Schaf, das du aufgenommen hast. Ich habe sie gesehen, ich freue mich für dich, sie ist eine schöne Frau.«

»Ich bin gern mit ihr zusammen.«

»Ich sehe die Veränderung. Du siehst nicht mehr aus wie ein Wilder, bereit, jedem die Kehle aufzuschlitzen, der dir gegenüber respektlos ist. Und dein Haus ist jetzt sauber und hell. Das ist gut, Tomás, ich glaube, du hast Glück, und die göttliche Gerechtigkeit lässt dir ein wenig Glückseligkeit zuteilwerden.«

»Ich habe Glück. Ich habe sofort gesehen, dass sie anders ist, aber jetzt verstehe ich sie. Sie hat kein Spatzenhirn, wie die Leute im Dorf sagen, sie ist einfach speziell.«

»Mach dir keine Gedanken darüber, was im Dorf geredet wird, die Leute reden gern über Menschen, die sie nicht kennen. Und für dich wäre es vielleicht besser, wenn sie ein Spatzenhirn hätte: Dann kann sie dort wenigstens keinen Tumor bekommen wie deine erste Frau Rosetta. Erinnere dich, was du schon durchgemacht hast. Gott mag die einfachen Menschen.«

»Warum also der Besuch, Herr Priester?«

»Ich sehe, dass du Freude daran hast, mit dieser Frau zu leben, dass das Glück dir hold ist. Aber vor allem denke ich an sie. Hast du an sie gedacht?«

»Ich denke jeden Tag daran, Sie brauchen mich nicht daran zu erinnern. Ich tue alles, was in meiner Macht steht, damit es ihr an nichts fehlt, damit sie bei mir bleiben will. Ich bin kein Unmensch, nur, weil ich nicht in die Kirche gehe.«

Ich spürte Wut in mir aufsteigen.

»Ich weiß, Tomás, ich weiß. Das bezweifle ich gar nicht. Ich sehe, dass du sie bereits ehrst wie deine Ehefrau. Aber was weißt du über die Vergänglichkeit der Zeit? Was wird geschehen, wenn du eines Tages genug hast? Wenn sie ganz anders ist, als wir glauben, du weißt zu gut, dass sie wegen ihrer Zartheit wieder zu einem miserablen Leben verdammt sein wird, wenn sich niemand um sie kümmert. Und obendrein wissen alle im Dorf, dass es um deine Gesundheit nicht gut bestellt ist, Tomás. Deine ausgefallenen Haare, deine Hautfarbe, dein Husten. Die alte Agustina zündet jeden Tag für dich Kerzen in der Kirche an und schimpft dabei auf Gott, Jesus und die Heilige Jungfrau. Ich verstecke mich im Pfarrhaus, sobald ich sie sehe, sonst folgt sie mir bis in die Sakristei.«

»Ich werde nie genug haben, ich werde immer für sie da sein.«

»Bist du sicher, dass du ewig lebst? Kannst du deine Krankheit besiegen? Wenn du für diese Frau etwas empfindest, verhilf ihr zu einem Status. Du weißt genau, dass sie ohne dich hier nichts ist. Ich könnte dir zum Beispiel von Geltung erzählen, von Glauben, Gottes Wort, aber ich erzähle dir besser von deiner Liebe zu ihr. Wenn du sie liebst, heirate sie, damit sie vor den Augen der Welt deine Frau wird und dieses Versprechen sie schützt.«

»Aber ich kenne sie erst so kurz!«

»Zeit hat damit nichts zu tun. Und was riskierst du schon? Deine einzige Angst sollte sein, dass eines Tages ein jüngerer, stärkerer Mann sie dir wegnimmt, wie du sie Álvaro weggenommen hast. Es liegt nur an dir, dass der Körper dieser Frau nicht mehr erobert werden muss, der Lohn eines Siegs. Befreie sie von dieser falschen Freiheit, die sie an das Wohlwollen eines Machthabers kettet, besitze sie auch vor den Augen der Welt, glaube mir. Du weißt, Symbole gelten hier wie Gesetze. Indem du deinen Namen auf sie schreibst, wirst du ihr auf paradoxe Weise einen Teil ihrer Ketten abstreifen.«

So standen wir uns gegenüber wie zwei Raben. Er in seiner schwarzen Soutane, klein und hager, klar argumentierend, und ich, schwarz durch Sonne und Herkunft, groß und kräftig, gedankenverloren.

»Die Zeit drängt, Tomás. Hab Vertrauen in dich, hör auf dein Herz, es ist rein. Besinne dich auf meine Worte, du wirst sehen, ich irre nicht. Und weder die Kirche noch Gott sprechen aus mir, nur die Vernunft.«

Wir gingen zusammen zurück ins Dorf, redeten über alles und nichts, ich vermied tunlichst, auf Suiza zurückzukommen.

Auf dem Weg zur Chemo ging ich bei Luis im Laden vorbei.

»Suiza ist jetzt meine Frau. Alles, was sie kauft, setzt du auf meine Rechnung. Du gibst ihr, was sie will, diskutierst nicht mit ihr. Alles, was du ihr verkaufst, verkaufst du mir. Also dreh ihr nicht den Wein für die Touristen an und auch nicht dein abgelaufenes Zeug. Das Gleiche gilt für den Schinken und den Käse, du gibst ihr das Beste, was du hast. Wie immer komme ich alle vierzehn Tage vorbei und bezahle. Wenn es ein Problem gibt, kommst du damit zu mir. Du fasst sie nicht an, du diskutierst über nichts, was sie dir sagt, auch wenn es dir vorkommt wie der größte Quatsch. Klar?«

Luis hatte keine Zeit zu antworten, denn ich stand schon wieder in der Tür.

»Ach ja! Noch was! Bestell Kerzen, du wirst welche brauchen.«

Langsam gewöhnte ich mich an die Chemo und die Fahrten nach Lugo. Die Krankenschwestern wurden zu Freundinnen, sie begrüßten mich mit einem herzlichen Hola, wohl überrascht, dass es schon wieder Zeit für meinen Termin war. Ich hatte meinen Stammplatz am Fenster, wir plauderten übers Wetter, und ich erzählte von meinen Feldern. Ich wurde nicht mehr ohnmächtig, ich trank meinen Kaffee.

Zwischen zwei Chemotherapien zweifelte ich manchmal, ob ich wirklich krank war. Kein Anzeichen von Krankheit. Keine Knoten, keine Skrofeln, keine erkennbaren Wunden. Nichts Sichtbares. Nur die Vorstellung. Nachdem ich über die klassischen Albträume von Krebsen und ekelhaften, sich in meine Lungen verkriechenden Monstern, die mich von innen auffraßen, hinaus war, war ich allein mit meinem *Nichts*, dem Gedanken, dass vielleicht all das nur eine Erfindung war, eine Illusion. Ein

Arzt hatte eine falsche Diagnose gestellt, es war einfach ein gutartiger Tumor wie damals in meiner Brust. Vielleicht war da auch gar nichts, ich war überhaupt nicht krank. Sie versuchten, mich von einer Krankheit zu heilen, die ich gar nicht hatte.

Doch die Tatsache, dass ich mich morgens ohne Haare im Spiegel sah, zwang mich zu der Einsicht, dass ich tatsächlich krank und dass es wirklich schlimm war. Der Krebs manifestierte sich einzig in meinem blanken Schädel, meinen grünen eingefallenen Augen, die mein knochiges, unter der Bräune fahles Gesicht verzerrten, meinen Zähnen, die mir im Vergleich zu den bleichen Lippen deutlich weißer schienen. In dem umgekehrten Effekt eines Dalmatiners, der im Schnee schmutzig wirkt, fand ich meine Zähne und Augen viel schöner als sonst, wie sie so in den wächsernen, indochinesischen Teint meiner Haut eingebettet waren.

Ich wünschte mir etwas, das ich hassen könnte, etwas Konkretes: eine Bestie, ein Alien, ein Monster. Um zu wissen, wogegen ich kämpfte. Ich hatte im Labor der pathologischen Anatomie angerufen und gefragt, ob ich ein Stück meines Tumors bekommen könnte, die entsetzte Laborantin hatte mir erklärt, dass sei unmöglich, er sei zur Analyse in dünne Scheibchen geschnitten worden. Im Anschluss hatte sie mir vorgeschlagen, Kontakt mit der Psychologin der Onkologie aufzunehmen, und mir versichert, das würde mir am meisten helfen.

Manchmal schaute ich mir im Internet Fotos an, aber ich fand nichts, was grauenhaft genug war, um sich mir einzuprägen. Also kämpfte ich weiter gegen ein abgrundtiefes Nichts, was mir nach wie vor Angst einjagte.

Alle im Dorf wussten es jetzt. Der Verlust meiner Haare war mein Todesurteil gewesen. Alle wussten, ich war erledigt. Wenn die Leute mich fragten, ob es mir gut ginge, einfach so, aus Höflichkeit, vor allem, weil sie es wissen wollten, antwortete ich jetzt barsch:

»Nein, ich habe Krebs.«

Dann beobachtete ich genussvoll die Veränderung ihres Gesichtsausdrucks. Ich liebte es. Einen Augenblick lang war ihnen anzusehen, dass sie Angst hatten, es würde auf sie überspringen. Alle gingen erst mal auf Abstand. Auf den ersten Blick sah es aus, als meinten sie, es wäre ein Witz, dann musterten sie mein gelbes Gesicht, meine Glatze, sie sagten sich, möglich wär's, und ihr Gesicht entgleiste. Sie stammelten ein paar aufmunternde Worte.

Letztendlich war das Großartige an meiner Mitteilung, dass ich für ein paar Sekunden ihr Mienenspiel sah, ein kleines bisschen der Angst, die mich niedergeschmettert hatte, als ich es erfahren hatte. Es war teuflisch, fast sadistisch, aber ich rächte mich, so gut ich konnte.

Das hielt nicht lange an. Salva, der Tierarzt, brachte mir, ohne es zu wollen, Manieren bei. Ich hatte bei ihm vorbeigeschaut, weil er mir für die Viehkontrolle Papiere unterschreiben musste. Wie immer war ich in Eile, denn wir kamen mit der Ernte nur schleppend voran. Ich lehnte den Kaffee ab und antwortete mit »alles bestens« auf seinen morgendlichen Gruß, nicht einmal für den Krebs hatte ich mehr Zeit. Er unterschrieb schnell, sprang in den Seat und wollte gerade den Motor anlassen, als er mir die Hand auf die Schulter legte:

»Pass auf dich auf, Tomás. Du siehst müde aus. Ich will nicht, dass dir was passiert, ich wäre traurig. Du bist der Einzige hier, der seinen Kühen Flamenco vorspielt, damit sie mehr Milch geben.«

Ich fuhr ein Stück, ich fühlte mich gut. Sein *Ich will nicht, dass dir was passiert, ich wäre traurig* wirkte wie ein Antidepressivum.

Also hörte ich auf, jedem, der sich nach mir erkundigte, boshaft den Krebs unter die Nase zu reiben.

Obwohl es zwei Tage geregnet hatte, wurden wir rechtzeitig mit der Ernte fertig. Ich konnte etwas verschnaufen. Am Nachmittag hielt ich Siesta. Sie hatte auf ein Papier geschrieben: *willst, sehen*, und dann weiter unten: *das Meer*. Das Wörterbuch … Wenn sie morgen *willst, sehen, der Mond* schrieb, saß ich in der Tinte.

Ich fragte Ramón wegen der Tiere.

»Nur drei Tage.«

»Du willst jetzt wegfahren? Ach! Diese Frauen verdrehen einem aber auch den Kopf!«

»Such dir lieber selbst eine, bevor du stirbst.«

»Hab ich ja, Bürschchen!«

»Lügner! Versteckst du sie vielleicht vor mir?«

Triumphierend zog er eine selbstzufriedene Schnute. Der Alte geiferte vor Freude, sichtlich froh über mein Erstaunen.

»Erinnerst du dich an deine Nacera? Sie erwartet mich jetzt jeden Donnerstag.«

Ich senkte schnell den Kopf, damit er meine Belustigung nicht sah. Für einen Sekundenbruchteil kamen mir wieder die Abende in Lugo in den Sinn, ihr bitterer Geschmack, die raschen, kurzen Liebesakte. Wie hatte ich damit nur zufrieden sein können?

Ich konnte mir ein breites Grinsen nicht verkneifen, als ich wieder aufschaute.

Ramón sah mich scharf an, argwöhnisch, und durchschaute mich mühelos.

»Ich sehe, el Señor will mir in die Suppe spucken, jetzt, da la Señora eingezogen ist. Aber Nacera, du Schluckspecht, ist ein anderes Kaliber als deine langweilige Schweizerin. Das ist vielleicht eine Frau, ein Rasseweib! Eine Andalusierin, von der Sonne verdorrt, schreckt vor Arbeit nicht zurück, ist sparsam und still. Vielleicht heirate ich sie sogar. Sie kocht einen Caldo galego wie keine andere.«

»Ich werde Trauzeuge! Warte … Du isst mit ihr?«

»Lach du nur, Sauhund. Wessen Schuld ist das? Jetzt fährt ja keiner mehr mit mir nach Lugo. Du weißt doch, dass ich keinen Führerschein hab. Hier geht das, jeder kennt mich, aber in Lugo? Da muss ich den Bus nehmen. Ich esse, vögle, schlafe. Morgens steige ich in den ersten Bus. Sie macht mir einen guten Preis, mit Wein, Nachtisch und Kaffee!«

Mit leuchtenden Augen dachte er schon an das nächste Tête-à-Tête. Er beugte sich zu mir und flüsterte mir vertraulich zu:

»Und stell dir vor, zweimal hab ich gar nicht bezahlt. Sie will nicht. Ich fahre nur mit Tomaten runter, Bohnen ohne Fäden und ganz frischem Fisch von meinem Cousin Roberto, dem aus Ribadeo. Für nächsten Donnerstag hat er mir eine Languste und Entenmuscheln versprochen. Für Nacera fahre ich großes Geschütz auf, bin der heilige Ramón aus Vilalba!«

Er strahlte über beide Ohren, senkte den Blick und nestelte an seinem Regenschirmgriff herum. Er zögerte kurz.

»Gut, dir kann ich's ja sagen: In Wahrheit vögeln wir nicht jedes Mal. Was willst du, in meinem Alter, und Nacera … Außerdem, du weißt, ich buchstabier dir's jetzt nicht aus. Aber in meinem Alter ist es am Ende so am besten. Sie schneidet mir die Fußnägel und Ohrhaare, bügelt ein Hemd, während ich ein Estrella auf dem Balkon trinke und mit Xabi, dem Nachbarn, ein Schwätzchen halte, der bei »Eroski« arbeitet. Wir essen vor dem Fernseher, wie Mann und Frau, und danach, gegen elf Uhr, gehen wir Arm in Arm auf der Stadtmauer spazieren, trinken einen Schluck in einem Straßencafé und schauen zu, wie die Leute und Touristen vorbeibummeln. Ich schlafe wie ein Baby in ihren Jasminlaken. Verstehst du, auch wenn sie fünfunddreißig Jahre jünger ist als ich, glaube ich, sie mag mich. Du kennst mich, ich bin kein Dreckskerl, und das weiß sie: Ich werde sie nicht schlagen, ihre Vergangenheit und ihre Gegenwart als Nutte interessieren mich nicht: kommt mir zugute. Ich saufe nicht zu viel, ich habe einen Notgroschen auf der Bank, denn du entlohnst mich großzügig. Wenn ich da bin, bezahle ich die Einkäufe für zwei oder drei Tage, die Stromrechnung oder die Miete, das entlastet sie. Unterm Strich bin ich eine gute Partie, was kann sie sich mehr wünschen?«

»Könntest du Samstag, Sonntag und Montag kommen? Ich bezahl dir die Überstunden, dann kannst du ihr eine Kleinigkeit kaufen.«

»Die ganze Woche, wenn du willst, Boss.«

»Kümmer dich um die Rinder und das Geflügel. Der Rest kann warten.«

»Willst du mir jetzt auch noch meine Arbeit erklären? Mach dir mal keine Gedanken, ich kenn mich hier aus wie bei mir zu Hause, und wo es jetzt auch noch so sauber ist … Komm schon, trinken wir einen Schluck, das müssen wir feiern.«

»Du weißt doch, es wäre besser, ich würde nicht in die Kneipe gehen.«

»Wenn du Álvaro meinst, kannst du ruhig mitkommen, er ist nicht da, er ist im Krankenhaus. Der Diabetes oder die Beine, oder beides, ich weiß nicht mehr. Kein Wunder, so wie der Fettwanst futtert, das musste ja so kommen. Und außerdem hat er sowieso ein neues Mädchen, eine Spanierin, das war ihm eine Lehre. Nicht übel, aber zu dürr. Man kann durch sie durchgucken. Und dann dieses Naturell, ich sag's dir. Komm mit, überzeug dich selbst. Kommt einem nicht in den Sinn, die dem Alten wegzunehmen. Und wenn doch, bringt man sie ihm fünf Minuten später zurück!«

In der Kneipe begrüßten mich alle, es war wie früher. Die Frau lebte schon eine ganze Weile bei mir, ich hatte sie nicht umgebracht, eigentlich eine ziemlich banale Geschichte.

Die neue Kellnerin hieß Carlota. Ihre Gesichtszüge ähnelten denen eines Adlers. Besonders wegen der Augen und Augenbrauen. Dicke, schwarze, gerade Augenbrauen ohne Wölbung ließen sie stocksauer wirken. Darunter gelbe Augen, wie aus Gold. Ihre schwarzen Haare umrahmten ihre braune Haut, sie hatte sie streng zurückgekämmt und zu einem langen, dünnen und etwas langweiligen Pferdeschwanz zusammengebunden, der ihr bis zum Po reichte.

Álvaro war zweifellos von einem Extrem ins andere gefallen. Ich war erleichtert: Diese Kellnerin machte mich überhaupt nicht an. Sie war eher zum Weglaufen.

Sobald sie mich sah, schleuderte sie mir ein eisiges »Buenos días« entgegen und verschwand in der Küche, um ein paar Minuten später mit einer Plastiktüte wiederzukommen. Sie schoss auf unseren Tisch zu, wie üblich in der Nähe des Fernsehers, und hielt mir mit einer schroffen, herablassenden Geste die Tüte vor die Nase. Sie fiel mit einem metallischen Geräusch auf den Tisch und rutschte gegen meinen Arm. Beinahe hätte sie sie mir mitten ins Gesicht gepfeffert.

»Gehört wohl dir.«

Ihre Stimme war kalt, abweisend.

Ich ging die Sachen in der Tüte schnell durch: ein verwaschenes Kleid, zwei Unterhosen mit harten, porösen Gummis, Kopfhörer und ein paar CDs, ein gebrauchter Player, ein rosa Rasierer, eine trockene, rissige Seife, eine halb leere Flasche Magnolienshampoo. Suizas bescheidene Habseligkeiten in einer Tüte vom Supermarkt »El Árbol«.

»Ja, das ist meins. Vielen Dank.«

Klare Sache. Die Tüte, die Frau, der sie gehörte, alles gehörte mir.

Ich sagte:

»Zwei Bier bitte, Chefin.«

Ich betonte das »Chefin«. Die Augenbrauen über ihren gelben Augen zuckten unmerklich. Sie taxierte mich, durchleuchtete mich mit ihrem goldenen Blick.

Kein Lächeln besiegelte den Waffenstillstand, sondern eine flüchtige Erweichung der Lippen, eine Entspannung der Wange. Der Friedensvertrag war von beiden Seiten unterzeichnet, die Fronten geklärt, wir waren jetzt Verbündete. Stolz und aufrecht ging sie zurück zu ihrer Theke.

Sobald wir allein waren, fragte Ramón, konzentriert auf den Fernseher und sein Bier:

»He! Sag mal! Was ist eigentlich mit Lope?«

»Ach, Mist! Den habe ich ganz vergessen. Hör zu, bitte ihn, am Dienstag vorbeizukommen, dann bin ich zu Hause. Wenn er mit der Bezahlung einverstanden ist, kann er am Ersten anfangen, das ist einfacher wegen der Buchführung. Aber ich will eine kurze Probezeit.«

»Er ist mit allem einverstanden … Wohin willst du denn überhaupt ans Meer?«

»Nach Muxía zum Santuario da Virxe da Barca.«

»In dieses Rattenloch? Warum nicht nach A Coruña, dann könnt ihr abends wenigstens mal ausgehen, in die Stadt.«

»Sie will doch nicht die Stadt sehen, Ramón, sondern das Meer. Außerdem kenne ich Muxía. Ich war da in den Ferien, als ich klein war, meine Cousine Mercedes wohnt da, erinnerst du dich? Ich kann bei ihr wohnen, sie und ihr Mann haben eine Bar am Hafen, sie werden sich freuen, mich zu sehen. Ich nutze die Gelegenheit, ihnen Suiza vorzustellen, sie ist ja jetzt schon eine Weile bei mir. Sie ist jetzt meine Frau.«

»Richtig! Prahl du nur und präsentiere deinen Schatz, du machst es richtig, Junge. Wirf dich nur in die Brust, ich pass auf deinen Hof auf, ich komm zurecht. Am Dienstag treffe ich Lope. Und bring mir für Nacera eine Karte vom Santuario mit. Du weißt ja, Frauen und dieser religiöse Schnickschnack. Aber keine allzu schöne, ja? Sonst liegt sie mir noch in den Ohren, dass sie auch hinwill.«

»Ich muss dir noch was sagen, Ramón, etwas, was ich dir noch nie gesagt habe. Du findest das bestimmt ein bisschen komisch.«

Ich zögerte, plötzlich nicht mehr so selbstsicher. Atemlos verspürte ich eine leichte Angst, wenn nicht Scham.

»Ich liebe dich wie einen Vater, Ramón. Ich wüsste nicht, was ich ohne dich machen sollte. Das hätte ich dir schon lange sagen sollen.«

Der Alte starrte immer noch in sein Glas.

»Sagst du das, weil du glaubst, du musst sterben, Junge?«

»Nein, weil es wahr ist.«

Er hob langsam den Blick und schaute mich an.

»Ich weiß. Ich habe es immer gewusst. Und du weißt, dass ich dich liebe wie einen Sohn. Aber schön, dass du es sagst, Junge. Du hast recht, so was muss man sich sagen.«

Er legte seine knotige Hand auf meine, und wir blieben einen Moment so sitzen, lauschten der Stille zwischen uns.

»Das Meer«, sagte ich. Ich zeigte ihr den kleinen Koffer, in den ich meinen Rasierer und zwei, drei Kleidungsstücke gepackt hatte. Sie verstand und legte ihre Sachen auf meine: ein Kleid, das Kleid, das ich aus Álvaros Kneipe mitgebracht hatte, eine Strickjacke aus dem Schrank, die zwar zu groß und etwas kratzig war, aber schön warm hielt, eine Plastiktasche für ihr Waschzeug.

Nachdem ich zusammen mit Ramón gemolken, Kaffee getrunken und geduscht hatte, stellte ich den Koffer ins Auto und schlug den Kofferraum zu. Ich konnte nicht anders und gab ihm ein paar Ratschläge.

»Wenn das Kalb morgen noch krank ist, ruf den Tierarzt, dann können wir gleich die anderen impfen.«

»Jetzt mach, dass du loskommst. Wenn du lieber bei deinen Rindern bleiben willst, sag's nur, dann fahr ich mit ihr!«

Sie wartete brav neben dem Auto auf mich. Ich öffnete ihr die Autotür und forderte sie mit einer Handbewegung auf einzusteigen: Das zog immer bei Mädchen, ich mochte es, wenn ich das tun konnte. Mit ihr war es noch schöner, ihre Augen wurden feucht vor Rührung, und ihre Oberlippe fing an zu zittern. Ich sah den mit seinem karierten

Taschentuch winkenden Ramón noch lange im Rückspiegel. Ich glaube, er lachte sich kaputt, der alte Fuchs, beinahe fiel ihm seine Zigarette aus dem Mund.

Mit offenem Fenster fuhren wir auf der Fernstraße, es war Urlaub, ich ließ meinen Arm aus dem Fenster hängen wie in den französischen Filmen. Sie steckte den Kopf durch das Fenster, und Mücken gerieten in ihren Mund. Sie freute sich wie ein junger Hund, Ohren und Lefzen flatterten im Wind. Sie fing an, aus vollem Hals ein trauriges Stück zu singen, und im Fahrtwind stockte ihr manchmal der Atem. Ich verlangsamte, damit sie weitersingen konnte. Es war schön, exotisch, sie sang mit hoher, heller Stimme, und manchmal etwas schief.

Sie legte die Hand auf meinen Penis und streichelte ihn. Ich zögerte zwei Sekunden, dann schob ich sie sanft weg.

Ich lächelte und sagte:

»Das Meer, Suiza. Wir müssen durch ganz Galicien.«

Sie setzte eine mürrische Miene auf, und schlief eine Viertelstunde später ein, die Knie umklammert, den Kopf zu mir geneigt und den Mund halb geöffnet. Sie sah aus wie ein zwölfjähriges Mädchen, müde nach einer zu kurzen Nacht. Die ganze Nacht lang hatte ich sie durch das Haus wuseln hören, sie hatte fast nicht geschlafen. Aus lauter Reisefieber hatte sie aufgeräumt und geputzt, sich dabei bemüht, keinen Lärm zu machen. Ich glaube, in genau diesem Moment wäre ich der glücklichste Mann auf der ganzen Welt gewesen, wenn mich nicht ein regelmäßiger, stechender Schmerz in der Brust daran erinnert hätte, dass wir nicht zum Spaß hier waren.

An der Küste weckte ich sie kurz vor dem Ortsschild von Muxía auf. Ganz sanft, mit einem Streicheln über die Wange.

Zuerst nahm sie natürlich den Geruch wahr. Den Duft nach Salz, Fisch, Algen, Dingen, die ihr offenbar nicht sehr vertraut waren. Sie öffnete die Augen, drehte den Kopf und sah es. Ganz langsam öffnete sie die Tür, stieg mit vorsichtigen Bewegungen aus, als ob alles verschwinden würde, wenn sie sich rührte.

Ich bereute, dass ich keinen Fotoapparat hatte. Ich hätte gern ein Foto zum Andenken gehabt, um es irgendwo hinzuhängen, obwohl ich wusste, dass sie es nie vergessen würde. Sie klammerte sich an das Geländer, als fürchtete sie zu fallen oder vom Küstenwind weggeweht zu werden. Unten an der Treppe berührte sie den Sand mit der Hand, bevor sie ihn betrat, und drehte sich mit fragendem Blick zu mir um, sichtlich verunsichert, was dieses brennende weiße Magma war, und ob es drohte, unter ihren Schritten nachzugeben. Sie betrachtete einen Augenblick das blaue, glitzernde Meer, die kleine verschlafene Küstenstadt, den großen Pier des Hafens, den Hügel, der den Blick versperrte. Die kleinen weißen Häuser mit den roten Dächern in der Sonne. Es stimmt, all das machte schon was her. Sogar ich fand die Aussicht unglaublich schön.

Sie fasste sich ein Herz, lief auf den Strand wie ein Welpe, sie rannte auf das Wasser zu, schreiend vor Freude, fast heulend, im Zickzack. Sie ging bis zu den Schenkeln ins Meer, wobei sie ihr Kleid hochhob, sie wollte weiter gehen, aber die Angst oder die Kälte hielten sie davon ab. Sie kam zurück auf den Strand, wagte sich dann, von neuem von der Kühle angezogen, dem klaren Wasser, ein zweites Mal hinein. Sie sah, wie sich etwas unter Wasser bewegte, sie schrie und zeigte mir die Fische, aber sie schwammen vorbei, schwarz und schnell, sie hatte keine Zeit, sie richtig zu erkennen.

»Suiza!«

Ich brüllte ihren Namen wie ein Tauber. Der ganze Strand drehte sich zu mir um. Unmöglich, sie von dem klaren blauen Wasser loszueisen. Sie war schon nass bis zur Taille, und vom Auto aus zu rufen war aussichtslos. Ich ging über den Strand, zog meine Schuhe und meine Hose aus, in Unterhose ging auch ich ins Wasser. Ich nahm sie bei der Hand, sie wollte nicht gehen.

»Komm, Suiza, komm. Wir müssen jetzt zurück zum Auto. Komm, bitte.«

Ihre Hand lag in meiner, aber ihr ganzer Körper war dem Meer zugewandt. Ich musste mich richtig gegen sie stemmen, um sie zu ziehen.

Langsam fuhr ich am Hafen entlang, denn sie lehnte sich halb aus der Tür. Diesmal sang sie ein sanfteres Stück, eine Art Schlaflied. Es war richtig gewesen, mit ihr ans Meer zu fahren, es brachte sie zum Singen. Die Sonne schien, und ihre Stimme war klar. Ich parkte das Auto, und wir spazierten lange am Strand und dem kleinen Hafen entlang, immer hin und her. Der Zauber faszinierte auch mich,

ich konnte nicht genug bekommen von Suizas Freude, der Schönheit dieses weiten, glasklaren Meers, dem Kontrast zwischen dem kristallklaren Blau des Wassers und dem unverdorbenen Gelb des Strandes in der Julisonne. Es roch nach Urlaub, Sonnencreme, ganz leicht nach Frittiertem, und die Freudenschreie der Kinder mischten sich melodisch mit dem Kreischen der großen Seemöwen. Ich spürte einen schrecklichen Schmerz in der Lunge, ich setzte mich ein paar Minuten auf eine Bank, um wieder Atem zu schöpfen. Es fühlte sich an, als ob meine Brust aufplatzte. Der Krebs wollte ins Meer zurück.

Gegen vier Uhr stand ich in der Tür zur Bar, hinter dem Tresen, ein breites Lächeln auf den Lippen, stand José.

»Tomás!«

»José!«

Ich umarmte ihn, ich freute mich, ihn wiederzusehen.

»Wie geht's? Scheiße, deine Haare?«

»Ich wollte eine Typveränderung. Gut geht's mir, und dir? Der Familie?«

»Gut! Mercedes ist mit den Kindern in Ferrol bei ihrer kranken Mutter. Sie kommt morgen, um dich zu sehen. Irgendwie komisch mit deinen Haaren. Ist das die neueste Mode?«

Ich wich aus:

»Es tut mir leid, ich konnte nicht früher Bescheid sagen, ich habe mich ein bisschen spontan zu der Reise entschieden, bevor es mit dem Grummet losgeht. Ich wollte euch meine Frau vorstellen. Sie heißt Suiza.«

»Suiza?«

Sie war nicht mehr hinter mir. In ihrem noch nassen Kleid, das an ihren Schenkeln klebte, drückte sie die Nase ans Fenster und betrachtete das Meer.

»Suiza!«

Sie kam, wandte den Blick aber nicht vom Fenster.

»Du musst entschuldigen, sie hat noch nie das Meer gesehen. Und sie spricht kein Spanisch, sie kommt aus der Schweiz. Sie ist insgesamt ein bisschen speziell.«

So redet man sich selbst die Dinge schön.

In der Mitte der Bar war sie stehen geblieben, schlich langsam wieder auf das große Fenster zu.

»Suiza!«

Diesmal schrie ich. Sie drehte sich sofort um. Ihr Lächeln war aufgesetzt.

»Buenos días, Señora«, sagte José freundlich.

»Buenos días, Señor. Ich bin erfreut, Sie kennenzulernen«, antwortete Suiza mechanisch.

Bei einer Tasse Kaffee musterte José sie von Kopf bis Fuß. Sein Blick gefiel mir nicht, er wirkte wie ein Viehhändler, der beim Bauernverband um eine Kuh feilscht.

»Ich hatte schon gedacht, Frauen interessieren dich nicht mehr, Tomás, und du würdest als verzweifelter Witwer enden. Aber ich muss zugeben, das hast du gut hingekriegt. Die ist ja viel schärfer als Rosetta, nichts für ungut. Sie hat etwas … Ich weiß nicht … Sie lässt einen eben nicht kalt.«

»Sie ist meine Frau, José.«

Meine eisige Stimme klang wie eine Warnung, riss José aus seinen Gedanken.

»Kommt, ich zeig euch euer Zimmer. Mit Blick auf den Hafen und die Straße. Ein bisschen laut, aber so kann Señora wie die Touristen den Blick auf das Meer genießen.«

Suiza blieb auf dem kleinen Balkon, die Hände auf dem schmiedeeisernen Geländer, versuchte immer noch, mit der Landschaft zu verschmelzen, ein Teil davon zu werden. Ich stellte mich hinter sie, legte meine Arme um ihre Taille, um zu spüren, wie sie vibrierte.

Sie sagte nur:

»*Gracias, Señor.*«

Am Abend gingen wir José in der Bar zur Hand, es war voll, vor allem viele Touristen. Pilger nach Santiago de Compostela, die ein Stück weitergingen bis zum Santuario. Das war gut fürs Geschäft, José dachte drüber nach, nächstes Jahr die Terrasse zu vergrößern. Zumal im Moment täglich die Busse von Fisterra oder Santiago heraufkamen. Die Touristen reisten morgens an, besuchten das Santuario und fuhren am frühen Nachmittag oder abends zurück, manchmal sogar erst am nächsten Tag.

Als nur noch ein paar Stammgäste da waren, nahm ich Suiza mit zu einem Spaziergang am Strand, ich hatte nicht vor, bis zum Santuario zu gehen, denn das wollte ich mir für den nächsten Tag aufheben. Aber die Sonne ging unter, und die milde Luft der Dämmerung ließ mich mein Programm vergessen, wir folgten der Straße bis zum Santuario da Virxe da Barca.

Es war eine Kirche im Meer. Ein Schiff aus Stein.

Ich wusste, dass der Ort sie ins Herz treffen würde, so wie mich damals, als ich als Jugendlicher das erste Mal hier war. Es war nicht der Hauch der Vergangenheit oder das Flair des Sakralen, das mich vor Schönheit überwältigt hatte, sondern eine erhabene Alchemie zwischen dem Stein, der Erde, dem Himmel und dem Wasser. Die Farben und Materialien harmonierten miteinander in einer perfekten Form, die mir die Sprache verschlug, fassungslos angesichts dieser Präzision.

Sie drückte sich an mich, sie war auf meine Wärme angewiesen, sei es vor Ergriffenheit oder wegen der abendlichen, plötzlich sehr frischen Brise, doch sie zitterte wie ein Jungvogel. Die See war ein aufgewühltes Flammenmeer, der Stein und der Himmel orange besprengt. Alles war in sterbendes Rot getränkt. Sogar ihre normalerweise so weiße Haut hatte dieselbe Farbe wie ihre Haare. In diesem Moment verstand ich plötzlich: Ihre Haare hatten nicht die Farbe eines Fuchses, sondern der im Meer versinkenden Sonne.

Vor so viel Schönheit fing Suiza leise an zu wimmern.

Ich lehnte mich an eine Mauer und zog sie an mich, hielt sie in meinen Armen. Ich spürte, dass etwas vor sich ging, das ich nicht kontrollieren konnte, also ließ ich es zu. Ich hätte ihre Sprache sprechen müssen. Und doch ahnte ich, selbst wenn ich Französisch gekonnt hätte, es war gar nicht diese Sprache, die sie gerade sprach. Es war der Dialekt derer, die Leid erfahren haben, der Geschundenen, der Verletzten. Eine lang schwingende, klagende einzelne Saite, die ich ausklingen lassen musste. Ich wiegte sie in der Sonne, die hinter dem Horizont versank, betete, mit der Sonne würde ihr Klagen ersterben, denn ich war nicht sicher, dass sie von selbst verhallen könnte. Ich verstand, ich hatte immer gewusst, dass sie gelitten hatte, aber jetzt erfasste ich das Ausmaß ihres Schmerzes.

Erst spät in der Nacht verstummte ihr Wimmern.

Ich döste mit ihr in meinen Armen auf den Steinen. Was mich meinen Dämmerschlaf überwinden ließ, war die Stille. Die Stille, die Kälte und die harten Steine.

Ich trug sie in die Kirche. Da das Zwischengitter verschlossen war, blieben wir in der kleinen Eingangshalle hinter den großen Holztüren. Das rote Licht des Altars in der Dunkelheit verhöhnte mich, nach zwanzig Uhr empfing Gott nicht mehr. Aber durch die dicken Mauern dieser kleinen Eingangshalle konnte die Meeresbrise nicht dringen. Ich klappte die schweren Holztore zu, schloss sie jedoch nicht ganz, damit ich noch sehen konnte, wie das Mondlicht den Vorplatz flutete. Der Himmel und das Meer gingen jetzt in einem tiefen Nachtblau ineinander über. Nur das Glitzern von tausend Sternen am Himmel über dem Horizont hob sie voneinander ab.

Sie schmiegte sich an mich. Warm und weich. Ich schlug meine Lederjacke um sie, damit sie direkt auf meiner Brust lag. Ich saß auf den großen, abgewetzten Steinplatten des Eingangs, um die Nacht zu genießen, die Stille und die

Sterne. Wir mussten nach Hause, ohne sie aufzuschrecken. Sie durch allmähliche Druckentlastung in die Realität zurückholen.

Ich regte mich nicht, es gefiel mir, dass sie meine Brust küsste, den Bauch, ich spürte sie sachte in Richtung meines Schwanzes hinunterwandern.

Ich wartete.

Eigentlich hoffte ich.

Ich wagte nicht zu hoffen. Ich hielt mich zurück, damit ich ihren Kopf nicht mit meinen Händen lenkte. Ich dachte: Bitte, tu es, verdammt, tu es. Nimm ihn in den Mund, komm, ich flehe dich an, keine Angst.

Ich hätte sie zwingen können, sie einfach an den Haaren festhalten können, ihr klarmachen können, was ich wollte, ihr keine andere Wahl lassen, sie gefügig machen. Ich legte meine Hände hinter den Kopf, klammerte mich an das Gitter, ich hatte Angst vor der Wucht meines Verlangens.

Allein die Berührung ihrer Lippen ließ mich aufstöhnen. Ich konnte kaum atmen, fieberhaft vor Erwartung, das Verlangen erstickte mich. Sie nahm mich ganz in ihren Mund, ich schrie, das war es, was ich mir mit aller Kraft gewünscht hatte, und endlich gab sie es mir. Es war fast unerträglich, so schmerzhaft, so sanft.

Und dazu der Anblick. Sie zu sehen, wie sie meinen Penis nahm, ließ meine Männlichkeit anschwellen, in der schwachen Beleuchtung erträumte ich mir eher, als dass ich es sah, wie ich in ihrem Mund war, und dieses Bild erfüllte mich mit einem Gefühl von beängstigender Macht.

Gleichzeitig empfand ich eine immer größere Verletzlichkeit, mein Verstand ihren Lippen ausgeliefert, ihrer Zunge. Dieser einfachen, erniedrigenden und reduzierenden Liebkosung haftete etwas absolut Verbotenes an, was meine Lust intensivierte und mich spaltete. Ich schwankte zwischen Zärtlichkeit und Barbarei, Scham und Ekstase. In einem Atemzug flüsterte ich Beschimpfungen und Liebesbotschaften, ich wusste, dass sie nicht verstand.

Der Orgasmus war eine Erlösung. Er überwältigte und zerriss mich, wie eine hohe gefährliche Welle über den Strand rollt. Ich kam in ihrem Mund, sie zog ihn nicht raus, wie ich überrascht von einer solchen Explosion. Sie blieb einen Augenblick still, dann schluckte sie. Ich liebte es, dass sie mich trank und nicht ausspuckte.

Ich fasste sie unter dem Kinn und hob ihren Kopf. Ich küsste sanft ihre von mir feuchten Lippen, um mein Gewissen reinzuwaschen.

Ich drückte sie an mein Herz. Ich wollte etwas zu ihr sagen, die Stille, den feierlichen Augenblick mit einem harmlosen Wort brechen, einer Banalität. Sie rettete mich.

»Eine Bitte?«

Ganz schön pfiffig, mich gerade jetzt um etwas zu bitten. Selbst für die etwas simplen Frauen ist der Zweck heilig. Ich lachte laut, und innerlich beglückwünschte ich sie für diese Bestechung.

»Alles, was du willst.«

»Du behalten mich?«

Ich war wie vom Blitz getroffen. Dem Blitz der Scham,

der Schuld, der Reue. Ich hatte gedacht, sie würde mich um Geld bitten, ein Geschenk … Was auch immer. Ich seufzte leise und streichelte einen Moment ihre Haare.

Und endlich redete ich.

Plötzlich fand ich die richtigen Worte: meine Einsamkeit, das Glück, mit ihr zusammen zu sein. Ich sagte ihr, sie müsse keine Angst mehr haben oder leiden, ich sei immer für sie da, sie könne sich immer auf mich verlassen. Ich mischte meine Liebe wie Mörtel auf der Kelle an, putzte damit die Wände, goss einen Fußboden.

Meine Stimme stieg in der schwarzen, kalten Stille auf, ich sah, wie sie sich ausrollte und durch das Gitter schlüpfte, hin bis zum Altar und schließlich mit Gottes Wort zusammenfloss. Ach! Von meinen eigenen Worten mitgerissen, versprach ich ihr Spanien, Galicien, den Wind und die Nacht, die Kiefern- und Eukalyptuswälder, den Stein, der niemals verwittert, schenkte ihr mein Land und mein Leben. Schließlich sprach ich über den Krebs, der meine Lunge zerfraß, meine Angst zu sterben, und meinen erbitterten Lebenswillen, schon allein ihretwegen.

Die Zeit verging und legte sich auf die Stufen, um zu beobachten, wie viele Sekunden, Minuten, Stunden ich mich so auslassen würde. Ich konnte gar nicht mehr aufhören. Ich hörte mich reden, ich fühlte mich gut und schön, ich sprach immer weiter, erstaunt, dass ich die mich seit meiner Jugend quälende Melancholie aus meiner Seele befreite, die mir jetzt diese ungewohnte Energie einflößte. Ich fühlte mich im Geiste wie García Lorcas und Rosalía de Castros Sohn.

Sie hörte mir schon lange nicht mehr zu, sie schlief tief, schniefte stoßweise, den Kopf an meinem Hals, wie ein Kind, das nach einer ordentlichen Tracht Prügel geweint hat.

Ein Spuckefleck breitete sich auf meinem Hemd aus.

Die Morgendämmerung brach an. Ein schwacher Schein erwachte am Horizont, die Sterne verblassten langsam. Sie schlief immer noch, erschöpft nach diesem Gefühlschaos. Ich war inzwischen verstummt, Wörter und Gefühle waren versiegt. Ich wäre gern für immer dort geblieben, um der Brandung zu lauschen, die gegen die Felsen toste, und mit dem Blick in der weichenden dichten Nacht den Scheinwerfern der ersten Boote zu folgen, die zum morgendlichen Fischfang ausfuhren.

Ich trug sie, denn wir mussten trotz allem zurück, der Tag vertrieb die Schatten. Ich wusste, heute durfte ich nicht vergessen, ganz einfach »ja« zu ihr zu sagen.

Um elf Uhr vormittags kam Mercedes mit den Kindern aus Ferrol zurück, sie fiel mit ihrer wilden Rasselbande förmlich in die Bar ein.

Ich hatte vergessen, dass sie unglaublich dick war, aber ihr Elan ließ mich diesen zu üppigen, in ein Kleid aus blumengemustertem Tergal gezwängten Körper schnell bewundern.

Sie presste mich an sich, sie war weich und roch nach Parfüm. In all dem Fett verschwand ihr strahlendes, hübsches Gesicht, fröhlich und lachend, und trotz ihrer Pfunde war sie flink und heiter, ständig in Bewegung. Es war beinahe unmöglich, ihren Gesten und Worten zu folgen. Die Kinder rannten durch die ganze Bar, verstärkten den Eindruck, in einen Tornado geraten zu sein.

»Cousin! Heilige Jungfrau Maria! Ich habe dich so lange nicht gesehen, aber was ist denn mit deinen Haaren? Mein Gott, das ist vielleicht komisch. Man könnte meinen, du wärst krank? Was für ein Gedanke! Geht's dir gut?«

Ich wusste, sie wollte gar keine Antwort, sie wollte nur weiterreden.

»Als José mir erzählte, dass du kommst, habe ich natürlich so schnell wie möglich den ersten Bus genommen. Raimonda! Nimm deine Brüder zum Spielen mit nach draußen, ich werde noch taub bei dem Geschrei. Das Wasser ist tabu! José! Da warten Gäste! Tomás! Komm setz dich, ich hab dir so viel zu erzählen, meine Mutter, die im Krankenhaus ist, hatte einen Schlaganfall. Sie kann nur noch ein Auge bewegen, die Arme! Tja, mit ihrem schwachen Herzen, ihrem Blutdruck war das vorprogrammiert. Komm, trink einen Kaffee, ich habe *Suspiros* von meiner Cousine Maria aus Bilbao mitgebracht, so was hast du noch nicht gegessen. José? Kaffee? Aber … Was ist das denn? Wen hast du uns da mitgebracht? Eine Touristin?«

Mit einem breiten Lächeln musterte sie Suiza von Kopf bis Fuß.

»Tomás, du Schlingel, jetzt versteh ich, warum du gekommen bist. Wurde auch Zeit! Die Trauerzeit ist was für Frauen. Wo hast du denn so eine Perle gefunden?«

»Sie kommt aus der Schweiz, sie heißt Suiza. Sie spricht kein Spanisch.«

Wieder sagte ich mein Sprüchlein auf.

»In der Liebe zählt nur die Sprache des Körpers, den Rest braucht man nicht unbedingt. Eine Frau kann dir klarmachen, was sie will. Das wirst du bald merken.«

»Ich weiß es schon, Mercedes.«

Sie sah mich eindringlich an und kam nachdenklich zu dem Schluss:

»Ich sehe schon, dass du es weißt. Ich sehe es in deinen Augen. Bleibt sie bei dir?«

»Ja, sie wohnt bei mir, sie ist jetzt meine Frau.«

»Und wo hast du sie getroffen?«

»In der Dorfkneipe, sie hat da als Kellnerin gearbeitet.«

Suiza wusste, dass ich über sie sprach, sie wartete geduldig, hielt sich im Hintergrund. Sie beschaute sich die Wand über der Bar, die Flaschen und Postkarten im Regal. Sie las die Etiketten, wobei sie den Kopf leicht schief legte. Rioja, Ribeira Sacra, Valdeorras, Rías Baixas. Sie streichelte die Bilder der Heiligen Jungfrauen, die Tränen aus Blut oder Gold weinten, durch die Küchendämpfe arg mitgenommen und den Zigarettenrauch und die Zeit verblichen.

*

*Cindy sagte: Wunder sind Humbug. Das fand ich nicht richtig, ich war sicher, dass Wunder existierten. Die Heilige Jungfrau war schwanger, obwohl sie nicht einmal mit jemandem geschlafen hatte. Aber Cindy wusste immer alles besser als ich. »Von we-*

*gen Wunder! Coralie ist auch schwanger, und sie war nicht mit jemandem im Bett, Mickaël hat ihr halt auf den Oberschenkel gespritzt. Und vielleicht hat die Heilige Jungfrau gesagt, dass sie Jungfrau war, weil sie sich an nichts erinnert, weil sie so betrunken war. Denk dran, es ist wurscht, ob sie Jungfrau ist oder nicht, sie ist nett, und außerdem ist sie eine Frau. Wenn endlich mal in der Religion eine Frau fast berühmter ist als der Liebe Gott, ist das toll. Aber Wunder sind trotzdem Humbug.«*

*

»Heute Abend feiern wir, Tomás, wenn du schon mal deine Cousine besuchst. Mensch! Ich bin so froh, dass du hier bist. Erzähl mir ein bisschen von dir, du siehst nicht gerade frisch aus. Und wie sieht's im Dorf aus, was ist aus dem Rest geworden, den ich noch kenne? Agustina? Und deinem Arbeiter, dem alten Ramón?«

Nach der Siesta und dem Strandspaziergang zog sich der Abend unter den Essensvorbereitungen dahin. Mercedes hatte per Telefon die ganze Familie mit Kind und Kegel eingeladen. Sie ließ nie eine Gelegenheit aus, ihr Talent in der Küche zu demonstrieren. Spezialitäten aus Galicien zu kochen, war ihr Steckenpferd: Suppen und Pot au Feu, Pulpo und Meeresfrüchte, Empanadas. Die Leute kamen von weit her, um in ihrer Bar zu essen. Auch beim Kochen hörte sie nicht auf zu reden, sie überschüttete Suiza mit Ratschlägen und Tipps:

»Wenn du Weihnachten wiederkommst, mache ich dir

mein mit Austern gefülltes Masthähnchen: Ich schmore es ganz langsam, begieße es oft, es gibt kein besseres in ganz Galicien.«

Suiza murmelte nur ab und zu ein schüchternes »Ja«, als würde sie erst dann verstehen, wenn Mercedes mal Luft holte. Das genügte, um sie auf Trab zu bringen.

»Wenn du heimfährst, gebe ich dir Jakobsmuscheln mit, die kannst du für Tomás füllen. Ich verrate dir mein Rezept: Das Geheimnis ist, du mischst Orujo mit Weißwein und dann eine Prise Zimt auf die Paprika.«

An die Wand gelehnt, die Beine auf einem Schemel ausgestreckt, döste ich vor mich hin, eingelullt von dieser kulinarischen Litanei. Ich fragte mich, was Suiza von alldem behielt. Mit zusammengekniffenen Augen schaute ich sie unauffällig an. Sie hörte nicht wirklich zu, ihr Interesse galt nur dem Pulpo, den Mercedes energisch mit der scharfen Schere zerteilte. Die einzelnen Stücke fielen in gleichmäßigem Rhythmus und landeten elastisch federnd auf einem großen Holzbrett.

Gegen zwanzig Uhr trudelten sie langsam ein, es war noch nicht dunkel. Eine gewisse Milde lag über dem Himmel und über dem Hafen absolute Stille. Die Motoren waren verstummt. Gesprächsfetzen drangen ins Zimmer herauf, Klirren von Besteck und Tellern, das Quietschen von Stühlen, die über den Boden geschoben wurden, wenn sich jemand hinsetzte. Suiza schlief gegen meine Brust gelehnt, den Mund wie immer leicht geöffnet, ich brachte es nicht übers Herz, sie zu wecken. Die Gespräche wurden lauter, wir sollten besser hinuntergehen, bevor zu viele Leute da waren und unser Erscheinen auffallen würde, auch wenn ich mir da keine Illusionen machte. Ich weckte Suiza mit einem Kuss.

»Wir müssen runter.«

Die Männer rauchten und unterhielten sich in kleinen Gruppen, die Frauen plauderten und wuselten um die Tische herum. Wir stolperten mitten in das Gewühl der Cousins und Freunde, Suiza wurde aus meinen Armen gerissen, damit sie sie besser sehen, sie unter die Lupe nehmen, mit lauten, geräuschvollen Schmatzern abküssen konnten.

Ich gab Suiza einen schweren, leicht perlenden Weißwein zu trinken, der voll wie die Sonne und das Meer war. Ein Albariño aus Campados, der einen schnell in unvergleichliche Glückseligkeit taucht. Sie sollte sich ein bisschen entspannen, ich spürte ihre Nervosität, es fehlte nicht viel, und sie hätte kehrtgemacht und in rasendem Galopp die Flucht ergriffen wie eine nervöse, von Bremsen gepiesackte Stute. Das war eine gute Idee, durchdrungen von einer wohligen Betäubung, wurde sie sehr schnell schwer und weich. Ihr Blick verlor sich im Rauch der Zigaretten, die Nasenlöcher bebten, sie streckte sich auf ihrem Stuhl aus, die Arme hingen zu den Seiten herunter, und ihre Knie waren gespreizt. Im Vorbeigehen griff Mercedes diskret und zielsicher nach dem Glas, das Suiza aus der Hand zu rutschen drohte, und lächelte ihr sanft zu.

Suiza war ganz versunken gewesen: Vielleicht versuchte sie, in den seltenen Gesprächspausen das Geräusch der Wellen draußen zu hören, die der Abendwind an Land trieb. Unmöglich. Sie verfluchte uns sicher, denn sie erfuhr am eigenen Leib, dass Spanier sehr redselig sind und dem Meer, das ihnen geschenkt wurde, nicht genug zuhören.

Das Essen war ein Fest, Mercedes folgte als große Virtuosin mit jedem neuen Gang einer komplizierten Choreographie, wirbelte zwischen den Tischen herum, tänzelte von Gast zu Gast. Sie war in ihrem Element, rot glänzend, flink und feist, behielt alles und jeden im Auge.

Als wir beim Dessert saßen, zückte ein Mann eine Gaita, ein anderer eine Fiddle. Die Musiker spielten eine *muiñeira*, fröhlich und flott, die das Stimmengewirr abreißen ließ. Die jüngeren Frauen jubelten vor Freude, zogen die Tische auseinander, schoben die Stühle an die Wände und fingen an, zu tanzen und die Männer aufzufordern. Ich brachte mich schnell in Sicherheit, setzte mich auf die Treppe, die in die obere Etage führte: Ich hatte keine große Lust, dass eines der Mädchen mich entdecken und dazu nötigen würde, mich lächerlich zu machen. Nur Suiza hielt mich davon ab, ganz zu verschwinden, denn ich konnte sie nicht mit diesem in aller Unschuld gefährlichen Mob allein lassen. Ich zerbrach mir den Kopf darüber, wie ich sie unauffällig da rausholen und mit ihr verschwinden konnte.

Längst hörte ich der Musik nicht mehr zu. Die erstarrte Mercedes hatte mich aufmerken lassen, ich folgte ihrem Blick und begriff, was sie so beunruhigte: José, der Suiza mit Blicken durchbohrte, sein heftiges Verlangen, das unwillkürliche Zittern seiner Oberlippe. Er hatte sich schon vor einer Weile zurückgezogen. Er hörte die Musik nicht mehr, jede Faser seines Seins strebte zu ihr. In Gedanken vögelte er sie schon.

Langsam stand er auf und näherte sich ihr listig. Sie sah ihn nicht kommen, war in ihrer Benommenheit außerhalb von Raum und Zeit, war in ihre Träumereien versunken. Auch ich stand auf und ging, leicht zögernd, auf sie zu.

José packte sie am Arm und zog sie brutal mit sich, katapultierte sie mitten auf die improvisierte Tanzfläche und heraus aus ihrer Lethargie.

»Tanz mit mir!«, befahl er mit lauter Stimme, während er ihren Arm festhielt.

Die Musik erstarb, nervöses Lachen verebbte.

Alle schauten mich an.

Es war Josés schmutzige Hand auf Suizas Hintern, die mich mit einem Satz mitten in den Raum hechten ließ. Ich riss Suiza aus den Armen meines Cousins, zerrte sie hinter mich.

»Du hast zu viel getrunken. Du solltest dich schlafen legen.«

»Ich tanze, was dagegen? Zisch ab, ich hab das Recht zu tanzen.«

»Meine Frau will nicht mit dir tanzen.«

»Woher weißt du das? Hat sie es dir gesagt? Und außerdem ist sie nicht deine Frau, nur weil du sie bumst, ihr seid ja nicht mal verheiratet. Ich werde sie auch bumsen, ich bin mir sicher, ihr wird's gefallen.«

Ich versetzte ihm eine schallende Ohrfeige, dass seine Oberlippe aufplatzte. Er knurrte: »Ich bring dich um, Dreckskerl«, und stürzte sich schwer und kräftig auf mich. Er war nicht besoffen genug, dass ich einen Trumpf in der Hand gehabt hätte, dieser Fettsack war ein Muskelprotz und mindestens so stark wie ich. Der Saal war still, erstarrt vor Angst und Überraschung, man hätte einen Kraken kriechen hören können.

Ich würde ihn umbringen müssen, bevor er mich umbrachte.

Doch ich hatte nicht mit Mercedes gerechnet. Sie schob sich zwischen uns, bevor wir übereinander herfallen konnten. Stoppte José mit einem scharfen Blick.

»Und du, bist du vielleicht nicht verheiratet?«

Ein Eimer Eiswasser hätte nicht besser gewirkt, dieser einfache Satz genügte, um uns alle beide aus der Fassung zu bringen.

Er zögerte plötzlich, brummte etwas in seinen Bart, setzte zu einem erbärmlichen Satz an, endete mit einem mitleiderregenden »Mercedes …«. Er hatte sein Todesurteil unterschrieben.

»Zwanzig Jahre Ehe, vier Kinder, zehn Kilo mehr pro Schwangerschaft, und wofür! Mein Mann macht mich besoffen wie ein Kosake vor meiner ganzen Familie und meinen Freunden zum Gespött. José, das kannst du in deinem ganzen lausigen Leben nie wiedergutmachen. Wen willst du überhaupt bumsen? Die Frau deines Cousins? Wo du es nicht mal schaffst, deine eigene Frau zu bumsen? Die sich an Kuchen und Eiscreme auslässt, weil das das Einzige ist, was ich zu lecken kriege? Ab ins Bett mit dir und deinem kleinen Schwanz. Ich könnte auch auf die Idee kommen, mich woanders umzusehen, nach größeren, härteren, und welchen, die es bringen: Das würde vielleicht helfen!«

José gab keinen Mucks mehr von sich. Er starrte auf den Boden, verschränkte die Finger: ein Junge, der sich eine ordentliche Tracht Prügel eingehandelt hat.

Ich konnte ein höhnisches Lachen nicht unterdrücken. Schwerer Fehler. Als Nächsten knöpfte sich Mercedes mich vor:

»Findest du das lustig? Tomás, ich weiß, du bist erwachsen, aber es juckt mir in den Fingern, dir ein paar zu scheuern, wie es deine Mutter nie getan hat.«

»Mercedes …«

»Ruhe! Jetzt rede ich. Wart's nur ab! Leb mal zwanzig Jahre mit deiner Tussi, mach ihr vier Bälger, und dann sehen wir ja, ob du dann immer noch lachst! Pack deine Sachen und zieh Leine mit deiner Schnecke, sie ist ja ganz goldig, aber für heute haben wir genug gesehen.«

Dann wandte sie sich an die Runde:

»Sonst noch einer? Klar, lacht nur, ihr seid ja eingeladen. Denn ich bin mir sicher, hier ist heute Abend nicht ein Kerl, der sie nicht flachlegen will … Verheiratet oder nicht … Liege ich falsch? Und ich kenne so einige, die wurden nach Strich und Faden betrogen, also werden die mir wohl nicht mit einer Moralpredigt kommen, na?«

Entschlossen nahm ich Suizas Arm, zog sie zur Treppe am Ende des Raumes, und wir hasteten nach oben. Ich nahm den kleinen Koffer, sammelte die im Zimmer verstreuten Sachen ein. In meiner Wut waren meine Bewegungen hart und abrupt. Wir eilten wieder nach unten, noch immer scharten sich alle um die schimpfende Mercedes.

Bevor wir aufbrachen, warf ich ihr über die Gäste hinweg, den Krach und die Panik, einen letzten Blick zu, wie in Zeitlupe, wie im Film. In meinen grünen Augen ein Meer von Bedauern, aus dem meine tiefe Traurigkeit sprach, doch ihr Blick war kalt, hart, ihr Gesicht verschlossen. Im letzten Moment, gerade bevor die Tür zufiel, zwinkerte sie mir zu – so schnell, dass ich kurz daran zweifelte, ob ich es tatsächlich gesehen hatte.

Meine Cousine sagte mir auf Wiedersehen, trotz ihrer enttäuschten Weiblichkeit, ihrer verlorenen Jugend, ihrer Kinder und der langen Liste kleiner Opfer und großer Nachsichtigkeiten, trotz der Rückschläge blieb sie dort, treu, lebendig, fröhlich und zäh.

Im Wagen sprachen wir kein Wort.

Ich konnte es ihm wirklich nicht verdenken, diesem Fettsack José. Aber ich war verdammt nochmal trotzdem auf hundertachtzig! Ich schäumte vor Wut, war richtig in Fahrt. Beinahe hätte ich umgedreht und ihn mir vorgeknöpft, ihm mit einem Faustschlag das Jochbein gebrochen, wäre mit Fußtritten auf seine Seiten und seine Wampe losgegangen, Mercedes hin oder her. Ich wusste, ich war vor allem deshalb so zornig, weil ich durch José erkannt hatte, was mich selbst, als ich Suiza zum ersten Mal begegnet war, bewegt hatte, dieses unbezwingbare animalische Verlangen. Aber warum löste sie das in allen Männern aus? Mein kurzes restliches Leben würde ich nicht damit verbringen können, mich um sie zu prügeln, wie ein Hund überall mein Revier zu markieren …

Ich fuhr schnell, ich brauchte eine Zigarette, um ein bisschen runterzukommen. Ruckartig streckte ich meine Hand nach dem Handschuhfach aus. Suiza schützte ihr Gesicht mit ihrem Arm und stieß einen Schreckensschrei aus.

Ich fuhr überrascht rechts ran.

»Suiza?«

Ich wollte ihren Arm nehmen, verzweifelt wich sie meiner Hand aus.

Ich stieg aus, ohne die Zündung auszuschalten, ging um das Auto herum zu ihr. Als ich die Tür öffnete, fing sie an, in einem fort zu schreien. Ich sagte sanft:

»Suiza, ich bin's. Beruhige dich. Suiza, sieh mich an!«

Sie schrie, hörte mich nicht.

Noch einmal sagte ich, diesmal lauter, um ihre Schreie zu übertönen:

»Suiza, hör mir zu.«

Kurzerhand hob ich sie aus dem Auto. Ich wollte, dass sie aufhörte zu schreien wie eine Wahnsinnige und mir zuhörte. Plötzlich fing ich selbst an zu brüllen, ich schüttelte sie, um sie zum Schweigen zu bringen:

»Sieh mich doch an, Herrgott noch mal! Ich bin's,

Tomás! Hör auf zu schreien, Suiza, sieh mich an. Hörst du mich?«

Ich zerrte sie in den Kegel der Autoscheinwerfer, damit sie mein Gesicht sah, damit sie mich erkannte.

Sie hörte auf zu schreien. Im gelben Licht der Scheinwerfer erschien ein nasser Fleck auf ihrem Kleid, Urin lief ihre Beine herunter.

Perplex und entsetzt ließ ich sie los. Leise weinend wankte sie leicht und hielt sich den Kopf, dann hockte sie sich hin. Sie erwartete Schläge.

Da dämmerte es mir. Ich erinnerte mich an den kleinen Hund, den mein Vater eines Abends mitgebracht hatte, um mich zu trösten, weil Azúcar gestorben war, ich war zwölf. Ein Mischling mit weißer Schnauze, den ich Golosina nannte. Er war von dem alten Säufer Jesús misshandelt worden und hatte jedes Mal die Zähne gefletscht, sobald ich mich ihm mit meinem Wikingerschwert oder einem einfachen Küchenmesser genähert hatte. Wenn ich ihn im Spiel in die Enge getrieben hatte, hatte Golosina sich flach wie ein Crêpe gemacht und vor Angst gepinkelt.

Ich stellte den Motor ab, ging wieder zu ihr und nahm sie so behutsam wie möglich in meine Arme, ich sagte immer wieder ihren Namen, während ich sie leicht wiegte und ihre Haare streichelte. Ihre Haare in der Farbe der untergehenden Sonne. Allmählich wurde sie ruhiger. Sie legte ihr Gesicht an meine Brust und weinte bitterlich. Ich setzte sie wieder ins Auto, klappte die Rückenlehne nach hinten und legte sie hin. Ich deckte sie mit meiner Jacke zu und blieb lange neben ihr auf dem Trittbrett sitzen. Ich zündete mir eine Zigarette an, diesmal war ich unglaublich vorsichtig, als ich das Päckchen aus dem Handschuhfach nahm. In der warmen Nacht saß ich rauchend unter dem Sternenhimmel und fragte mich, was ich tun sollte. Darauf war ich nicht vorbereitet. Ich fühlte mich klein, allein, mit meiner Zigarette, meinem Krebs, meiner alten Karre, mit diesem Mädchen, das sich mehr schlecht als recht von ihrem Zusammenbruch erholte. Sie schlief auf der Stelle zusammengerollt und erschöpft ein und ließ mich mit meinen Zweifeln, meinen Ängsten allein. Für immer entzweit von dem bisschen Familie, das ich noch hatte.

Also gut, Tomás mein Freund, uns bleibt nichts anderes übrig, als nach Hause zu fahren, zu Hof und Land zurückzukehren.

Ich fuhr, in die schwarze Nacht starrend, hypnotisiert von dem Licht der Scheinwerfer und dem Grasstreifen, während der Abend immer wieder wie ein Film in meinem Kopf ablief. Alle fünf Minuten kontrollierte ich, ob Suiza schlief, und mit der rechten Hand deckte ich sie immer wieder mit meiner Jacke zu, die in den Kurven dauernd herunterrutschte.

Ich lachte über mich selbst: Dieses Mal schlief auf meiner nächtlichen Fahrt statt Ramón in seinem Erbrochenen Suiza in ihrem Urin.

Zu Hause legte ich sie in die heiße Badewanne, denn sie zitterte, dann zog ich mich schnell aus und stieg zu ihr, aber nur, um Zeit zu sparen. Die Badewanne war zu klein, das Wasser lief über, als ich einstieg. Ich wusch sie mit dem Waschlappen, sie ließ es über sich ergehen wie ein Kalb vor dem Wettbewerb. Ich hielt sie an mich gedrückt, sogar als ich sie abtrocknete und ins Bett brachte, denn ich hatte Angst, dass sie stürzte.

Draußen kroch die Dämmerung das Fenster hoch, fleckig vor dicken schwarzen Wolken, die die ersterbenden Sterne verschlangen und Regen ankündigten. Die Luft duftete nach Sommer. Ein paar nächtliche Grillen sangen ihre Liebeslieder.

Wir schliefen bis zum Nachmittag.

Abends erzählte mir Ramón, er habe den Seat auf dem totenstillen Hof stehen sehen und sich Sorgen gemacht.

»Verstehst du, immer wenn du nicht zum Melken da warst, stimmte irgendwas nicht, und ich wusste, dass du erst in zwei Tagen nach Hause kommen würdest. Ich hab mich als Erstes um das Vieh gekümmert. Muss gestehen, Junge, ich hatte richtig Bammel, dass ich im Haus was Schreckliches vorfinden würde, einen Tatort. Der Sohn eines Selbstmörders, noch dazu krebskrank, das ist schon ganz schön explosiv. Wie ein Volltrottel hab ich jede Kuh gefragt: ›Was ist passiert? Weißt du es?‹ Dann alle: ›Habt ihr was gesehen? Sagt schon, ihr trüben Tassen!‹ Ich hab beim Melken extra getrödelt, die Euter gründlich sauber gemacht, den Stall ausgemistet, den Milchtank abgestaubt, immer wieder auf den Weg zu deinem Haus geschielt, gehofft, dass ich dich kommen sehe. Auch, wenn es zu spät war, ich wollte, dass du kommst. Aber dann war einfach alles erledigt, es half nichts. Ich hab all meinen Mut zusammengenommen, bin hoch zum Haus und rein, hab meine Stiefel und meinen Schirm auf der Treppe gelassen. Bin wie auf Eiern über die Fliesen. Erst einen Fuß, dann ein paar Sekunden gezögert, dann den anderen Fuß, wollte kneifen. In der Küche war kein Blut, alles normal. Als ich am Badezimmer vorbeigekommen bin, hab ich fast 'nen Herzkasper bekommen: Ich war in irgendwas reingetreten, das bis in den Flur gelaufen war, was Kaltes, Flüssiges, meine Socken waren sofort nass. Himmel, Tomás, ich hab meinen zitternden Arm nach dem Lichtschalter ausgestreckt, und im Licht konnte ich sehen, dass es nur Wasser war, dass ich mich einkriegen musste. Ich hab mich dabei ertappt, dass ich wieder geatmet hab, die Luft, die ich fünf Minuten angehalten hatte, eingesaugt hab. Ich hab das Licht ausgemacht, obwohl ich eigentlich nicht wollte, ich musste noch zum Schlafzimmer. Eine Ewigkeit hab ich gebraucht, um bis zur Tür zu kommen.«

In Erinnerungen versunken, machte sich ein weiches Lächeln auf seinem guten alten Gesicht breit.

»Ihr habt alle beide geschlafen, ohne Decke. Ihr saht aus wie ein Ei, so habt ihr euch aneinandergeschmiegt. Und ausnahmsweise warst du, mein Tomás, das Weiß, um sie drum herum. Ich muss schon sagen, das hat mich berührt, wie ihr zwei da nackt wie Adam und Eva gelegen habt. Tja … Ihr seid schön, gegensätzlich, wie ihr seid. Ich bin wieder ins Dorf zurück und hab bei Álvaro den Morgenkaffee getrunken und die Nachrichten geguckt, um euch nicht aufzuwecken. Die haben eine neue Sprecherin mit großen Titten, davon träumst du. Ich bin gelaufen, ich weiß noch, meinen Schirm geschultert, und meine großen braunen Stiefel haben im Matsch gepatscht. Mein alter Regenmantel flatterte im Wind, ich wusste, dass es bald regnen würde. Mensch, war ich froh, Kleiner! Ich hab gedacht, es ist schön, dass du jetzt für die Zeit, die dir bleibt, dein Glück gefunden hast. Ich bin ja nicht von gestern, ich weiß, dass deine Tage gezählt sind. Und allein der Gedanke dran tut mir weh. Ich wünschte, du wärst mein Sohn, weißt du. Wenn ich einen Sohn wie dich hätte, wäre mein Leben erfüllt.«

Er zog sein großes kariertes Taschentuch aus der Tasche, schnäuzte sich laut und entschuldigte sich:

»Ist nicht schön, alt zu werden, Junge. Jetzt flenne ich hier wie ein altes Weibsbild. Komm, schenk mir einen Rioja ein, aber einen anständigen, nicht den für jeden Tag. Das bringt meine grauen Zellen wieder in Schwung. Und dann gehen wir melken, man feiert schließlich nicht alle Tage, und morgen ist Sonntag.«

Mit meiner kleinen Box ging ich zum ersten Bestrahlungstermin. Ich wusste nicht, wo ich hinmusste, da stand nur der Name der Station und »rote Linie«. Ich dachte, das bedeutete rote Behandlung, wie meine Infusion bei der Chemotherapie, von der ich ein oder zwei Tage rot pinkelte.

Die Station war im Keller, direkt über der Pathologie.

Ich reimte mir zusammen, dass das praktische Gründe haben könnte: Womöglich hatten sie eine riesige Durchreiche, durch die sie einen direkt ablassen, sobald man tot ist, nachdem sie einen verstrahlt und gegrillt haben wie eine Chorizo.

Ich irrte durch die Gänge, eine Dame erklärte mir mit einer vagen Geste, ich solle »da drüben« hin. Sie hatte keine Zeit, den Platzanweiser zu machen.

Ich fand das Wartezimmer, wo schon drei Frauen saßen, eine junge und zwei, die ungefähr in meinem Alter waren. Ich wartete, wie es sich für einen braven Kranken gehört. Eine halbe Stunde, eine Dreiviertelstunde. Das konnte ja heiter werden, wenn das immer so war. Ich hatte einen Hof zu führen, verdammt, langsam wurde ich ernsthaft sauer, als ich jemanden meinen Namen rufen hörte. Ich sprang von meinem Stuhl auf wie ein Hampelmann, schoss in den Gang:

»Ja, hier!«

»Was machen Sie denn da? Wir warten auf Sie!«, patzte die Krankenschwester ziemlich genervt. »Hier ist Brust, Lunge ist dahinten. Sie haben doch Ihre Box? Da steht drauf: rote Linie! Sie müssen der roten Linie auf dem Boden folgen.«

»Ach so! …«

Morgen würde ich aufpassen, dass ich nicht zu den Hoden ging, dass sie sie mir nicht verstrahlten.

Als ich mich ausgezogen hatte, wie die Kapo-Krankenschwester mir befohlen hatte, wartete ich in meiner Kabine. Ich fror.

»Wenn das Licht über der Tür angeht, kommen Sie raus und gehen zum Behandlungsraum. Ziehen Sie sich aus, behalten Sie nur das Nötigste an, wegen der Strahlung.«

Ich hatte mich nackt ausgezogen. Komplett, um sie zu ärgern.

Ich starrte wie hypnotisiert das Licht an, bereit, loszustürmen, wenn es auf Grün umsprang. Ich war schon im Ersten, um keine Zeit mit der Kupplung zu verlieren. Ab und zu drückte ich aufs Gaspedal, um beim Start alle zu rösten. Licht: Go! Erster!

Ich stieß mit einer der Frauen aus dem Wartezimmer zusammen. Sie kam über den langen Gang aus dem Bestrahlungsraum zurück, und ich Kindskopf hatte ihr nicht die nötige Zeit gelassen, wieder in ihre Kabine zurückzugehen. Sie bedeckte ihre Brüste mit den Händen und senkte den Kopf, ich versteckte meinen Penis mit meinen Pranken, stammelte ein bescheuertes »Buenos días«. Armselig. Der Krebs machte mich nicht nur boshaft, sondern auch noch dämlich.

Die Bestrahlung dauerte ein paar Sekunden, ich hatte geglaubt, ich würde etwas spüren, tat ich aber nicht. Über Mikrophon sagte man mir: »Atem anhalten«, dann verdünnisierten sich alle, ließen mich in Tschernobyl allein. Danach die niedliche Klingel, fast unhörbar, die den kurzen Moment markierte, als die Strahlen in meinen Körper eindrangen. Ich ging genauso raus, wie ich reingekommen war. Eigenartig.

Nachmittags, als ich gerade beim Traktor das Öl wechselte, kam Lope: Das Gesicht eines Psychopathen auf einem dürren krummen Körper. Beinahe hätte ich ihn davongejagt, zumal er keine zwei Wörter aneinanderreihen konnte, ohne zu stottern, und regelmäßig von nicht zu übersehenden Zuckungen geschüttelt wurde, von denen einige mir den unangenehmen Eindruck vermittelten, dass er mir schöne Augen machte.

»Keine Chance, hast du dir den Freak mal angesehen?«, flüsterte ich Ramón zu. »Seine Visage juckt mich nicht mal, aber scheiße, er kann nicht sprechen?«

»Nein, ich meine, doch … Du machst ihm Angst, Chef. Ich schwör dir, warte ein bisschen, er wird schon locker werden. Er ist ein guter Kerl. Gib ihm einen Kaffee, du wirst sehen, das wird schon.«

Gereizt bat ich sie hinein, ich war davon überzeugt, dass ich meine Zeit verschwendete mit diesem Typ.

In der Küche ging Lope auf Suiza zu, stand ihr fast auf den Zehen, und reflexartig hätte ich ihn am liebsten einen Kopf kürzer gemacht, aber er machte nur einen albernen kleinen Knicks, dann verbeugte er sich anmutig, nahm vorsichtig ihre Hand und küsste sie, wobei er einen anscheinend fehlerlosen Satz auf Französisch säuselte, ohne zu stottern. Suiza stiegen die Tränen in die Augen, und sie schaute mich entgeistert an.

»Was hast du zu ihr gesagt?«

»Eine Höflichkeitsformel, ich habe mich v-vorgestellt.«

»Du kannst Französisch?«

»Ein b-bisschen, ich versuche, es zu lernen. Ich bringe es mir selbst bei, mit einem B-Buch und CDs.«

»Und was hast du da gesagt?«

»›Gestatten, Lope Blanco Ramírez, zu Ihren Diensten, sehr erfreut, Madame.‹«

Dieser Spinner sprach Französisch und das gänzlich ohne Stottern, vielleicht waren es nur ein paar Worte, aber das hatte er mir voraus. Die Probezeit war vergessen, ich stellte ihn vom Fleck weg ein.

Am Sonntag kam Agustina vorbei, weil sie eine Tarte de Santiago gemacht hatte, um »die Kleine probieren zu lassen«.

Mir konnte sie nichts vormachen, ich wusste, dass sie eigentlich Suiza kennenlernen und sich vergewissern wollte, dass ich nicht schon morgen ins Gras beißen würde.

Wir aßen in der Küche, plauderten über dies und das. Da

uns die Gesprächsthemen ausgingen – das heikle Thema vermieden wir –, schaltete ich schließlich den Fernseher für die Nachrichten an. Ich fühlte mich etwas unwohl.

Agustina schielte schamlos nach Suiza, und als diese den Kopf drehte, weil sie den forschenden Blick auf sich spürte, lächelte Agustina stattdessen mich pflaumenweich und scheinheilig an und entblößte ihren zahnlosen Mund. Da wurde es mir zu bunt.

»Bist du bald fertig mit dem Theater? Du kannst sie direkt ansehen, weißt du, sie zerfällt nicht gleich zu Staub! Sie ist es gewohnt, dass man sie angafft wie ein Tier im Käfig. Dein Zirkus geht mir vielleicht auf die Nerven.«

»Du hast gut reden, sie direkt ansehen, du Sauhund! Hast du am Anfang was anderes gesehen außer ihrem Hintern und ihren Brüsten? Eben nicht, du Scheinheiliger! Monsieur macht einen auf Poet, jetzt da er auf seine Kosten kommt … Oh! Bauern, Arbeiter, Habenichtse, auf die Knie! Spielt auf, Gaita und Fiddle, hier ist Tomás, der große Herr, der Prinz von Asturien!«

Kleinlaut widmete ich mich meinem Kuchen. Sie hatte recht, die alte Hexe.

Suiza war gegangen, um die Wäsche aufzuhängen. Vielleicht spürte sie, dass wir uns wie Mutter und Sohn unter vier Augen unterhalten wollten, ohne dass sie zuhörte.

»Ich musste herkommen, weil du sie versteckst. Kein Wunder, dass ich sie beäuge wie ein Stück Fleisch.«

»Ich hatte ja vor, mit ihr raufzukommen, Agustina, aber wegen der Ernte bin ich nicht dazu gekommen.«

»Das ist ja wohl eine miese Ausrede. Alle haben sie

schon gesehen, außer mir. Was sollen denn die Leute denken? Carmen hab ich erzählt, dass du mich zum Dorsch eingeladen hast wie ein guter Sohn, damit ich deine neue Frau kennenlerne. Dass ich so lügen musste, hat mir das Herz zerrissen.«

»Wir sind ein paar Tage weggefahren, nach Muxía, Suiza wollte das Meer sehen.«

»Warst du bei Mercedes?«

»Natürlich.«

»Wie ist es denn gelaufen mit deiner Frau?«

»… Gut, sehr gut.«

Ich stockte leicht, was der scharfsinnigen Agustina nicht entging.

»Du machst ja ein Gesicht wie ein Löwe, der eine rohe Möhre gefressen hat. Raus damit, was ist passiert?«

Ich zögerte kurz. Ich wusste, erfahren würde sie es sowieso, durch Gerüchte, Gerede in der Familie, und falls nötig, würde sie mir auch die Füße in Olivenöl braten, um es rauszukriegen. Ich musste also gleich klein beigeben, der Agustina-Gestapo war ich nicht gewachsen.

»José. Er hatte getrunken. Er wollte mit Suiza tanzen, sie vor aller Augen flachlegen. Wir hätten uns gegenseitig windelweich geschlagen, wenn Mercedes nicht dazwischengegangen wäre.«

Agustina brach stoßwellenartig in lautes Lachen aus.

»Ich wusste, dieses Schwein ist ein Schwein! Alle wussten es, sogar Mercedes. Sie ist die Einzige, die es noch leugnet. Zieh nicht so ein Gesicht, mein Tomás, halb so wild, das wird ihr die Augen öffnen, so ein Windhund.«

»Allerdings hat er mir den Spiegel vorgehalten, als ich diese Frau zum ersten Mal gesehen habe, habe ich genauso reagiert.«

»So geht es doch jedem Mann. Deswegen haben wir ja Brüste und den ganzen Rest – um euch zu ködern. Am Anfang läuft das so, und später lässt man dann das Herz sprechen. Vielleicht hast du sie zuerst so gesehen, aber jetzt kümmerst du dich um sie.«

»Suiza hatte hinterher Angst, dass ich sie schlage.«

»Wundert mich nicht!«, murmelte sie und biss in das letzte Stück ihres Kuchens, den sie praktisch allein gegessen hatte. »Frauen fühlen sich immer schuldig für ihren Arsch. Sie muss geglaubt haben, sie hätte José heißgemacht.«

»Ich hab nicht sofort reagiert, hab Miguel aus Dumbría, dem Gaiteiro, zugehört. Ich weiß nicht, was sie an sich hat, das uns alle halb wahnsinnig macht. Klar, sie ist keine normale Frau, wirkt ein bisschen einfach, und das liegt nicht nur an der Sprachbarriere. Aber ich glaube nicht, dass sie wirklich dumm ist, es ist etwas anderes. Als ob sie stehengeblieben wäre, festgehalten in einem kindlichen Stadium, nicht erwachsen geworden. Schule bringt da auch nichts, ihr fehlt die Voraussetzung. Aber jetzt ist es zu spät, das gehört zu ihr, macht sie ein bisschen unbedarft, ein kleines Gänseblümchen in einem Rosenfeld. Zuerst hat mir das Angst gemacht. Jetzt füllt es die Leere in mir, dass ich mich um sie kümmere, ich denke nicht mehr an meinen eigenen Schlamassel. Ihre Schwäche macht mich stark. Sieh mich an: Ich bin vierzig Jahre alt, was konnte mir Besseres passieren? Ich weiß, dass im Dorf alle sagen, dass sie die Weisheit nicht gerade mit Löffeln gefressen hätte und ich ein toter Mann wäre, aber da geb ich nichts drauf, ich brauch keinen Löffel zum Essen.«

Agustina schaute mich mit einer ungewöhnlichen Milde an, einer mütterlichen Zärtlichkeit, einem tröstenden Lächeln auf den Lippen.

»Soso ... Und bei euch geht's eh heiß genug her, dass du auf Besteck gut und gern verzichten kannst?«

Agustina wie sie leibt und lebt.

»Weißt du, was?«

Plötzlich war Agustina ganz aufgeregt, gepackt von heller Begeisterung.

»Du solltest mit ihr zu der Französin gehen, die in dem einsamen Haus auf dem Weg nach Friol wohnt, damit sie sich in ihrer Sprache unterhalten können.«

»Die Leute sagen, die hat sie auch nicht mehr alle beisammen.«

»Die Leute sagen alles Mögliche, das solltest du gerade wissen. Sie ist vom Schicksal geschlagen, das ist alles. Und wer hat sie schon alle beisammen? Nein, das ist nur Geschwätz, ich sag's dir. Diese Frau könnte deiner Suiza ein paar Brocken Spanisch beibringen. Wörter reichen nicht, sie braucht ein paar Sätze. Sie spricht nicht gut, die Französin, mit den Verbformen und den richtigen Personalpronomen hapert's manchmal, aber man versteht sie allemal. Du könntest sie mit Eiern oder Milch bezahlen, etwas Fleisch, sie ist nicht reich, wie die Alten hier, sie wird ja sagen. Soll ich sie fragen?«

Ich drehte mir eine Zigarette, dachte nach.

»Das ist eine gute Idee, Mamá.«

Sie ließ sich nichts anmerken, aber ich sah, wie ihr vor Stolz die Brust schwoll. Sie schmiedete weiter Pläne, erpicht auf kommende Machenschaften.

Als sie ging, fügte sie fröhlich hinzu:

»Ich geh zur Französin, ich bin mir sicher, dass sie einverstanden ist. Du kannst bestimmt am Mittwoch hingehen, Sohn.«

Die Französin hieß Francesa: Das war naheliegend und eingängig für diese zierliche kleine Frau, die stark geschminkt war und Parfüm trug. Ein Blickfang war ihre tadellose Wasserwelle von einem ins Blau spielenden Weiß und ihr leuchtend roter Lippenstift im Stil einer alten Geisha, als hätte sie Erdbeermarmelade gegessen.

Suiza und ich fuhren im Lieferwagen hin, ich erklärte, was ich wollte, sie war einverstanden, wahrscheinlich hatte Agustina sie schon ins Bild gesetzt. Ich schlug vor, sie könne jeden Tag vorbeikommen, nach dem Melken würde ich sie wieder abholen. Ich hatte ein Kaninchen mitgebracht, ein Dutzend Eier und zwei Liter Milch.

»Wenn sie den Weg erst mal kennt, kommt sie allein, mit dem Fahrrad. Aber jetzt noch nicht, weil ich ihr das Radfahren gerade erst beibringe. Ich will nicht, dass sie zu lange auf der Straße unterwegs ist.«

Francesa holte zwei Stühle und bedeutete uns, uns zu setzen. Dann schaute sie mich mit ihren friedlich blauen Augen an.

»Mein richtiger Name ist Ginette, aber nenn mich Francesa, so nennen mich hier alle, das gefällt mir, ist hübscher. Suiza ist in Ordnung, keine Konkurrenz für mich. Die Nächste, die hierherzieht, ist hoffentlich Belgierin!«

Dann wiederholte sie alles auf Französisch und auch Suiza lächelte, es musste komisch für sie sein, dass sie mit einem Mal alles verstand und nicht mehr alles für sich übersetzen musste.

»Ihr trinkt doch einen Kaffee? Ich habe Lu-Butterkekse, die hat meine Schwester mir aus Frankreich geschickt, für die habe ich eine Schwäche. Madeleines mit Olivenöl kann ich nicht mehr sehen.«

»Gern.«

»Warum bist du hergekommen, Francesa? Wolltest du das Meer sehen?«, fragte Suiza, während Francesa den Kaffee brachte.

Die alte Frau lächelte und übersetzte mir die Frage.

»Ich werde dir alles erzählen, Liebes, auf Französisch, wenn du jeden Tag herkommst.«

»Ich möchte es auch gern hören, Francesa, wenn es euch recht ist.«

»Ach, mein Junge! Meine ganze Lebensgeschichte! Das Meer? Ja, wenn man so will, aber das war es nicht allein. Das erste Mal bin ich 1959 hier gewesen, ist das zu fassen? Mein erster Urlaub. Mein Mann stammte aus Mondoñedo, aber er hatte nie in Spanien gelebt. Sein Vater war als Straßenbauer nach Frankreich gegangen, seine Frau hatte er drei Jahre später nachkommen lassen. Mein Carlos ist in Melun geboren. Eigentlich war er Franzose. Aber in den

Ferien kam er gern hierher zurück, zu seinen Wurzeln. Er hatte sogar darüber nachgedacht, seinen Lebensabend in Galicien zu verbringen. Er war Schweißer, ich Friseurlehrling, es hat sofort gefunkt. Anfangs dachte ich, er wäre Italiener! Er war so exotisch mit seinen großen schwarzen Augen, seiner braunen Haut und diesem leichten Akzent, der mich dahinschmelzen ließ. Ich habe ihn wie verrückt geliebt. Er war zärtlich wie kein anderer, in seinen Armen vergaß ich, wer ich war. Und sein Geruch, mein Freund! Sein Geruch. Wie eine Droge. Ich habe meinen Kopf an seinen Hals gelegt, ich roch seine Haut, die für mich gemacht war, und meine Knie wurden weich. Carlos war ein Engel, ein Geschenk des Himmels. Er hatte Hände aus Gold. Er konnte alles reparieren, alles flicken. Wenn ich einen Stromausfall hatte, ein Leck, ein Problem, brauchte ich nur zu sagen: ›Carlos‹, und mein kleiner Laden war im Handumdrehen wieder hergerichtet. Hände aus Gold. Das kannst du nicht in der Schule lernen: Entweder du hast das Talent, oder du hast es nicht.

Wir bekamen zwei wundervolle Kinder, Juan und Cécile, Zwillinge. Nun ja! Das klingt wie ein Märchen, aber so war es. Jedes Jahr Urlaub in Spanien, die Kinder waren gut in der Schule. Unser Sohn wurde Apotheker, unsere Tochter Ingenieurin. Carlos und ich arbeiteten, die Miete in der Sozialwohnung in Sarcelles war erschwinglich, wir hatten einen weißen Peugeot 404 mit roten Ledersitzen und sogar eine kleine Katze, ›Pulpo‹, schwarz wie der Teufel, die wir eines Abends in einem Wolkenbruch auf der Umgehungsstraße aufgelesen hatten.

In unserem Haus gab es nur Spanier und Portugiesen, wir waren unter uns, gleich vor dem Plattenbau war eine Wiese. Auf den Feldern unterhalb der Wohnblöcke grillten wir abends auf großen, selbst gebauten Grills Sardinen, tranken kühlen Wein und erzählten von der Heimat.

Zusätzlich zu seinem Job arbeitete Carlos oft auf kleinen Baustellen, ließ sich bar bezahlen, schwarz eben, wir hatten ein schönes Leben und bezahlten das Haus in Galicien ab.

Mit einem Mal war alles vorbei. Wir hatten geplant, unsere letzten Ferien alle vier zusammen hier zu verbringen. Wir wussten, später, wenn die Kinder ganz vom Studium eingenommen sein würden, wäre es komplizierter, einer würde immer fehlen. Wir fuhren nachts, es goss wie aus Eimern, auf der Bundesstraße rammte uns frontal ein Lkw, dessen Fahrer eingeschlafen war: Carlos konnte nichts tun.

Drei Monate später wachte ich in Bordeaux aus einem Koma auf, allein und halb tot. Ich hatte nichts mehr, weder Mann noch Kinder. Nicht einmal die Katze hatte man wiedergefunden. Das Leben hatte mir alles genommen.

Als ich aus der Reha kam, fuhr ich weiter nach Spanien, was hätte ich sonst tun sollen? Mit der Versicherung konnte ich das Haus abbezahlen, und in Gedenken an Carlos zog ich hierher. Es kostete mich ein Vermögen, alle drei auf dem Dorffriedhof zu begraben, ich gehe jeden Tag hin, das ist mein Morgenspaziergang. Ich weiß, dass sie mir von oben zusehen und glücklich sind, dass sie bei mir sind. Ich lebe von unseren Ersparnissen und warte auf die Rente, die mager ausfallen wird, ich habe nicht viele Jahre lang eingezahlt. Aber ich schneide hier und da jemandem die

Haare, ich komme zurecht. Mit Leid kenne ich mich also aus.

Aber wenn ich in den Augen deiner Frau lese«, fuhr sie fort, »glaube ich, kann sie selbst ein Lied davon singen … So! Arbeiten wir jetzt ein bisschen? Ich muss mir doch die Eier und das Kaninchen verdienen! Ich habe ihr ein Heft gekauft, ein Euro dreißig bei Luis, habe es auf deine Rechnung setzen lassen. Ich warne dich lieber, Tomás: mein Spanisch ist eine ziemliche Katastrophe. Wegen meiner ehemaligen Nachbarn hat sich Galicisch mit eingeschlichen, Katalanisch, etwas Portugiesisch. Ich hatte keinen Unterricht, weißt du. Spanisch habe ich vor allem im Bett gelernt, wenn du weißt, was ich meine!«

Sie prustete wie ein Elefant, dann fügte sie wissend hinzu:

»Und mein Carlos war ein grandioser Spanischlehrer!«

Sie beobachtete die Fliegen am Fenster, bald würde es ein Gewitter geben.

»Ich werde ihr beibringen, was ich kann, wir werden versuchen, alle beide Fortschritte zu machen. Ich weiß, dass sie im Dorf erzählen, sie wäre dumm wie eine Gans, aber das glaube ich nicht. Gänse können sich glücklich schätzen. Diese Vögel können immerhin die Nordsee und halb Europa überqueren, um nach Spanien zu kommen, verstehst du?«

Sie stellte die Tassen auf ein kleines Tablett und wandte sich an mich:

»So, mein Junge, jetzt lässt du mir deine Frau hier, wir müssen was schaffen, du hast bestimmt was anderes vor.

Ich will ihr auf Französisch erzählen, was ich dir erzählt habe, damit sie weiß, dass wir etwas gemeinsam haben und sie Vertrauen fasst. Komm sie nach dem Melken abholen.«

Abends sagte Suiza auf Spanisch:

»Ich räumst bisschen auf, und dann ich war schlafen.«

Großartig! Es war verrückt, sie schien mir sofort viel intelligenter.

Im Schlafzimmer unterhielten wir uns fast miteinander:

»Du mir sagst: Ist Lope ein Prinz?«

»Nein, er ist ein Landarbeiter. Aber er … spricht gern Französisch. Er ist ein bisschen speziell.«

»Ich weiß. Er guckt mich nicht an wie die Männer. Ich mag er gerne, nett, und Ramón auch.«

Morgens ging es weiter:

»Die Sonne ist aufgegangen, ich habe den Kaffee gemacht. Was willst du für Mittagessen?«

Ich verbesserte sie, aber nicht zu viel, denn ich mochte ihre Fehler, sie machten ihre Sätze poetisch, zum Beispiel:

»Es regnet diesen Abend, das wird ein blasser Morgen.«

Ich wiederholte sie einfach mit dem richtigen Wort, fast wie Eltern es mit ihren kleinen Kindern tun, damit sie dazulernen.

»Das wird ein nasser Morgen.«

Aber eigentlich fand ich den blassen Morgen schöner.

Sie schrieb Sätze in ihr Heft, dabei benutzte sie für die schwierigeren Wörter das Wörterbuch. Sie machte Fortschritte, vor allem hatte sie ein erstaunliches Gedächtnis. Wenn ich sie korrigierte, merkte sie es sich eigentlich immer, und sie machte selten zweimal denselben Fehler.

Ich war jedes Mal überrascht, wenn sie mit mir sprach, es kam mir vor, als schaute ich in ihren Kopf, denn sie drückte jetzt ihre Gefühle aus, so dass ich nichts mehr erraten musste. Es war leichter, weniger beängstigend. Auch ihren Akzent genoss ich. Einige Silben dehnte sie, und sie konnte kein »r« hinter einem »j« aussprechen oder umgekehrt. »Rojo« konnte sie nicht sagen. Abends fühlte ich mich oft wie ein richtiges Gör, wenn ich mich über ihre Aussprache lustig machte: Ich dachte mir schwierige Wörter mit vielen »j« und »r« aus, ich ließ sie sie wiederholen und lachte, ich Depp. Guadalajara war ganz weit vorne mit dabei. Es endete immer damit, dass sie mir die Zunge rausstreckte.

Ganz besonders mochte ich das »Bettspanisch«, das Suiza mir manchmal ins Ohr flüsterte und mich entweder sehr schnell erregte oder vor Lachen fast platzen ließ. Francesa hatte es faustdick hinter den Ohren, würzte das Bettspanisch aber mit einer Prise Lyrik.

Ich kannte ihren Körper inzwischen gut, aber ich bekam nicht genug davon. Unser Sex war manchmal unglaublich wild und das nächste Mal unendlich zärtlich. Das hing allein von ihrem Blick ab, der Art ihrer Aufforderung. Ich war immer erstaunt über ihre Gabe, auf der ganzen Tonleiter ihrer Sexualität zu spielen, die von der Edelnutte bis zum zerbrechlichen Mädchen reichte. Beim Sex gab es viele Suizas, die in mir die rein animalische Seite, Trieb, Gewalt und Kraft, entfesseln oder eine Art Mitgefühl erwecken konnten, die bis zur Anbetung und Hingabe reichte.

Sie hatte eine gewisse Art, sich leicht die Lippen zu befeuchten, einen oder zwei Knöpfe ihrer Bluse zu öffnen und mich mit absolut schamloser Miene anzuschauen, herausfordernd, so dass ich Lust bekam, mich sofort auf sie zu stürzen. Regelmäßig kam sie in den Stall, ganz bewusst, wenn die Sonne schien, und tanzte dann lasziv um eine Heugabel: Im Licht sah sie in ihrem luftigen Kleid noch nackter als nackt aus. Doch meistens schaffte ich es, trotzdem nein zu sagen. Ich brüllte:

»Ab mit dir, verdammt! Ich arbeite. Ich habe noch vier Kühe und die Kälber zu versorgen.«

Gekränkt fuhr sie dann härtere Geschütze auf. Sie kam näher, schmiegte sich an meinen Rücken oder meine Brust, rieb sich an mir wie eine Katze und versuchte sogar, meinen Penis aus der Latzhose zu befreien – mit Vorliebe dann, wenn ich in jeder Hand einen Milcheimer trug. Dann ließ ich die Kühe Kühe sein und gab ihr, weshalb sie hergekommen war, immer mit meinem obligatorischen Spruch:

»Herrgott nochmal, dann lässt du mich aber arbeiten, ja?«

Manchmal war sie die andere Suiza, die zerbrechliche, die auf meinen Schoß kletterte, ihren Kopf an meinen Hals legte und mich zärtlich küsste. Die Suiza, die sich zusammengerollt an mich kuschelte, eiskalt nach dem Regenschauer, ängstlich nach dem Blitz. Die Suiza der Sommerabende, wenn der Himmel die Farbe ihrer Haare hatte, die sich für Geschenke bedankte, die Feiertags-Suiza, jene, die ich endlich wieder ganz für mich hatte, nachdem wir draußen in der Welt gewesen waren.

Manchmal ließ sie mich einfach machen. Wir schliefen mit weit geöffnetem Fenster, wenn das Wetter es zuließ, und auch, wenn es zu kalt war oder regnete und ich es doch schließen musste, dann blieben aber die Fensterläden jetzt immer offen. Es kam vor, dass ich von einem Albtraum oder einem plötzlichen Schmerz aufwachte, der mich im blassen Licht der Sterne ängstigte und bedrückte. Ich spürte ihren warmen Körper, sie schlief immer an mich geschmiegt. Ich beruhigte sie mit meinem Körper, sie fürchtete ständig einen Angriff. Ich erahnte ihren Rücken, doch vor allem ihren Po, rund und glatt, weiß und weich. Ich spürte ihn, erträumte ihn, ich hob das Laken an, um ihn zu sehen, aber es war zu dunkel da unten. Also berührte ich ihn, schaute wie die Blinden. Sie wachte auf, wollte ihn mir schenken, drückte ihren Po leicht an mich, und ich verstand, dass er mein war. Ich wusste, dass ich mich revanchieren musste, ein anderes Mal, ich würde nur an sie denken, sie dort küssen, wo sie verrückt wurde vor Lust und mich im Orgasmus nass machte.

Zwischen uns herrschte ein harmonisches Gleichgewicht.

Meine Haare begannen als feiner schwarzer Schatten nachzuwachsen. Es ging mir recht gut. Agustina hatte mir für abends eine Art Kräutertee gegeben, ich hatte den Eindruck, er tat mir gut. Ich befand mich in einer abergläubischen Phase, Glücksbringer und so. An jeder Wunderquelle hielt ich an, schmierte mir alles auf die Haut, was heilen konnte, ob Fatima-Wasser oder Teufelspflanzen. Jetzt, da die Wut abgeklungen war und ich die Kirche wieder betreten konnte, zündete ich Kerzen an, wenn ich vorbeikam.

Ich fuhr mit Suiza und Agustina nach Portomarín, um auf andere Gedanken zu kommen, mir frischen Wind um die Nase wehen zu lassen.

Agustina plapperte während der ganzen Fahrt, zum Glück war es nicht sehr weit. Wir spazierten über die Brücke und durch die alten Straßen, tranken in einem Gartenlokal Milchkaffee. Nur ein einziger Souvenirladen hatte geöffnet, und an der Holztür wurden Aztekenfiguren made in Taiwan angeboten, die Schutz verhießen, Glück oder Erfolg bei Prüfungen. Während Suiza und Agustina auf der Suche nach dem religiösen Kitsch des Jahrhunderts durch die Gänge bummelten, las ich die Erklärungen. Eine kleine Figur war ein Talisman für Gesundheit. Jeder, der sie trug, wurde beschützt, geheilt, das Ganze für drei Euro fünfzig. Endlich war die gute Zeit der Begnadigung gekommen.

Ich wollte eine haben! Ich bat Agustina, sie für mich zu kaufen, denn ich wollte nicht wie ein Trottel dastehen. Der Händler kramte in seiner Schublade nach den Tonfiguren: Die für Gesundheit hatte er nicht mehr. Für mich brach eine Welt zusammen. Das war ein Zeichen: Ich würde nicht beschützt werden, ich würde sterben, ich wusste es. Er bot uns andere an, dieser Idiot: Geld, Glück, Liebe. Ich hörte mich mit brüchiger Stimme sagen, das sei nicht schlimm, ich ließ Agustina das Portemonnaie da und stürzte aus dem Laden, bevor ich in mich zusammenfiel wie ein zu lange gebackenes Soufflé. Im Café gegenüber, wo ich mir zwei Rioja gönnte, um die Trockenheit im Mund und die vom Aberglauben geschürte Angst runterzuspülen, die mich seit der Chemo regelmäßig quälte, wartete ich, bis meine Frauen genug Tand eingekauft hatten. Agustina kam zuerst mit einem kleinen, in Geschenkpapier eingewickelten Päckchen heraus.

»Hier, für dich.«

Mein Figürchen.

»Wie hast du das fertiggebracht?«

»Ich hab diesem Schwachkopf gesagt, dass du Krebs hast, und wenn er mir kein Figürchen gibt, ist es seine Schuld, wenn du stirbst. Da hat er der Blödmann plötzlich das Figürchen abgenommen, das an seiner Tür hing.«

Während der ganzen Bestrahlung trug ich mein Figürchen um den Hals. Ich hatte keine Verbrennungen, außer an einem Tag, als ich vergessen hatte, den Anhänger nach dem Duschen wieder anzulegen. Eine leichte Rötung wie ein Sonnenbrand, ein großes Quadrat auf der Brust. Es tat nicht weh. Als ich nach Hause kam, stürmte ich ins Badezimmer und legte es mir wieder an. Beim Anblick des Figürchens, das sich auf meiner Brust von rechts nach links rollte, ging es mir gleich besser. Ich war nicht mehr allein mit meiner Verbrennung. Am nächsten Tag war die Rötung verschwunden.

Die Azteken aus Taiwan waren mächtig.

Ich hatte beschlossen, den Hof instand zu setzen und das Gerümpel wegzuschaffen, das sich überall angesammelt hatte, denn ich gewöhnte mich langsam an Behaglichkeit, Sauberkeit und Ordnung. Als ich mit Suiza neben dem Gemüsegarten aufgeräumt hatte, war ich auf den Geschmack gekommen, jetzt wollte ich meinen Besitz auf Vordermann bringen, wie ich meine Psyche mit neuem Leben gefüllt hatte. Ein großer Frühjahrsputz, auch wenn es eigentlich auf den Winter zuging, doch ich fühlte mich in Form. Manchmal glaubte ich sogar, dass ich gesund werden würde.

Als Ramón mit Lope ankam, rauchten Alt und Jung ihre erste Zigarette des Morgens und schnatterten wie zwei Elstern, währenddessen verteilte ich die Aufgaben.

»Heute bringen wir Hof und Umgebung mal auf Vordermann: Ramón, du schneidest alles zurück, was zu wild wuchert, Unkraut, Sträucher, Brombeeren. Arbeite dich um die Gebäude herum, Schuppen, Ställe. Bis zum Weg, was trocken ist, verbrennst du. Nimm den Freischneider, aber pass auf, dass er dir nicht um die Ohren fliegt, der wurde seit Jahren nicht benutzt, ich weiß nicht mal, ob er überhaupt noch funktioniert. Benutz den Schutz, auch wenn er dich nervt. Du kannst auch die Bäume beschneiden, dasselbe Spiel, schneide zurück, was zu lang ist, keine Scheu. Lope, du kommst mit mir, wir machen im Schuppen Platz für das Zeug, das wir behalten. Der Rest landet im Müll. Okay?«

»Ja, Chef.«

Er trottete schon auf den ersten Schuppen zu. Vorbildlich, der Knabe.

»Nanu? Und der Kaffee?«

Ramón ließ sich nicht austricksen.

»He, der Kaffee! ›Mein Prinz‹! Zuerst gibt's Kaffee! Immer langsam mit den jungen Pferden. Wir haben hier Rituale, Gesetze! Bevor wir schuften, trinken wir einen Kaffee. Mittags gibt es Essen, und abends trinken wir einen Schluck. Halt, du Pinsel, komm zurück. Brich nicht meine fast sechzigjährige Tradition!«

Nach dem Kaffee arbeiteten wir wie die Galeerensträflinge. Ich kannte kein Halten mehr. Ohne zu zögern warf ich weg, was irgendwie verzichtbar war, fröhlich verbrannte, sortierte, mistete ich aus. Lope war genauso fieberhaft, aber er räumte auf, ordnete, machte sauber. Er füllte Kartons, Nägel und Schrauben in Kästchen, Schnur in Schachteln, für alles ein Behältnis. Als ich alles durchgegangen war, kehrte er, scheuerte, putzte akribisch und sorgte für den letzten Schliff. Wie immer murmelte er vor sich hin, aber es kam mir heute weniger monoton vor, beinahe sogar vergnügt. Allmählich wurde er lauter, bis er plötzlich mit tiefer männlicher Stimme anfing, ein altes Stück von Leonard Cohen zu singen, das mich tief berührte. Ich hielt inne und schaute ihn verblüfft an: Er hatte vergessen, dass ich da war.

Ramón rächte sich an der Natur und kam sich vor wie Attila: Er köpfte Sträucher, zersäbelte Ranken, rasierte Hecken, rodete Böschungen, kappte junge und metzelte verholzte Triebe. Wo er fertig war, wuchs kein Gras mehr. Ich sah ihn in der Sonne beinahe rennen, von einer Wegseite zur anderen, den Freischneider einsetzen wie eine Waffe. Das hochgeklappte Schutzvisier war sinnlos, ich war sicher, dass er wie ein Verdammter geflucht hatte, bis er es schließlich hochgeklappt hatte, und ich ahnte, es würde damit enden, dass er den Helm wütend in das gemähte Gras pfefferte. Er verwandelte den mehr oder weniger unberührten Dschungel in die Gärten der Alhambra.

Am Abend tranken wir drei draußen unseren Wein, erfüllt von dem befriedigenden Gefühl, etwas geleistet zu haben.

Jedes Mal, wenn Suiza mit Wein oder Oliven aus der Küche kam, lüftete Lope den Hut, um sie zu begrüßen. Er schaute sie immer mit einer gewissen Achtung an, was mir schmeichelte. Seit ich etwas mehr Zeit mit ihm verbrachte und über seine unvorteilhaften Eigenschaften hinwegsah, seine krumme Statur, sein ständiges Murmeln, erkannte ich eine verborgene Grazie in ihm, den hochtrabenden, altmodischen Stil eines ehemaligen Solotänzers, was ich auf seine sexuellen Neigungen zurückführte. Ich schätzte ihn.

Auch den Alten hatte er für sich gewonnen, ich bemerkte die Blicke, die sie in Einvernehmen und gegenseitigem Respekt austauschten. Der Alte betrachtete ihn als seinen Sohn im Geiste und brachte ihm all die Kniffe des Bauernberufs bei.

Wir übernahmen Suizas Namen für ihn und nannten ihn »Mein Prinz«. Diese eigenartige Persönlichkeit hatte ihre kleinen und großen Ticks: »Mein Prinz« trank seinen Kaffee immer aus seiner eigenen Tasse, die er, in ein Seidentaschentuch gewickelt, in der Tasche aufbewahrte. Eine edle kleine *Marquise*-Tasse, rosa mit Vergoldung, ziemlich flach, an deren Boden sich zwei Mauren umschlangen. Seine Nägel waren lackiert und sauber, mit blütenweißem Rand à la French Manicure. Beim Arbeiten trug er Handschuhe und anschließend cremte er sich regelmäßig die Hände mit denkbar weiblicher Sinnlichkeit ein, so dass Ramón und ich feixten und spotteten: Hinter seinem Rücken gaben wir uns Handküsse wie bei Hofe, knicksten bis zum Boden und mimten verschüchterte Fächerschläge.

Er war immer in eine Wolke aus Parfüm gehüllt, ein schweres, betörendes, recht angenehmes Parfüm, das er für viel Geld aus Frankreich kommen ließ, und das *Le Mâle* hieß. Auch darüber kicherten Ramón und ich schmierig und gekünstelt wie zwei Jugendliche im Anblick ihrer ersten nackten Frau, aber ihn kümmerte das nicht. Er machte sich alles zu eigen, was aus Frankreich kam, denn Frankreich nahm für ihn eine Sonderstellung ein, wenn es um Bildung, Manieren und Kultiviertheit ging. Er hatte nur einen Traum: *Paris und den Eiffelturm sehen, das Quartier*

*Latin* und *Les Folies Bergère*. Über seine homosexuellen Neigungen sprach er nie mit uns, vermied das Thema tunlichst – in stillschweigendem Einvernehmen. Ich wusste nur, wenn er manchmal aus heiterem Himmel um zwei Tage Urlaub bat, als hinge sein Leben davon ab oder als wartete ein im Sterben liegender Verwandter auf ihn, um den letzten Atemzug zu tun, war der simple Grund der, dass er ein paar Tage sexueller Ausschweifungen im Viertel Chueca in Madrid nötig hatte. In Erinnerung an meine Ausflüge nach Lugo genehmigte ich ihm die Tage wortlos und bezahlte den Bus nach Madrid quasi als Erfolgsbeteiligung. Abgesehen davon arbeitete er für zehn, und diese Kraft, die seine geringe Größe und sein verwachsenes Äußeres nicht vermuten lassen würden, erstaunte mich immer wieder. Je mehr Zeit ich mit ihm verbrachte, desto besser wusste ich, was seine Eigenartigkeit ausmachte: Trotz seiner kleinen weibischen Schrullen und seiner unansehnlichen Erscheinung war da eine unübersehbare Kraft, eine beeindruckende Männlichkeit, eine feine Klugheit, die Respekt abnötigte. Ich mochte diesen Kerl, und zum ersten Mal konnte ich es bewusst sagen.

Als ich am nächsten Tag von Mondoñedo heimkam, wo ich mir einen gebrauchten Traktor angeschaut hatte, stand Álvaro auf dem Hof. Mit der Zigarette im Mund inspizierte er das Haus. Er schien wahrzunehmen, dass sich viel verändert hatte. Das war kein schmuddeliger, trostloser Müllplatz mehr. Suiza hatte dem Hof ihren Stempel aufgedrückt. Auf der Leine trocknete die Wäsche, ordentlich mit Klammern aufgehängt, die Socken einzeln, die Hemden mit dem Kragen nach unten. In den Beeten blühten Blumen, vor der Treppe waren Kehrspuren von trockenen Zweigen zu sehen, Suizas gleichmäßige, rhythmische Handschrift, die einer Frau. Die sauberen Fenster, die offenen Fensterläden, der Duft nach Wäsche. Sogar die Hühner hockten in einer akkuraten Reihe hinter ihrem Drahtzaun und glotzten ängstlich. Alles ordentlich, jede Sache dort, wo sie hingehörte.

Das Motorengeräusch des Seats riss ihn aus seiner Versunkenheit.

»Was zur Hölle hast du denn hier verloren?«, fragte ich und sprang aus dem Auto.

»Ich will nur mit dir reden.«

»Ich hab dir nichts zu sagen.«

»Aber ich habe dir was zu sagen.«

Ich taxierte ihn. Ich hatte nichts zu befürchten, er war nur ein alter Mann, fast dreißig Jahre älter als ich. Ich konnte ihn gefahrlos anhören.

Der Alte starrte das Haus an, er wusste, dass sie da war.

»Ich will mit dir sprechen, von Mann zu Mann, wenn das geht.«

Ich zögerte einen Augenblick, bejahte aber schließlich.

»Komm rein.«

Ich wusste, dass Suiza sich hinter dem Buffet versteckte. Dort flüchtete sie sich immer hin, sobald unangekündigter Besuch kam. Erst recht, wenn es Álvaro war, ich war mir fast sicher, sie glaubte, er wäre hier, um sie zurückzuholen.

»Du kannst rauskommen, er will nur mit mir reden, wir

haben ein paar Dinge zu klären. Geh zu Agustina, bring ihr die Milch, wir sehen uns dann, wenn ich fertig bin.«

»Kommst du mich später abholen, oder komme ich wieder, wenn es Nacht ist?«

»Nein, ich hole dich ab. Warte auf mich, mach dir keine Sorgen.«

Sie nahm die Milch und ging hinaus, wich Álvaros Blick aus. Ich sah sie auf dem Weg, im Laufen schwang sie den Eimer leicht hin und her.

»Ihr Spanisch ist inzwischen sehr gut. Du bist ein guter Lehrer.«

»Was genau willst du?«

Ich wollte es schnell hinter mich bringen.

»Also, Folgendes«, sagte Álvaro und kratzte sich an der Nase, wusste nicht, wo er anfangen sollte. »Hast du vielleicht was zu trinken? Ganz schön weit bis zu dir raus.«

Wieder schaute ich ihn vernichtend an, was den Alten schließlich verunsicherte. Mit seinem tadellosen Fingernagel kratzte er am Tisch, um einen imaginären Krümel wegzuwischen.

»Nur, um den Straßenstaub runterzuspülen«, murmelte er noch leiser, ich konnte ihn kaum noch verstehen.

Ich ging langsam zum Buffet, um mir Zeit zum Nachdenken zu verschaffen und herauszufinden, was er von mir wollte. Ich holte nur ein Glas aus dem Schrank und schenkte ihm einen guten Schluck ein. Das würde mir einen Vorteil verschaffen.

»Entschuldige, ich kann dich nicht verstehen.«

Ermutigt ließ der Alte die Katze aus dem Sack.

»Du weißt, ich bin krank. Diabetes. Mein Bruder ist schon dran gestorben. Vorher haben sie ihm in Madrid noch beide Beine amputiert, wegen Wundbrand. Meine Mutter…«

»Soll das hier die Seite mit den Todesanzeigen werden?«, unterbrach ich ihn scharf, um mir den ganzen verdorbenen Stammbaum der Castro Quinteiros zu ersparen.

»Nein, nein, ich will damit sagen, wie schlimm es eben ist. Und dann auch noch mein schwaches Herz. Der Arzt hat gesagt, ich muss kürzertreten.«

»Und er hat dir nicht zufällig auch gesagt, dass du aufhören musst zu trinken?«

Mit einem Kopfnicken deutete ich auf das Glas vor ihm.

»Und du? Haben sie dir etwa nicht gesagt, du sollst mit dem Rauchen aufhören?«, wehrte sich Álvaro wütend.

Er hatte recht, wer im Glashaus sitzt, sollte nicht mit Steinen werfen. Ich rang mich zu einem »Tut mir leid« durch, dann fuhr er fort:

»Der Arzt hat gesagt, ich soll mit allem aufhören. Aber das sagen sie immer, die Ärzte. Hör auf, und hinterher ist der Tod eine Erlösung. Irgendwann bettelst du drum. Bevor ich als Krähe wiederkomme, will ich noch ein bisschen Spaß haben.«

Schnell hob er demonstrativ das Glas an den Mund, trank es in einem Zug aus und schnalzte mit der Zunge. Ich goss ihm nach, Álvaro dankte mir mit einem Augenzwinkern.

»Dein Rioja ist gut, aber ich bin wegen deiner Frau hier, das kannst du dir ja denken.«

Ich presste den Kiefer zusammen. Das entging Álvaro nicht, er beeilte sich zu sagen:

»Keine Sorge, ich bin nicht hier, weil ich sie dir wieder wegnehmen will. Das würde sie sowieso nicht wollen. Außerdem würdest du das nicht zulassen, ich bin nicht stark genug, um mich mit dir zu schlagen. Nicht, dass es ihr bei mir schlecht ging: Sie konnte essen, wann sie wollte, sie hat sich nicht zu Tode geschuftet. Ich war kein schlechter Chef. Aber ein alter Knacker, wo sie doch so jung ist, das war … nicht richtig, das gehört sich nicht. Für mich war es gut, weil …«

Nachdenklich senkte er den Blick auf den Tisch und deutete ein Lächeln an.

»Ich meine, ich will dir übers Vögeln keine Vorlesung halten, in meinem Leben hatte ich nicht viele Frauen wie sie. Um die Wahrheit zu sagen, hatte ich vor ihr gar keine. Ich wusste, was ich für ein Glück hatte. Obwohl sie nicht kochen konnte und ein bisschen dumm war. Jetzt habe ich Carlota. Sie kocht besser, aber sie hat keinen Hintern. Auch keine Brüste, da wirst du mir wohl zustimmen …«

Der Alte beschwor sich Carlota wohl herauf und fühlte ihr von allen Seiten auf den Zahn, um zu sehen, was sie letztendlich wirklich hatte.

»Kurz, sie ist flach«, fuhr er fort, »und in dieser Hinsicht habe ich ein Minusgeschäft gemacht. Aber das ist in Ordnung, weil ich sowieso alt bin, und ich spüre, damit ist es bald sowieso vorbei für mich. Bald macht mir nur noch der Tod das Leben schwer. Für meinen Diabetes und meine abfaulenden Extremitäten reicht Carlota allemal. Für sie ist es auch in Ordnung, das Leben hat sie nicht verwöhnt, die Männer haben sie zu sehr verletzt. An Liebe glaubt sie nicht mehr, denn sie hat zu sehr dran geglaubt. Darum erholt sie sich mit mir. Ich bin der Mann, das Kind, das sie nie hatte, der Kranke, den sie pflegen muss, weißt du: Sie wollte nämlich Krankenschwester werden. Sich um meine Insulinspritzen und meinen Blutzucker zu kümmern, das reizt sie, sie hält sich für einen Profi. Sie macht sogar Verbände, Señora Fereira hat's ihr gezeigt, wegen der Keimfreiheit und dem ganzen Zirkus. Je komplizierter und fieser, desto besser gefällt es ihr. Sie weiß, dass sie von Nutzen ist, dass ich sie brauche. Das ist eine Vollzeitbeschäftigung, das hält sie auf Trab. Manchmal mache ich ihr ein kleines Geschenk, Blumen, Ohrringe, Heiligenbilder, Krankenschwesternbücher. Nächsten Monat bezahle ich ihr einen Kurs für Sanitäter beim Roten Kreuz in Lugo.«

Er machte eine kleine Pause, trank einen Schluck und sprach schnell weiter:

»Aber trotzdem war Suiza doch irgendwie meine Frau, bevor du sie mir weggenommen hast. Also schuldest du mir was.«

»Was genau willst du?«

»Ich bettle nicht. Ich habe ein paar Hektar Land, die meine Mutter mir hinterlassen hat, neben Miguels Feld, dem aus Pedrouzos, nicht aus Silleda. Es ist kein gutes Land, da wächst nichts. Wenn's hochkommt, ein paar Kartoffeln, aber selbst das nicht. Kauf es mir für einen guten Preis ab. Ich kann es keinem verkaufen, der nicht von hier stammt, meine Mutter würde sich im Grabe umdrehen, mir in meinen Albträumen erscheinen und mich als schlechten Sohn beschimpfen. Schon dass ich es nicht geschafft habe, dort etwas zu ernten! Hier will es keiner, und vor allem hat keiner das Geld. Außer dir. Verstehst du, wenn du es mir abkaufst, verkaufe ich auch meine Kneipe. Ich habe schon einen Interessenten: Paolos Sohn, der in Oviedo Kellner ist, er will neu anfangen, sich selbständig machen. Er hat ein bisschen Geld, wird einen Kredit aufnehmen, die Bank hat zugesagt. Mit dem ganzen Geld und Carlotas Erspartem wollen wir nach Coruña ziehen, in die Nähe meiner Schwester. Kennst du meinen Neffen Santiago, den kleinen Dicken mit Brille? Er ist Immobilienmakler, er sagt, man soll jetzt kaufen, die Marktpreise sind wegen der Krise im Keller. Er hat eine Wohnung nicht weit vom Krankenhaus für mich gefunden, für die Behandlungen und Kontrollen, mit Blick aufs Meer.«

Der Alte schwieg plötzlich und schaute mich unsicher an.

Ich war noch bei der Wohnung mit Meerblick, rief mir den Herkulesturm und König Breogán in Erinnerung, die kleine Straßenbahn am Wasser. Ich stand auf und ging im Zimmer auf und ab, gab mir den Anschein nachzudenken, um ihn auf die Folter zu spannen. Ich musste aussehen, als wägte ich das Für und Wider ab, er sollte denken, dass er hart um den errungenen Sieg gekämpft hatte. Der Deal war mehr als anständig: Es stimmte, dieses Land war schlecht, aber ich wollte meine Herde Galicischen Blondviehs vergrößern, ich brauchte neues Weideland.

Oder aber, ich pflanzte dort einige Eukalyptusbäume für die Papierherstellung.

Ich ließ ihn nicht sehr lange zappeln.

»Schreib mir deinen Preis auf, da, auf den Zettel.«

Der Alte befeuchtete den Bleistift an seiner Zunge und setzte an: Nur beim Schreiben stockte er, seinen Preis hatte er sich schon reiflich überlegt.

Obwohl der Preis vollkommen vernünftig war, wartete ich auch jetzt eine Weile, bevor ich antwortete:

»Ist in Ordnung. Wir fahren nach Lugo zum Notar. Am Freitag habe ich sowieso schon einen Termin, du kannst mitkommen, ich hole dich ab.«

Ich hatte entschieden, Lope in mein Testament aufzunehmen. Ich wollte den Mann für alle Fälle versorgt wissen.

Ich holte ein zweites Glas, diesmal goss ich uns beiden einen guten Schluck ein, um das Geschäft zu besiegeln.

»Du bist ein Mann von Ehre, Tomás.«

Álvaro lächelte, er war froh. Die Sache war beschlossen. Seine Rente war gesichert. Er sah sich schon auf seiner Terrasse mit Blick auf El Paseo Maritimo, die Zeitung und ein Glas in Reichweite. Jetzt war er derjenige, der ins Café gehen, sich wie ein Star bedienen lassen würde. Carlota mit ihrem flachen Hintern würde ihn mit Liebe, Suppe und Insulin versorgen.

Ich begleitete den Alten zurück ins Dorf, um Suiza abzuholen und damit alle unseren Nichtangriffspakt bezeugten. Einträchtig und freundschaftlich schüttelten wir allen die Hände, die uns begegneten.

Bevor wir uns trennten, sagte Álvaro, den Blick auf seine Lackschuhe geheftet und an seinem Siegelring nestelnd:

»Was ich über die Frau gesagt habe, stimmt nicht. Sie ist nicht dumm, es ist nur, ich habe mich einfach nicht auf sie eingelassen, und es kam mir entgegen, dass sie ein bisschen dämlich schien. Ich wusste genau, wenn ich ihr beigebracht hätte, allein zurechtzukommen, wäre sie gegangen.«

Am Dorfeingang trennten sich unsere Wege, ich ging zu Agustina hinauf. Unten vom Weg aus sah ich Suiza, die vor der Tür auf mich wartete, sie saß auf der Steintreppe in der Sonne. Den Kopf in den Nacken gelegt, die Augen geschlossen, sonnte sie sich unbekümmert. Die Liebe zu ihr wallte in mir auf, und ich stand hilflos auf dem Weg, blieb einen Augenblick stehen, schluckte wie ein glücklicher Dorfdepp, bevor ich weiter hinaufgehen konnte.

Nach den obligatorischen Anchovis, Brot und Wein bei Agustina gingen wir Hand in Hand nach Hause. Sie stellte keine Fragen, wir wussten beide, dass die Sache bereinigt war.

Die Schmerzen weckten mich gegen drei Uhr morgens. Ein Schmerz in der Brust wie ein Dolchstoß.

Der Krebs hatte mich nicht vergessen.

Um neun Uhr wachte ich auf, die Schmerzmittel, die ich spät nachts genommen hatte, hatten mich ausgeknockt wie einen Junkie. Der Schmerz war verschwunden, wie er gekommen war, ich fühlte mich fit wie ein Turnschuh und fragte mich, ob es nicht eher die Angst war, die mich mitten in der Nacht so oft durchbohrte.

Lope war schon beim Melken, Ramón kam dazu. Immerhin hatte ich wirklich tolle Unterstützung. Ramón war ein alter Hase, und Lope war bemerkenswerterweise in seine Fußstapfen getreten. Ein dynamisches Duo. Sie waren aufeinander eingespielt, schufteten wie Maultiere und sprangen ein, wenn der Chef fehlte, was immer häufiger vorkam. Ich musste mich wieder einkriegen, die Krankheit entschuldigte nicht alles, wollte ihnen kein Klotz am Bein sein. Also überließ ich ihnen die Stallarbeit und ging zu Jorge, denn ich brauchte einen neuen Auspufftopf für den Seat, man hörte mich bis nach Santiago. Die alte Josefina kam aus Luis' Laden, ich grüßte sie und verlangsamte, als ich auf ihrer Höhe war. Sie grüßte zurück und fragte, was es Neues von Suiza gebe.

»Ich gehe ein paar Schritte mit dir, ich muss laufen, wegen meiner Hüfte.«

Beim Gehen hörte ich ihre alten Gelenke der Reihe nach knacken, als ob ihr ganzes Skelett ächzte.

»Ich treffe deine Frau oft in der Kirche, wir sind Freunde. Sie macht Fortschritte! Spricht immer besser. Man versteht sie schon fast. Sie ist nett, sie betet laut und dankt Gott, dass sie bei dir ist. Sie dankt für alles Mögliche, für den Regen, die Regenwürmer, die Waschmaschine, die die Hosen sauber macht, die Rosen und Nachtigallen. Tja, ich muss zugeben, nach einer Weile geht ihre Litanei einem schon auf die Nerven. Ich habe ihr gesagt, dass sie sich nicht die ganze Zeit bedanken muss. Dass sie zum Beispiel auch dafür beten kann, dass es dir besser gehen soll, du gesund werden sollst. Nur Hauptstraßen, für kleine Wege hat Gott keine Zeit.«

»Hauptstraßen?«

»Ja, Liebe, Kinder, Krankheiten, wichtige Sachen eben. Für alles andere ist er taub. Und selbst da … Besser, man bittet nicht nur für sich selbst, sondern kümmert sich um andere, die Welt, Krieg, Armut, all so was. Dann ist man selbstlos, das mag Er. Aber zurück zu deiner Frau, bringst du ihr Spanisch bei?«

»Nein, die Französin, die an der Straße nach Friol wohnt.«

»Eine tapfere Frau. Sie hat viel durchgemacht, aber sie ist wirklich eine tapfere Frau, es wäre ihr gutes Recht, sich Gott mal vorzuknöpfen.«

»Kommt Suiza oft in die Kirche?«

»Jeden Tag, am frühen Nachmittag, so wie ich. Aber so religiös bin ich nun auch wieder nicht, das kann ich dir sagen, ich gehe, weil ich allein bin und ja schließlich nicht den ganzen Tag fernsehen kann, morgens und abends reicht. Vormittags gehe ich hin, um auf andere Gedanken zu kommen, ein bisschen mit den Alten zu plaudern, die ich unterwegs treffe. Nachmittags halte ich dort Siesta, zu Hause kann ich nicht schlafen, dank meinem Nachbarn Felipe, dem aus Camariñas: Ab ein Uhr malträtiert der seine Geige. Ich unterhalte mich mit deiner Frau, und danach halte ich im Kühlen ein Nickerchen auf der Bank. Ich bin mir sicher, dass Gott nicht in diesem alten rissigen Gebäude ist, was soll Er sich hier im Dorf langweilen, Er ist in Santiago oder Astorga, da ist es schöner. Er kommt nur, wenn man ihn ruft, nehme ich an. Ich rufe Ihn schon lange nicht mehr. Ich habe einen Zorn auf Ihn. Du weißt ja, Er hat mir meinen Euserbio mit neunzehn Jahren genommen. Dir kann ich es ja sagen, er ist gar nicht in die Jauchegrube gefallen, er hat sich am Apfelbaum aufgehängt, wegen eines Flittchens aus Orense, ein bildschönes Mädchen, er war verliebt, und sie ließ ihn fallen. Zwölf Stunden, um ihn auf die Welt zu bringen, ein Leben, um ihn großzuziehen, und eine Minute, um ihn mir zu nehmen. Ich esse keine Äpfel mehr.«

»Ich weiß nicht, was ich sagen soll.«

»Sag nichts, Tomás, sag nichts. Das ist mein Schmerz, mein Schmerz allein. Der Priester hat es gut mit mir gemeint, er hat sich das mit der Jauchegrube ausgedacht, damit wir meinen Sohn mit den Menschen begraben konnten statt mit den Hunden. Was erwartest du, das hatte er von seinem Vater, diesem Frauenheld, das hatte er im Blut.«

»Frauenheld?«

»Er liebte sie alle. Er hat mir Hörner aufgesetzt, dass ich als San Fermin von Pamplona hätte durchgehen können. Aber ich nahm es hin, blieb mir auch nichts übrig, das waren andere Zeiten, als ich jung war, du hast den Mann fürs ganze Leben geheiratet, egal, was kommt. Antonio war schön wie Jesus, und mit Frauen konnte er umgehen, aber du konntest dich nicht auf ihn verlassen. Wenn er sagte, er würde am Abend um acht Uhr nach Hause kommen, wartete ich um Mitternacht immer noch. Eines Tages ist er mit einer deutschen Touristin abgehauen, einer fetten billigen Blondine, die ein paar Tage hier im Dorf gewohnt hat, um sich die Gegend anzuschauen. Einmal kam eine Postkarte aus Berlin für den Kleinen. Er hat dort als Maurer gearbeitet, Gebäude für die Regierung gebaut. Er ist nie zurückgekommen, nicht einmal, um sein eigenes Haus fertig zu bauen. Ich konnte ihm nicht vom Tod seines Sohnes erzählen … Verrate das mit der Jauchegrube nicht, ich will noch erhobenen Hauptes auf den Friedhof gehen können, ich zähle auf dich.«

»Josefina, Apfelbaum oder Jauchegrube …«

»Ich weiß. Es tut gut, über ihn zu reden. Er war ein guter Junge. Du auch, du bist ein guter Junge.«

Sie wischte sich mit einem kleinen weißen Baumwolltaschentuch über ihr linkes Auge und fuhr fort:

»Ich habe nur noch ein Auge zum Weinen, das rechte ist trocken, und Don Confreixo kann nichts tun. Meine Augen sind wie meine Kinder, ich habe nur noch meine Tochter, meine Lisa. Erinnerst du dich noch an sie? Sie ist hübsch und kräftig, sie hat einen Arzt aus Santander geheiratet. Ein guter Arzt, einer für den Darm. Meine Lisa ist auch Ärztin, aber für das Herz. In Santander schneiden sie die Menschen auf wie Rinder beim Fleischer, jeder sein Stück. Ihren ersten Sohn haben sie Euserbio genannt, als Trost für mich. Wenn ich ihn sehe, diesen Kleinen, ist all mein Kummer wie weggeblasen. Gott entschädigt mich ein bisschen.«

»Wenn es Gott wirklich geben würde, Josefina, wären die Menschen vielleicht nicht so schlecht und die Welt freundlicher.«

»Der Mensch hat all die Schwächen, all die Zugeständnisse, all die Fehler, Gott hat nichts damit zu tun. Denn der Mensch ist schwach. Ich versuche, die Übeltäter immer zu entschuldigen: Man wird nicht böse oder wütend geboren, man wird es. Du zum Beispiel, du bist wie all die anderen, hast nur ein bisschen mehr gelitten. Es gibt Leute, die sind dazu bestimmt zu leiden, Tomás, und für andere ist das Leben süß wie Honig. Vielleicht meint es dein nächstes Leben besser mit dir. Der Schmerz macht dich zu dem, was du bist, wie ein Strauch in der Sierra, der wegen des starken Windes schief wächst. Aber in deinem Herzen bist du aufrecht, das wissen alle. Du hast diese Suiza gefunden, das ist dein Glück, auch sie ist eine Kaktusfeige voller Stacheln, aber im Innern süß und weich. Die Entbehrungen haben sie so zerbrechlich werden lassen wie ein Ei, wohingegen sie dir einen Schildkrötenpanzer haben wachsen lassen. Nur sie kann dich davon befreien, ohne deine Haut abzureißen, und nur du kannst sie beschützen, wie sie es sich wünscht, ohne sie zu zerbrechen. Euer beider Schwächen ergeben zusammen etwas Solides, ein unzertrennliches Paar. Es geschieht zwar selten, aber manchmal, wenn man zwei Leiden gut miteinander verrührt, laufen sie auf zu einer Crème des Glücks. Und das, falls Gott seine Finger im Spiel hat, ist wohl das Geschenk, das Er dir macht. So, jetzt halte ich dich nicht länger auf, meine eingeweichten Bohnen warten auf mich. Bis bald, Tomás, pass auf dich auf.«

Abrupt ließ sie mich mitten auf der Straße stehen, ich war noch ganz durchdrungen von ihren letzten Sätzen und schaute ihr nach, wie sie nach Hause watschelte.

Abends kam ich früher als erwartet nach Hause, Suiza bereitete trällernd das Essen zu. Es roch köstlich: Gemüsegratin, Hühnchen, Obstsalat.

»Es ist nicht fertig«, sagte sie, »paar Minuten noch.«

Ich ging derweil auf den Dachboden und nahm die Gitarre, spielte ein bisschen im Dunkeln, meine eigene Interpretation eines alten Pink-Floyd-Stücks.

Unbemerkt kam sie herauf, starrte durch mich hindurch, als ob ich gerade Beethovens Neunte mit einem Eisenhaken gespielt hätte.

Ich kniete mich vor sie, hatte mein Instrument kurz vorher beiseitegelegt, und sie war abwesend. Ihre blauen Augen sahen mich wieder, sie kam langsam zu sich. Sie küsste mich in einer flüchtigen Berührung und flüsterte:

*»Gracias, Señor.«*

Also ein besonderer Anlass.

»Weiter, ja? Bitte. Weiter. Weißt du, hier ist das Elfenreich.«

Kurz schien sie in Gedanken versunken, dann wies sie mich an:

»Du beweg dich nicht, du hörst zu, du sagst mir, ob du kennst. Gleich ich hol dir die Musik.«

Sie erzählte mir eine komplizierte Geschichte in einem noch stockenden Spanisch. Das Hauptproblem war die Konjugation, da war Francesa wirklich eine Null. Ich wusste nicht mehr, um wen es ging, sie, ich, wir, sie, alle …

Sie erzählte mit leuchtenden Augen, erzählte, erzählte, schnatterte wie eine Ente. Ich verstand nur Bahnhof oder jedenfalls fast, aber ich hatte nicht den Mut, es ihr zu sagen. Ich konzentrierte mich mit aller Kraft: Es war die Geschichte einer Frau, die durch die Wüste lief … Weil sie Frieden wollte? … Sie machte eine Pause und ging weiter, besorgt, dass sie diesen Frieden nicht finden würde, … Bla, bla, bla … Sie hatte Angst, sie machte eine Pause. Eine Geschichte tröpfchenweise? Irgendwann war sie erschöpft und … und beruhigt … Sie sah irgendetwas und warf sich unter die … Zweige! Starb sie am Ende? Aber der Tod war eine Erleichterung? Vielleicht war es nicht Tod, sie musste sich mit dem Wort vertan haben. Ich verstand überhaupt nichts von ihrem Kauderwelsch, aber sie war offensichtlich begeistert. Sie schaute mich an, die fragenden Augen in Erwartung einer positiven Reaktion weit aufgerissen. Ich rang mich zu einem »Ach so!« durch, in dem ein scheinbares Verständnis mitschwang, das sie zufrieden stellte. Sie wiederholte: »Du beweg dich nicht«, und sie verschwand auf der Treppe. Im Handumdrehen war sie mit ihrem CD-Spieler wieder da. Sie setzte mir den Kopfhörer auf und sagte:

»Jetzt kommt die Geschichte, die ich erzählst, aber in Musik.«

Der CD-Spieler war vorsintflutlich, billig, die CD sprang, hakte und dann: Exitus, bevor ich einen einzigen Ton hören konnte. Natürlich kam nichts, aber ich wartete noch ein paar Sekunden, um den Anblick ihrer fragend aufgerissenen großen blauen Augen zu genießen, ihres vor Ungeduld offenen Munds, ihrer hochgezogenen Augenbrauen, ihres ganzen Gesichts, das gespannt auf meine Reaktion wartete.

»Ich höre nichts!«

Sie war den Tränen nahe, und ich spürte, das würde ein Guadalquivir-Hochwasser geben, also schlug ich schnell vor:

»Moment, ich habe eine Idee. Bleib hier. Ich schaue mal, ob ich ihn reparieren kann.«

Ich holte den Auflauf aus dem Ofen, der schon dunkelbraun war, und legte die CD im Wagen ein: Es war *Asturias*. Und ob ich das kannte! Uralt, ein großer spanischer Klassiker der Gitarre, altes, angestaubtes, recht bedeutungsloses Stück. Ich ging wieder hinauf, nahm die Gitarre und spielte dieses verdammte Stück, das ich meine ganze Jugend lang rauf und runter gespielt hatte. Ich hatte mir die Zähne daran ausgebissen, aber eine Zeitlang schlug ich mich – ohne Albéniz gerecht zu werden – nicht übel.

Sie sah mich an, als wäre ich Antonio Banderas oder George Clooney: Ich fühlte mich schön und begabt. Für diese Frau, die vom Himmel gefallen war, war ich auf meinem staubigen Speicher der erste Mann auf dem Mond. Vor Ergriffenheit und weil es lange her war, dass ich dieses Stück zuletzt gespielt hatte, machte ich eine Menge Fehler.

Das Verrückteste war, ich bemerkte, dass sie sie auch hörte.

Am Wochenende gingen wir nach der Arbeit mit Lope einen Schluck in der Kneipe trinken, Ramón war früher gegangen, es war »sein Sonntag« in Lugo, und er würde erst am nächsten Morgen wiederkommen. Die monatliche Abrechnung bei Álvaro stand an.

Beim Eintreten hörte ich Paolo johlen:

»Sieh mal einer an! Hola, ihr Schwuchteln!«

Kurzentschlossen ging auf ihn zu, er wich zurück, und sein Lächeln erstarrte.

»Hast du mir guten Tag gesagt? Ich hab's nicht genau verstanden …«

Er zögerte eine Sekunde, wägte das Risiko ab, verglich unsere Staturen. Er senkte den Kopf. Da ich auf hundertachtzig war, war ich ihm überlegen, er verstand, so krebskrank und geschwächt ich auch war, noch ein falsches Wort, und er wäre dran.

»Hola, Tomás, entschuldige.«

»Hola, Paolo. Hast du nichts zu tun? Vielleicht gehst du besser wieder an die Arbeit.«

»Stimmt, ich war sowieso auf dem Sprung.«

Er drückte sich am Tisch entlang und trollte sich wie eine Blindschleiche, träge und glänzend.

Ich sah zu, wie er das Weite suchte, und nach dem Motto: Wer will als Nächstes? drehte ich mich wieder zur Theke.

Álvaro feixte:

»Tomás, tu mir den Gefallen und mach ihn das nächste Mal zu Hackfleisch, ich erlasse dir zwanzig Prozent von allem, was du mir schuldest.«

»Geht klar! Ich lass ihn über die Theke in deine Flaschen segeln, ein Strike. Dann gebe ich dir zwanzig Prozent mehr für die Genugtuung, Dampf abzulassen.«

»Trotzdem gebe ich dir Rabatt, es ist zu schön, ihm die Suppe einzubrocken, diesem Scheißkerl, der mir die Gesundheit ruiniert hat.«

Ich trank meinen Wein und kochte immer noch. Lope lächelte.

»Wenn es wahr ist, ist es noch schlimmer, weißt du, Chef …«

»Wie hältst du das nur aus, warum gehst du ihm nicht an die Gurgel?«

»Lust hätte ich schon, aber er ist doppelt so groß wie ich. Und wenn ich jeden vermöbeln müsste, der mich Schwuchtel nennt, würde ich Tag und Nacht nichts anderes tun. Ich lebe damit, es stört mich inzwischen nicht mehr so, man gewöhnt sich an alles, sogar an Dummheit. Das hat nicht nur Nachteile. Sieh mal, Chef, du hast mich genau deshalb eingestellt, weil ich schwul bin …«

Dagegen konnte ich nichts sagen. Ich schwieg.

»Tja, siehst du, letztendlich nützt es mir mindestens einmal im Leben. Aber du weißt, selbst wenn ich Frauen mögen würde, ich kann dir versichern, dass ich deine nicht angerührt hätte.«

Es war verrückt, aber ich war überzeugt, dass er die Wahrheit sagte. Der Junge war ein echter Kumpel. Da ich immer noch nichts sagte, redete er weiter:

»Deine Frau ist wirklich toll, Chef.«

»Ich weiß.«

»Nimm's mir nicht übel, Chef, aber wenn du es weißt, solltest du ihr ein bisschen mehr Aufmerksamkeit schenken.«

Von aufsteigender Wut befeuert, warf ich ihm einen stechend scharfen Blick zu: Wofür hielten die sich alle, dass sie mich belehren wollten, wie ich mit Suiza umzugehen hatte? Er senkte den Blick, machte sich auf was gefasst. Ganz schön mutig immerhin, mir so gegenüberzutreten. Abwehrend relativierte ich:

»Ich bin sogar der Einzige, der ihr Aufmerksamkeit schenkt, und zwar wie nie jemand zuvor. Was redest du da für einen Schwachsinn? Meinst du, ich weiß nicht, wie viel Glück ich habe?«

Ich redete mich in Rage, zu Tode beleidigt.

»Und was weißt du schon darüber, dass ›man Frauen Aufmerksamkeit schenken muss‹, ich dachte, Frauen wären gar nicht deine Baustelle?«

Das war unter der Gürtellinie. Aber je mehr ich mich erhitzte, desto ruhiger blieb er, geduldete sich, bis ich aufhörte zu brüllen. Gleichzeitig erinnerte ich mich an das *Darf ich mich vorstellen, Madame, Lope Blanco Ramírez, zu Ihren Diensten* und Suizas gerührte Augen. Schließlich schaffte ich es, die Klappe zu halten.

Hartnäckig setzte er aber wieder an:

»Chef, wenn du erlaubst, um Frauen zu kennen, muss man nicht mit ihnen ins Bett. Ich wurde von Frauen großgezogen, meiner Mutter, meiner Großmutter, meinen vier Schwestern, ich garantiere dir, ich weiß, wovon ich rede. Deine Frau ist wie sie, sie ähneln sich alle.«

»Ach ja? Und in was ähneln sie sich? Was wollen sie, Herr Experte?«

»Aufmerksamkeit.«

»Geh mir doch nicht auf den Sack damit: Aufmerksamkeit, nichts anderes gebe ich ihr. Ich bin ständig aufmerksam.«

»Warum läuft sie dann in Lumpen herum?«

Ich war sprachlos.

»Hat sie Parfüm, Kosmetika, Handcreme, Schminke?«

»Das mag sie nicht, sie benutzt es nie.«

»Dazu müsste sie es erst mal haben. Manchmal gebe ich ihr von meiner Handcreme, und jeden Donnerstag leihe ich ihr meine Pinzette.«

Ich wusste nicht, was ich antworten sollte, und er ließ nicht locker.

»Machst du ihr Geschenke?«

Er dachte kurz nach:

»Sie sind gar nicht mal so anders als wir, schließlich mögen wir auch Geschenke.«

»Du nervst mich vielleicht mit deinen … Sachen … Du nervst mich einfach. So, ich geh heim, ich bin kaputt. Bis morgen.«

Ich ließ ihn sitzen, ich war stinksauer.

Suiza war in den Stall gekommen und drückte sich an mich, denn sie hatte gebadet und wollte mir ein Parfüm präsentieren, das Luis ihr als Probe gegeben hatte, die Zugabe, wenn man zwei Dosen Rasierschaum kaufte. Parfüm, was für ein Zufall.

Ich hatte schlechte Laune, hatte nicht viel geschlafen, gegen zwei Uhr hatte mich mein Husten geweckt, ein heftiger Husten, der mir den Rest meiner Lunge zu zerreißen schien. Es waren nicht die Angstattacken. Ich hustete wie ein Verdammter, um Suiza nicht aufzuwecken, stand ich auf und rauchte im Hof eine Zigarette unter den Sternen, denn nur das beruhigte mich. Böses mit Bösem bekämpfen. Ich wusste, dass ich erledigt war, und ich scherte mich einen Dreck um meine Gesundheit und ob es auf diese Weise schneller ging. Abgesehen davon beruhigte mich Tabak mehr als alles andere, trotz der Angst, trotz der Gewissheit, dass er mich schneller ins Grab bringen würde. Ich wusste, dass mein Weg vorgezeichnet war, und ich war nicht bereit, auf diese flüchtigen Momente der Freude zu verzichten. Im Lichtschein der Küche ließ ich die Unterhaltung mit Lope Revue passieren, ich wusste, dass er recht hatte, obwohl ich es mir nicht ganz eingestand.

Zwei Stunden später hatte ich mich wieder hingelegt, da ich mich an diesem Morgen wie gerädert gefühlt hatte.

Suiza wusste nichts von meinem geschwächten Zustand, sie rieb sich weiter an mir, damit ich ihr sagte, was ich von ihrem Parfüm hielt. Ich würde Luis mal ein paar Takte sagen müssen, das war ja ein unmöglicher Gestank, und dass es eine Gratisprobe war, war keine Entschuldigung. Sie war nackt unter ihrem Handtuch, fing mit einem albernen Bauchtanz an, denn das vermeintlich sinnliche Parfüm hatte nicht seine Wirkung getan.

Ihre leicht hervorquellenden Brüste, ihr rosa Mund und ihre schlanken Beine weckten dennoch ein bisschen Energie und Lust in mir, ich ließ alles stehen und liegen – blieben nur noch die Kälber zu füttern – und lief ihr hinterher. Unter der Dusche holte ich sie ein, rutschte aber auf dem Schaum im Becken aus. Schließlich erwischte ich sie in unserem Schlafzimmer zwischen Schrank und Fenster, aber ich konnte nicht in sie eindringen. Zwar hatte ich Lust, aber ich war nicht hart genug, das überraschte mich. Sogar mein Schwanz ließ mich im Stich. Er blieb schlaff, es war hoffnungslos, ich schaute runter, als gehörte er nicht zu mir. Das war das erste Mal, dass mir das mit Suiza passierte. Sie streichelte mich zärtlich und flüsterte:

»Still, keine Sorge. Später, heute Abend, morgen. Kein Problem.«

Kein Problem? Das war vielleicht eine Frau, so was! Ich versuchte, mich zu entspannen: die Müdigkeit, der Schlafmangel, ich musste mich nur ein bisschen ausruhen. Ich schaute ihr zu, wie sie sich im Sonnenstrahl, in dem die Staubkörner schwebten, anzog. Ich sog ihre langsamen Bewegungen auf, wie sie den Slip hochstreifte, den BH zuhakte, verträumt auf den noch schlafenden Waldrand blickte. Plötzlich dachte ich an Lope, und es fiel mir wie Schuppen von den Augen: In einer spontanen Eingebung registrierte ich die große Unterhose von Rosetta, den abgetragenen, altersgrauen BH. Das zu große Kleid, das sie sich mit der Schnur um die Taille band. Ich musste mich nicht runterbeugen, ich wusste, dass sie die ausgetretenen, ausgeblichenen Ballerinas trug, in denen sie kaum noch laufen konnte. Sie drehte den Kopf und lächelte mich an, denn sie hatte meinen Blick gespürt. Lope hatte recht: ein bisschen Aufmerksamkeit.

Ich sprang auf, wäre auf der Stelle losgefahren, wenn ich nicht die Tiere hätte fertig machen müssen. Überraschung: Sie wich hastig zurück, drückte sich an die Wand, um mich vorbeizulassen. Sie dachte wohl, die Pflicht riefe, die sanftmütige Suiza war wieder da.

»Was willst du heute für Mittagessen?«

»Heute fahren wir in die Stadt, wenn ich mit den Tieren fertig bin, wir essen dort, du musst nicht kochen.«

Wir fuhren im Seat nach Lugo. In dieser Großstadt wirkte sie etwas hilflos, wie ich hatte sie vergessen, dass es Orte gab, die voller Menschen waren, wo sich ein Geschäft an das nächste reihte und es laut war. Auf der Bank hob ich eine große Summe Bargeld ab. Die Unterwürfigkeit des Bankmitarbeiters, sein permanentes Lächeln und die bedächtige Art, in der er meine Fragen beantwortete, als läse er seine Wörter sorgsam einzeln aus, rief mir ins Gedächtnis, dass ich reich war. Zuckersüß wie Lokum troff er vor Höflichkeit, vor schwülstiger Förmlichkeit. Ab und zu riskierte er einen Seitenblick auf Suiza, sein Blick huschte einmal von Kopf bis Fuß. Er war darauf versessen, dieses sonderbare Mädchen in Augenschein zu nehmen, das sich, weiß wie eine Möwe, Halt suchend an diesen Halbmenschen klammerte, den guten Kunden seiner Provinz-Zweigstelle. Immer noch redend, brachte er uns zur Tür, und für den Bruchteil einer Sekunde fragte ich mich, ob er wohl mit uns kommen würde. Er schaute uns nach, dem gegensätzlichen, verqueren Paar mit der Aura bäuerlichen Exotismus aus einer anderen Zeit.

Auf der Straße erwartete uns ein Strom von Autos, gefährlich und bedrohlich zwischen den von der späten Vormittagssonne erwärmten betonierten Steilufern. Zum Glück hielt ich sie in meinen starken Armen, denn sie taumelte, wie ich schwindelig von dem Geschrei der Kinder, den schnellen Gesprächen, von denen man nur einzelne Fetzen verstand, den bunten Ladenschildern, den von Waren überquellenden Schaufenstern. Weiterhin verlockende Konditoreien, deren warmer, zuckriger Duft uns umgarnte, düstere Metzgereien wie Ali Babas Höhlen, mit Wänden aus Schinkenfontänen, in den Auslagen Wannen voll Chorizo. Das musste für eine Schweizerin ein Kulturschock sein! In einer Bar tranken wir einen Milchkaffee, gaben uns wie Städter. Die Männer schauten fern und aßen glänzendes Gebäck, wischten sich die Finger mit kleinen Papierservietten ab, die sie auf den Boden warfen. Der Unterschied hier war, dass Suiza nicht angestarrt wurde und anscheinend niemand sie auf der Stelle flachlegen wollte.

Draußen nahm ich sie an die Hand und spürte, wie sie in der Menschenmenge mit mir verbunden in Sicherheit war.

Bei *El Corte Inglés* sagte ich:

»Nimm, was du willst, was du brauchst. Zuerst Unterwäsche.«

Die Verkäuferin stürzte sich auf sie.

»Kann ich Ihnen behilflich sein, Señora?«

»Die Señora spricht nicht gut Spanisch, sie ist nicht von hier. Können Sie sie beraten?«

Sie probierte herrliche Sets an, pastellfarben, Vichystoff, Reizwäsche. So war sie noch schöner als nackt, geheimnisvoller. Eingepackt in Geschenkpapier.

»Such dir noch mehr aus. Mindestens sieben, eins für jeden Wochentag.«

Bei der Verkäuferin hatte ich einen Stein im Brett. Sie verschwand sogar, um mir einen Kaffee zu holen. Ich nutzte die Gelegenheit, um Suiza in der Kabine zu küssen, sie trug gerade ein schwarzes Spitzenteil mit speziellen Cups, die ihre Brüste präsentierten wie Obst auf einer Platte. Ich drückte sie gegen den Spiegel und ich hätte sie hier und jetzt genommen, denn endlich standen mein Penis und ich wieder in gutem Einvernehmen, doch die Gefängniswärterin kam mit dem Kaffee wieder und schimpfte empört: »Ich muss doch bitten, Señor!«

»Such dir auch Parfüm aus. Das von Luis geht gar nicht.«

In der Parfümabteilung pries uns die wie eine Flugbegleiterin ausstaffierte Verkäuferin ihre Waren an, Dior und Givenchy direkt vor unserer Nase, Flacons, die funkelten wie Diamanten. Ich war entschlossen, den ganzen Bestand zu kaufen, aber Suiza wollte nichts, sie sagte, es rieche nach alter Schreckschraube. Schreckschraube. Erstaunlich, dass sie dieses Wort kannte. Aber sie hatte recht, ich konnte es nachvollziehen. Zu schwer für sie. Die Verkäuferin riet uns selbstgefällig, in die Supermarktabteilung ins Untergeschoss zu gehen, da die Señora offenbar die Billigmarken bevorzugte. Dort kam Suiza auf ihre Kosten: jede Menge Gesichtscreme, Bodylotion, ein Flacon Fliederparfüm, etwas Make-up. Sie wusste, was sie wollte, zielsicher griff sie nach irgendeinem Spray, drehte sich zu mir um und fragte:

»Kann ich?«

Jedes Mal sagte ich ja, irgendwann hörte sie auf zu fragen. Lope hatte recht. Sie suchte sich Dinge aus, auf die ich niemals gekommen wäre, und die mir total absurd schienen: Creme für »trockene Füße«, Deo, Eyeliner, Bodymilk. Bei jedem Teil, das sie in den Einkaufswagen legte, wunderte ich mich, der Kosmetikindustrie standen goldene Zeiten bevor. Diese Leute hatten an alles gedacht, nicht ein Körperteil, für das es kein extra Peeling gab, einen Duft, ein Revitalisierungsprodukt. Schließlich hatten wir Rasierer, Zahnbürsten, Seife, Eishampoo für blondes Haar, transparenten Nagellack. Mein Lumpensack würde sich wie Aschenputtel am Abend des Balls in die Schöne verwandeln.

Ich hatte sogar einer Halskette zugestimmt, einem hübschen Teil aus Plastik, blau wie ihre Augen, mit schwarzen Perlen dazwischen, sowie einem Paar unechter Ohrringe mit Smaragdnachbildungen, zwar billig produziert, aber die Sachen zauberten ihr ein strahlendes Lächeln ins Gesicht.

In der Klamottenabteilung setzte ich mich auf einen Hocker und wartete geduldig, während sie die Kleider anprobierte, die sie ausgesucht hatte. Ich fragte mich, warum es mir nichts ausmachte, so viel Geld zu verjubeln. Normalerweise entfernte mich jeder ausgegebene Euro von mir selbst, meiner Arbeit, der meiner Ahnen, entriss mir einen Teil meiner Ländereien. All diese Mühe, die harte Schinderei, die Sorge um die Ernte, die es mir unmöglich machte, meinen Besitz auf andere Weise zu schätzen als durch den bloßen Anblick. Aber heute genoss ich es. Wie ich alles genoss, das mit ihr zu tun hatte. Ich freute mich über ihre leuchtenden Augen, ihren leicht geöffneten Mund mit diesen Zähnen, ihr Lächeln, unscheinbar wie eine Mispel. Es war kurz vor Weihnachten. Und ich sagte mir, ich würde mein Scheißgeld nicht mit ins Grab nehmen. Über den Tod hinaus konnte ich nicht denken, ich weigerte mich, mir das Leben ohne mich vorzustellen, diese Perspektive machte mir große Angst. Ich wusste, ich würde Suiza absichern müssen, doch ich wusste nicht, wie ich das anfangen sollte, wie ich sie ausreichend schützen sollte. Sobald sich mir der Gedanke an die Zukunft aufdrängte, schob ich ihn beiseite, flüchtete mich in eine nähere Realität. Ich konnte ihr nicht ohne eine ungewohnte Teilnahmslosigkeit, eine erschreckende Lethargie entgegensehen.

Ein Schauder durchlief mich: Hier, auf meinem Plastikhocker, der unter meinem Gewicht zusammenzubrechen drohte, mich in meiner Lederjacke zu Tode schwitzend, gestand ich mir ein, dass ich, müsste ich mich zwischen der Frau und dem Land entscheiden, die Frau wählen würde, damit ich nie wieder einsam sein würde, selbst im Tod. Diese Abhängigkeit bedrückte mich plötzlich. Von einem Tag auf den anderen in einer Sucht statt einem Mangel. Doch Suizas kindliche Freude belebte mich wieder, ich schnupfte eine Bahn Glück, und sie reanimierte mein kleines, ängstliches Herz mit einem hautengen Wollpullover, in dem ihre Brüste wie Äpfel aussahen. Dicke Äpfel allerdings. Ich erahnte die harten, durch das Streicheln der Wolle stimulierten Brustwarzen, kleine Spitzen unter den leicht gedehnten Maschen. Ein sehr wirkungsvolles Klischee. Spontan wurde ich hart, dachte, ich musste sie heiraten, was auch passierte, sie musste auf dem Papier und vor der ganzen Welt meine Frau sein, der Priester hatte recht, dann würde man sie mir vielleicht nicht mehr streitig machen wie einen Knochen. Wenn ich starb, wollte ich, dass mein Land Suizas Land wäre.

Lügner! Von meiner innerlichen Tribüne aus schwang ich große Reden, aber ich wusste genau, in Wirklichkeit wollte ich ihr einfach nur ein Halsband anlegen: *Eigentum von Monsieur Tomás López Gabarre, zurückzubringen, falls entlaufen.* Irgendetwas in mir war versessen darauf, es ihr auf den Hintern zu tätowieren. Wenn nicht sogar mit dem Brandeisen …

Sie suchte mir ein Hemd aus, ein schönes Leinenhemd. Eine neue Rinde auf meiner von der Sonne verschlissenen Haut. Sie schlüpfte in meine Kabine, in der Männerabteilung waren sie größer, und es gab keinen Zerberus. Sie zog mir das alte Hemd aus, und bevor sie mir das neue anzog, legte sie den Kopf auf mein Herz und schlang ihre weißen Arme um meine Taille. Es war keine Umarmung, so wollte sie mir einfach sagen, dass sie glücklich war, zumindest nahm ich das an. Ein Moment der Stille, die in mir rollte wie ein Donner.

Ich hatte Lust auf sie, aber da war nur der dünne Vorhang, Leute gingen vorbei und die Neonlichter blendeten mich. Ich schnappte mir das Hemd und die inzwischen zahlreichen Tüten und bezahlte ein Vermögen.

Verstohlen wie ein Dieb verließ ich das Geschäft, hielt Ausschau nach einer Seitenstraße, einem unverfänglichen, schützenden Vorbau. Ich lehnte unsere Einkäufe gegen die feuchte Mauer eines alten, dunklen Innenhofs. Durch die Art, wie ich sie an mich zog, hatte sie längst verstanden, sie streifte ihren Slip herunter, während ich langsam meine Hose aufknöpfte, ich schaute ihr in die Augen. Meine großen Hände packten ihre Schenkel und hoben sie mühelos hoch. Ich nagelte sie gegen die Wand, hielt ein paar unendliche Sekunden inne, um sie zu betrachten, zitternd und vor dem schwarzen Stein milchig wie ein farbloser Opal. Ohne den Blick von ihr zu lassen, fing ich an, mich äußerst langsam in ihr vor und zurück zu bewegen. Sie spürte mich in ihr, war atemlos, aufgelöst. Sie warf den Kopf nach hinten, ihr Blick wurde trüb wie ein Weiher nach einem Gewitter, ihre Brustwarzen richteten sich unter dem leichten Stoff herausfordernd auf. Ich legte meinen Mund auf ihren weißen Hals und biss sie leicht, dort, wo ihre Adern pulsierten, um sie zu mir zurückzuholen, sie unter meinem Joch zu halten. Ich hätte lange durchhalten können, sie noch einmal kommen lassen können, aber sie flehte, flüsterte, ich sollte sie weiter vögeln, denn sie liebte meinen Schwanz, und alles, was von mir kam, sie wollte mehr, sie wollte, dass ich sie den ganzen Tag vögelte, dass ich kam und sie erfüllte, ihr mein Sperma gab wie ein Geschenk, um es tief in sich zu behalten. Ihr betörender Akzent, das Zusammenspiel der pikanten und süßen Wörter, die exotischen kleinen Grammatikfehler trafen ins Schwarze, ich versuchte wegzuhören, senkte den Kopf. Ich sah meinen Penis, nass von ihr, mächtig, pulsierend, wie er in die feuerrote Seide zwischen den weißen Schenkeln glitt, die ich mit meinen braunen Händen umfasste, und mein Bewusstsein war ein Wabern, glitt ab in ein Vakuum der Ekstase.

Wir kamen spät in der Nacht nach Hause, hatten in einem Restaurant gegessen und waren über die Stadtmauern unter wolkenverhangenem Himmel geschlendert, der die Lichter der Stadt zurückwarf. Wie Touristen ließen wir uns vom Wind und den Düften treiben, unsere friedlichen Blicke stahlen das wohlige Innere der Häuser, deren Helligkeit auf uns herabstrahlte. Müßig, im Sinnesglück, angezogen von den Lichtern wie Mücken.

Beinahe zu einer Kugel eingerollt, döste Suiza auf ihrem

Sitz, zerschlagen vom Lärm, erschöpft von der Fülle der Eindrücke. Ab und zu sah ich sie an. Ich war stolz auf sie, und damit stolz auf mich selbst. Ich lächelte, allein in der schwarzen Nacht fragte ich mich, wie oft ich noch voller Ironie an andere Gelegenheiten zurückdenken würde, als ich verbittert nach Hause gefahren war, nachdem ich den Abend mit Nacera und Ramón in Lugo verbracht hatte.

Ich ging zu Priester und Bürgermeister. Wegen des Papierkrams und der Bestrahlung sollte die Hochzeit nach Weihnachten stattfinden. Ich hoffte, bis dahin durchzuhalten.

Langsam ging es auf den Winter zu, die Arbeitstage wurden kürzer. Jetzt nahm ich mir Zeit zu leben und setzte mich auf die Bank vor dem Haus. Für die Tage, an denen die Sonne auf die Fassade schien, hatte sie aus einem schweren Bettlaken eine Art Sonnenschirm gebastelt. Aber mittlerweile war es immer öfter trist, trüb und schwül, jeden Tag gab es plötzliche Regenschauer. Am Himmel hingen schwere, anthrazitgraue Wolken mit flacher Unterseite, die sich in grauen Abstufungen nach oben hin auftürmten. An solchen Tagen schien die Erde in ihrem schönen, warmen Samtbraun, dem Schokoladenton der Natur, noch fruchtbarer. Auch das Grün schäumte über, satt und glänzend, griff um sich und eröffnete seine große Schlacht. Es entfaltete seine ganze Palette von Zart-, Smaragd-, über Oliv- und Dunkelgrün, es dominierte, leckte an Häusern, Straßen und Himmel. Der einsetzende Regen war sein Triumph, glasierte es, Tropfen um Tropfen, Blatt um Blatt, Pflanze um Pflanze, bis der Himmel wieder aufklarte und das Grün in tausend blendenden Strahlen glitzerte.

An diesem Abend regnete es nicht, ich konnte draußen sitzen. Ich war todmüde, mir war leicht flau, aber seltsamerweise hustete ich seit einigen Tagen weniger. Ich hatte Pflaster gekauft, die ich mir, wenn ich ans Rauchen dachte, auf den Hintern klebte, so rauchte ich nicht mehr als ein halbes Päckchen. Auf einen alten wackligen Tisch, den sie auf dem Dachboden entdeckt hatte, hatte sie Oliven und Wein gestellt. Sie saß mir gegenüber, und wir unterhielten uns schon seit einer Weile. Mit einfachen Worten erzählte ich ihr von unseren Feldern, den Ernten und dem, was ich vorhatte. Sie erzählte mir von den Kapphähnen, die sie wegen ihrer traurigen Augen nicht mehr mästen wolle, von Josefinas Schwertlilien, die sie nun, da Ramón den Feigenbaum zurückgeschnitten hatte, neben die Haustür gepflanzt hatte, von der großen Fläche hinter den Ställen, wo sie mit »Meinem Prinzen«, da sie nun schön aufgeräumt war, einen neuen Obstgarten anlegen wollte. Vor allem Apfelbäume, um Tartes und Clafoutis zu backen. Und vom eingestürzten Mäuerchen am Ende des Wegs. Ich sprach wenig, sie plapperte ununterbrochen, schmiedete Pläne, schlug Lösungen vor. König Tomás hörte seiner Scheherazade zu, sie hatte mehr als tausendundeine Idee, und ich dachte, der Rest meines Lebens wäre nicht lang genug, um die vierundzwanzig Arbeiten der Suiza zu verrichten.

An diesem Tag war es etwas anders.

»Möchtest du meine Frau werden?«, fragte ich rundheraus.

»Ich bin deine Frau, das sagst du immer.«

»Ja, aber für die anderen.«

»Jeder weiß, dass ich deine Frau bin.«

»Auf dem Papier, wegen des Hofs. Damit alles dir gehört, wenn mir was passiert, wenn ich sterbe.«

»Wenn du stirbst, sterbe ich auch.«

»Weil ich es möchte, weil ich es will.«

»Wenn du willst, will ich.«

Sie zögerte kurz und fragte:

»Könntest du an einem anderen Tag fragen?«

»An einem anderen Tag?«

»Ja, frag an einem Tag, wenn ich es vergessen habe, und frag noch mal mit der Kirche.«

»Der Kirche?«

»Die Kirche, die große Rede. Nicht, wie du nach Brot fragst oder Fleisch, oder beim Essen oder beim Arbeiten. Du weißt schon, wie in den Filmen, wo der Mann mit einer Menge schöner Wörter fragt, die wie Ich-liebe-dich-Musik klingen, und das Mädchen weint, weil das Glück zu groß ist für sie, sie hatte nicht geglaubt, dass er sie das fragen würde, sie dachte, er würde ihr von seinem Auto erzählen.«

»Einverstanden.«

Ich bat Lope, mir ein Trauversprechen zu schreiben, ich war sicher, es würde so feierlich wie die Ostermesse, das würde ich auswendig lernen.

Nach Weihnachten würde ich ihr ein Halsband umlegen: *Zurückzubringen zu Tomás López Gabarre, wenn entlaufen.*

Der Winter stand kurz bevor, und seltsamerweise fühlte ich mich wie Phönix aus der Asche. Der Herbst war mild, das warme Wetter hielt an, der Wald schlief nicht ein.

Ramón hatte sie zuerst gesehen, er war ihr entgegengestürmt, hatte wie ich Angst, dass etwas Schlimmes passiert sei, weil sie im Regen auf die Felder kam, was sehr ungewöhnlich war. Sofort lenkte ich den Traktor aus der Ackerfurche und raste ihm hinterher. Sie beruhigte uns schnell, lächelte mich an und berührte Ramóns Arm. Sie zeigte auf mich und kam stolpernd durch die frischen, weichen Furchen auf den Traktor zu.

Ich öffnete die Tür, und bremste, damit sie reinklettern konnte und aus dem Nieselregen kam.

»Ich brauche Geld.«

Sie schrie gegen den Motorenlärm an.

»Du kannst im Laden alles nehmen, was du willst, das weißt du doch. Luis weiß Bescheid, das ist kein Problem.«

»Aber es ist was für mich, nicht für das Haus.«

»Wie viel?«

Auf dem zerknitterten Stück Schinkenverpackung stand 3,69. Ich verkniff mir ein Lächeln.

»Das sollte gehen. Da hätte ich aber selbst drauf kommen sollen. Ich stelle dir eine Dose hin, nur für dich, auf das Buffet. Da kommt das Eier- und Geflügelgeld rein. Schließlich bist du diejenige, die sie füttert und sich um sie kümmert, das Geld steht dir zu. Und ich werde etwas Geld für den Haushalt reintun, denn du bist die Einzige, die putzt.«

Nach der Arbeit ging ich bei Luis vorbei und kaufte eine Spardose für sie, die man mit einem winzigen Schlüssel öffnen konnte, grellrosa und mit Cinderella. Für den Anfang steckte ich vierzig Euro hinein. Damit sie sich nicht verpflichtet fühlte, kaufte ich eine zweite Dose für mich, die gleiche, aber in Rot und mit Batman. Luis' ganzen Bestand an Spardosen. Diese Nulpe wagte nicht, etwas zu sagen, als ich mit meinen Dosen am Tresen auftauchte, aber ich sah ihm an der Nasenspitze an, dass er drauf und dran war, eine Bemerkung zu machen, also fühlte ich mich zu einer Erklärung gezwungen:

»Was denn? … Ist für meine Neffen …«

»Du hast Neffen?«

»Na ja … Klar.«

»Als Einzelkind?«

»Angeheiratete Neffen. Willst du vielleicht die Ausweise sehen?«

»Stell sie mir doch vor, dann schenke ich ihnen Bonbons.«

Er war schlagfertig, der Trottel, aber dem stand ich nicht nach.

»Gut, dann gib mir doch eine Tüte dazu, ja? Damit kann ich ja nicht durch das ganze Dorf laufen.«

Die rosa Dose gefiel Suiza, sie wischte sie glücklich ab und stellte sie auf das Buffet, wo sie jeder sehen konnte. Sie hatte in die Hände geklatscht und unser festliches *Gracias, Señor* gesagt. Manchmal war sie tatsächlich zwölf Jahre alt.

»Eine für dich, eine für mich und für den Haushalt das Konto bei Luis, einverstanden?«

»Einverstanden.«

Ich hatte auch ein kleines Heft gekauft und fing an, ihr die Preise zu erklären, damit sie ein Gefühl dafür bekam, was etwas wert war.

Ich bedeutete ihr, sie solle sich an den Tisch setzen, und hielt ihr geduldig einen Vortrag, so dass jeder Lehrer stolz auf mich gewesen wäre. In dem Versuch, es anschaulich zu machen, klar, prägnant. Ich gab mir große Mühe. Im Rechnen, in Mathe, Physik hatte ich einigermaßen den Durchblick, das war meine Stärke, darauf bildete ich mir etwas ein. Sie hörte mir andächtig zu, aber ich zweifelte stark an ihrer Auffassungsgabe, keine Ahnung, warum. Ich sah, dass sie sich zweihundertprozentig konzentrieren wollte: Sie vergaß zu atmen, saß da wie eine Statue, und ihre ganze Person strahlte eine Art Unsicherheit aus. Irgendwann war ich selbst sehr unsicher. Sie wollte mir zuliebe verstehen, das war spürbar.

Ich beendete meinen Vortrag mit einer einfachen Frage: Wie viel musste sie für ein Kilo Dorsch für zwei Euro plus ein Kilo Salz für einen Euro bezahlen?

Da sie sich über das Blatt beugte, sah ich ihr Gesicht nicht, sie dachte nach, das war gut.

»Na?«

Sie weinte. Dicke Tropfen fielen auf mein Heft.

Ich schimpfte, war sicher, dass sie es konnte.

»Streng dich an, das ist wirklich nicht schwer.«

»…«

»Ich geh jetzt melken, du hast den ganzen Abend Zeit, es auszurechnen.«

Ich überließ sie sich selbst, wie ein Kind, das erst vom Tisch aufstehen darf, wenn es den Spinat aufgegessen und seine Milch ausgetrunken hat. Ich hatte sie sich selbst überlassen, weil ich ihr plötzlich am liebsten eine Ohrfeige gegeben hätte, in meiner Wut war ich nicht imstande zu Mitgefühl, ich war gekränkt, dass meine Erklärungen an ihr abprallten. Auf einmal kam sie mir unglaublich blöde vor.

Die Ruhe des Stalls und das vertraute Wiederkäuen der Rinder beruhigten mich. Die Tiere schauten mich mit ihren sanften, leeren Augen an, und ich spürte Schuldgefühle in mir aufsteigen.

Wen kümmerte es schon, dass sie nicht rechnen konnte? Ich konnte es schließlich, und das reichte für uns beide. Dafür konnte sie für uns beide Apfelkuchen backen, vor Freude hüpfen, grundlos lachen, reden wie ein Wasserfall, Wäsche falten, bügeln und aufhängen, mich mit parfümierten Stofftaschentüchern in meiner Jackentasche überraschen, schenkte mir ihre Brüste unter dem Kaschmirpulli, ihre Hand auf meiner Wange, ihre weiche rosige Vagina …

Ich rannte zum Haus zurück, wo ich sie genauso vorfand, wie ich sie verlassen hatte: Noch immer saß sie über das Heft gebeugt, und große Tropfen fielen auf das Papier. Ich warf das Heft ins Feuer, kniete mich vor sie und flüsterte:

»Du kannst nicht rechnen, aber ich kann es dir nicht beibringen, du verstehst es nicht. Ich kann keinen Apfelkuchen backen, und du kannst es mir nicht beibringen, ich würde es nicht verstehen. So ist das eben. Wir helfen uns gegenseitig: Ich rechne, und du backst Apfelkuchen, einverstanden?«

»Oh! Ja! So ist es gut. Du rechnest, ich backe Apfelkuchen und esse ihn«, sagte sie schniefend.

Ganz schön schlagfertig. Auch ich begann zu verstehen.

Sie schnäuzte sich die Nase geräuschvoll in ein Taschentuch mit aufgedruckten Vögeln.

»Dann bist du nicht mehr böse? Ich backe heute Abend Kuchen, wenn du willst.«

Am nächsten Tag stand sie morgens vor Luis' Laden und wartete, dass er aufmachte, ich sah sie aus dem Auto, als ich bei Álvaro Zigaretten kaufen wollte: Sie drückte sich die Nase am Schaufenster platt und versuchte hineinzuschauen. Den Seat bemerkte sie nicht.

Kein Wunder, dass sie vor verschlossener Tür stand: Luis saß an der Theke und schlürfte seine Weinschorle.

»Luis! Meine Frau wartet vor dem Laden auf dich, würdest du vielleicht aufmachen, bevor sie da Wurzeln schlägt.«

»Das darf doch nicht wahr sein! Kann ich nicht mal in Ruhe meinen Kaffee trinken! Ist das zu fassen, Álvaro? Die reichen Kunden machen mir schon in aller Herrgottsfrühe die Hölle heiß.«

»Interessanter Kaffee! Herrgottsfrühe? Es ist schon halb elf …«

Seit neun Uhr frühstückte Luis mit Weißwein und krallte sich an den Spielautomaten.

»Sie will etwas für 3,69 kaufen.«

Er quakte wieder, typisch, die Weiber scheuchten einen wieder hoch wegen nichts und wieder nichts, schon gestern sei sie ihm mit einer albernen Zeitschrift auf den

Wecker gegangen, habe gewollt, dass er ihr den Preis aufschrieb, habe sie von vorn bis hinten durchgeblättert, sei gegangen und wiedergekommen, um sie sich noch einmal anzusehen. Er trumpfte auf: »Kinkerlitzchen«.

Auf dem Rückweg überholte ich sie, das »Kinkerlitzchen« drückte sie an sich wie ein Baby, mein Hupen hörte sie gar nicht, so war sie von ihrer kleinen Errungenschaft eingenommen.

Als ich am Abend ins Haus kam, schaltete ich ängstlich das Licht an. Normalerweise war alles fertig, wenn ich reinkam, und die hellen Fenster beschienen die Felder.

»Alles okay?«

»Ja.«

Sie stutzte erschrocken.

»Wie spät ist es?«

Ohne die Antwort abzuwarten, stand sie hastig auf. Mit einem Mal fiel es ihr ein.

»Jetzt essen wir.«

»Was hast du gemacht?«

»Gemalt!«

Vor Erleichterung schrie sie fast. Sie kam auf mich zu, den Pinsel noch in der Hand, ein breites Lächeln auf den Lippen, glücklich, mir zu zeigen, was sie gemacht hatte. Ich starrte das Bild an. Es war ein Huhn. Dieses Huhn kannte ich. Es war kein naturgetreues Huhn wie abfotografiert, oder technisch brillant à la Zurbarán, es war ein extrem stilisiertes Huhn, voll Leben, wie man sich ein Huhn vorstellt. Kunst sagte mir normalerweise nichts. Aber dieses

Huhn da, ich musste zugeben, wirkte, als könnte es jeden Moment anfangen zu gackern.

»Ich habe keinen guten Pinsel, ich brauche einen kleineren«, sagte sie angesichts meines Schweigens, als wollte sie sich entschuldigen.

»Es gefällt mir gut. Hübsch. Wo hast du die Farbe her?«

»Von Luis.«

Sie hielt mir die Zeitschrift für Kinder unter die Nase, *Zeichnen macht Spaß* von Disney, mit einem Geschenk zur ersten Ausgabe, einer kleinen Palette mit wässrigen Grundfarben und einem beschissenen Pinsel, der vielleicht zwei Haare hatte.

Am Samstag schüttete es wie aus Eimern, selbst zum Pflügen war es zu nass. Als ich Suiza bei Francesa abholte, fuhr ich spontan weiter bis nach Lugo, denn ich wollte ihr Farbe kaufen. Lope hatte mir beigebracht: Wenn ich ihr etwas schenkte, machte ich mir im Grunde selbst ein Geschenk, ich tat es gern. Wir gingen in einen speziellen Schreibwarenladen, wo es Gouachefarben aller Art und in allen Tönen in Dosen, Tuben, Töpfchen zu kaufen gab. Auf Anraten des Verkäufers hatte sie einen großen Karton Acrylfarbe in den gängigen Farben ausgesucht, denn diese Farbe deckte gut, er verspreche nicht zu viel. Ich bat ihn, außerdem außergewöhnliche Farbtöne zusammenzustellen. Sie hatte nur Grüntöne genommen. Sie hatte schon recht, für Galicien brauchte man nichts anderes. Außerdem wollte ich ihr Leinwände kaufen, aber das lehnte sie kategorisch ab, sie malte lieber auf Holz. Stattdessen hatte sie nach dicken Pinseln gegriffen, feinen, mittleren, einem sehr dicken. Der Verkäufer hatte Firnis für das Holz empfohlen, um einen Glanzeffekt zu erzielen, wenn die Bilder fertig waren. Sie hatte ja gesagt und mir erklärt, sie wollte, dass ihr Regen in der Sonne glitzerte wie in Wirklichkeit.

Zu Hause nahm ich mir nicht die Zeit zu essen, sondern schnitt ihr Holzplatten in allen Größen zu, einen ganzen Vorrat für ihre Malerei. Ich wusste, dass sie es fertigbrachte, sie selbst zuzusägen, wenn ich es nicht tat, aber ich mochte auch ihre Finger.

»Malst du ein Bild für mich?«, fragte ich sie, um ihr eine Freude zu machen.

»Was du willst.«

»Ich hätte gern das Haus mit dem Wald im Hintergrund.«

Sie dankte mir mit einem Streicheln über die Wange, einem engelhaften Lächeln, diese kleinen Zuwendungen machten mich am glücklichsten.

Sie hatte absolut keine Vorstellung von Geld und flüsterte mir manchmal die Zauberformel für eine einfache Scheibe Schafskäse oder *Chipirones* zu, die sie besonders gern mochte. Ich wusste, dass sie nicht wegen des Geldes bei mir blieb, wie reich ich war, konnte sie sich nicht einmal vorstellen.

Sie malte nun jeden Tag, Zeit hatte definitiv keine Bedeutung mehr für sie. Sie hatte sich unten ein Zimmer eingerichtet, eins, das wir nicht benutzten. Aus einer dicken Planke und zwei gezimmerten Böcken hatte ich ihr eine Art rustikalen Werktisch gebaut. Sie hatte ihn unter das

Fenster geschoben, um Licht zu haben. Am liebsten malte sie auf einer waagrechten Unterlage, sonst tat ihr der Arm weh. Hier konnte sie eine Stunde malen, ohne danach alles aufräumen zu müssen. Damit sie die Essenszeit nicht verpasste, hatte ich ihr einen kleinen Wecker gegeben, den ich nie benutzte, denn sobald sie anfing zu malen, vergaß sie die Zeit. Ich sollte ihn auf »eine Stunde, bevor du reinkommst« stellen, damit sie Zeit hatte, den Tisch zu decken und alles vorzubereiten. Dabei hatte ich ihr versichert, dass mich das nicht störte und ich mich gern geduldete, später aß, wartete, bis sie fertig war, aber wie sie so schön sagte:

»Die Malerei darf das echte Leben nicht auffressen.«

Eines Abends kam sie zu mir in die Werkstatt.

»Dein Bild ist fertig, ich zeige es dir, wenn du willst. Lachst du auch nicht?«

»Nein.«

Da stand es. Es war riesig. Sie hatte die größte Holzplatte ausgesucht.

Der Himmel, der Wald, das Haus, und im Vordergrund zwei Personen. Offensichtlich wir. Von extremer Zartheit und Arglosigkeit. Mir gefiel, dass sie einen wolkenverhangenen Himmel gemalt hatte, der den Wald so schön wirken ließ, wie ein Fotograf, der die Schokoladenseite seines Models kennt. Der Wald schien mir, ganz der Realität entsprechend, wie eine schwere Masse, doch als ich ihn von nahem betrachtete, erkannte ich, dass sie winzige einzelne Blätter in ihren unterschiedlichen Farben gemalt hatte, je nachdem, ob sie alt waren oder jung. Wie ich hatte sie sich die Bäume zu eigen gemacht. Ebenso das Haus. Sie erlebte das Haus schlafend, an den Waldrand geschmiegt. Sie hatte alles verstanden, entziffert, übertragen, sie las mein Land besser als ich selbst. Zwar würde sie nie rechnen können, aber sie konnte mein Wesen besser lesen und abbilden als irgendjemand sonst. Ich war groß und dunkel, fast so groß wie das Haus, und Suiza war ganz klein und weiß. Ich hielt ihre Hand, und auf meiner Brust loderten rote Flammen.

Es war wohl das erste Mal, dass mich Malerei berührte, aber das lag sicherlich daran, dass Suiza das Bild gemalt hatte. Feierlich hatte ich es aufgehängt. Nachdem sie es mit Firnis überzogen hatte, leuchteten die Farben noch intensiver. Mittags stand ich mit meinem Glas Wein lange vor dem Bild und betrachtete es. Ich wusste nicht recht, ob es schön war, davon verstand ich nichts, doch ich spürte, dass es mir mein Leben erzählte. Ich ging nicht mehr auf den Dachboden, ich hatte die Gitarre heruntergeholt.

Ramón war überzeugt, dass es schön war.

»Es ist schön, ich sag's dir. Ach! Es ist schön …«, schwärmte er mit zusammengekniffenen Augen, eingenebelt von seinem Zigarettenrauch. »Besonders der Wald. Donnerwetter! Fantastisch, der Wald, man meint, er bewegt sich. Und das Haus! He, fantastisch! Findest du nicht? Das Haus sieht wirklich so aus. Als hätte sie die Steine gezählt. Der Zaun … Dem solltest du übrigens mal einen neuen Anstrich verpassen, deinem Zaun. Und du, Tomás? Du bist gut geraten, hm? Dunkel wie ein Araber, groß wie ein Zackenbarsch. Das stimmt … Mit brennenden Lungen.«

Sich in einer plötzlichen Eingebung schwungvoll umdrehend, hatte er gefragt:

»Glaubst du, sie könnte eins für mich malen?«

»Frag sie.«

Lope hatte mir beim Melken geholfen, denn ich fühlte mich mal wieder elend. Zwar sagte der Onkologe, dass es momentan gut aussehe, aber ich hatte den Eindruck, dass er mich anlog.

»Chef, ich muss dir was sagen. Gestern kam deine Frau zu mir, wollte bei Luis was kaufen, einen Gnom.«

»Einen Gnom? Was ist das denn für ein Unsinn?«

»Du weißt schon, die kleinen Fabelwesen. Zu Hause in Asturien gibt es viele davon. Mein Liebling ist der Trasgu.«

»Wie alt bist du eigentlich?«

»Das Alter ist egal, Chef, es geht darum, ob man dran glaubt. Meine Großmutter erzählte mir immer Geschichten über Waldgnome und Hausgnome. Ich liebte das. Irgendwie glaube ich dran. So, wie man an Schutzengel glaubt.«

»Und bei Luis gibt es also Schutzengel-Gnome … Was nimmst du gerade für Medikamente? Rauchst du was Verschreibungspflichtiges?«

»Ja, er hat welche, Chef, kleine Gipsfiguren, Souvenirs für die Touristen. Sie sind ziemlich teuer, aber du kannst verhandeln, denn sie verkaufen sich nicht, diese Dinger, Touristen gibt's hier wenige. Außerdem sind sie ganz staubig und verblichen, so lange wie sie schon in seinem

Schaufenster rumstehen. Aber deine Frau, die glaubt dran, bei ihr zu Hause ist es sicher das Gleiche. Sie will einen für zwölf Euro, sie kam zu mir und hat mich gefragt, ob das teuer ist.«

Nach dem Melken ging ich schnurstracks zu Luis.

»Ich will all deine Gnome kaufen.«

»Meine Gnome?«

Ich ging raus, um ihm die Figuren in diesem verdammten Saustall von Schaufenster zu zeigen.

»Ach ja, diese Dinger … Für deine angeheirateten Neffen?«

»Genau! Wie viel kostet einer?«

»Zwölf Euro.«

»Machst du Witze?«

»Aber nein, ich schwör dir, die kommen von weit her, sind handbemalt von kleinen Waisenkindern, die …«

»Erspar mir dein Altweibergewäsch. Ich nehme sie alle, dann bist du sie los. Aber gib mir gefälligst Rabatt, klar?«

»Na ja … Die drei da, und zwei müsste ich noch im Hinterzimmer haben.«

»Fünf also. Wie viel?«

»Einer für fünf Euro?«

Es war eine Frage, er hatte Angst, eins übergezogen zu bekommen.

»Hand drauf!«

»Ich wickle sie dir in Zeitungspapier ein, damit sie nicht kaputtgehen.«

»Kannst du mir auch ein bisschen Geschenkpapier drummachen?«

»Ich habe keins mehr. Aber ich kann dir eine hübsche Schachtel für einen Euro fünfzig geben.«

»Bist ein guter Kaufmann, Luis. Dann nehme ich die verdammte Schachtel eben auch noch.«

»Das ist keine verdammte Schachtel, schau: Die wird deiner Frau gefallen, von Hello Kitty, da stehen die Mädchen drauf.«

»Wer sagt, dass es für meine Frau ist?«

»Sie hat mich gestern hunderttausendmal gefragt, was die Figuren kosten, ich hab zwölf Euro auf das Schinkenpapier geschrieben. Na ja … Du weißt, was ich meine. Bei der Schachtel bin ich mir auch sicher, dass sie ihr gefällt, nach dem Preis hat sie mich auch schon zweimal gefragt. Rosa für Mädchen, damit machst du nie was falsch.«

»Hat sie noch nach anderen Preisen gefragt?«

»Nein, das ist zurzeit alles. Aber wenn du ihr eine Freude machen willst, nimm noch gesalzenen Mais und ein paar Bonbons mit, vor allem die weichen hier mit Erdbeergeschmack. Die kauft sie oft, aber immer nur ein paar, die sie separat bezahlt, sie isst sie vor dem Schaufenster, damit sie sie nicht mit nach Hause nehmen muss, sie meint wohl, dass du das nicht willst.«

»Ach? Dann gib mir ein Kilo.«

»Ein Kilo?!«

»Ein Kilo in einer zweiten Schachtel.«

»Ich hab keine mehr von Hello Kitty, nur noch SpongeBob.«

»Dann also SpongeBob.«

»Geht es in Ordnung, wenn ich in der Kneipe erzähle,

ich hätte die Gnome an Amerikaner verkauft? Schon ewig ärgern die mich deswegen.«

»Kein Problem. Wenn du willst, auch dem Papst.«

»Aber eins will ich dir sagen, Tomás. Deine Frau mag ich gern. Und nicht nur, weil ich weiß, dass sie mir immer den Tagesumsatz rettet. Sie ist nett. Allein, dass sie sich dauernd bedankt, jedes Mal, wenn ich etwas auf den Tresen lege. Die Leute aus dem Dorf kommen rein, sagen kaum guten Tag und kommandieren mich herum. Eben ein bisschen wie du, nichts für ungut. Aber sie fragt mich immer, ob es mir gut geht, und ich sag dir eins: Sie wartet tatsächlich auf die Antwort.«

»Ich weiß, dass sie nett ist.«

»Und ihre Art, sich für alles zu begeistern, sogar belanglose Dinge. Du hättest sie sehen sollen, als ich ihr den *Moutarde de Dijon* gab, den ich für sie bestellt hatte! Ich schwör dir, ich kam mir vor, als hätte ich ihr den galicischen Gral überreicht. Hinterher frage ich mich immer, ob die Schweizer alle so sind oder ob wir die guten Manieren vergessen haben, Freundlichkeit, Nachsicht, sogar Freude. Ich finde unsere Alten gemein, die Frauen mürrisch und die Männer hart.«

»Es liegt an uns, Luis. Aber wir können uns zurückbesinnen, es wieder lernen. Ich verspreche dir, dich das nächste Mal zu fragen, wie es dir geht. Und ich werde versuchen, auf deine Antwort zu warten.«

Sie malte ein Bild für Ramón. Er wusste nicht, was er wollte, darum schlug sie ihm versuchsweise ein Porträt vor. Mehrere Nachmittage lang saß er Modell. Er posierte, machte ein verführerisches, ein heroisches Gesicht. Erhobenes Kinn, geschniegelte, glänzende Haarlocke unter dem Hut, die Lippen in einem angedeuteten imaginären Kuss leicht gespitzt. Ab und zu blinzelte er. Den Arm ausgestreckt, die knorrige, kräftige Hand auf den Knauf seines Regenschirms gelegt. Suiza malte, ohne seiner Mimik Beachtung zu schenken, gefasst und konzentriert, von Zeit zu Zeit schaute ich, ein Bier in der Hand, herein und genoss die Stille der Sitzung, die beiden, Malerin und Modell, ihre Rollen in Perfektion spielen zu sehen machte mir Freude. Er hatte Wert darauf gelegt, dass sie ein Ganzkörperporträt von ihm vor einem kleinen Leuchtertischchen malte, dekoriert mit einem prachtvollen Pulpo in einer großen Suppenterrine, die er von seiner Mutter geerbt hatte, und einer strahlenden Heiligen Jungfrau von Fátima, ein Souvenir von einer Pilgerfahrt zu Jugendzeiten. Sie malte auf eine längs gesägte Baumscheibe, die beinahe genauso groß war wie sie selbst.

Es war kein Foto, war nicht perfekt, aber wie immer

sprach die Wahrheit daraus. Nach und nach sah ich Ramón entstehen. Der Alte, eins zu eins, wie ich ihn mir vorstellte, wenn ich an ihn dachte. Das war *wirklich* er, mit seiner Zigarette, seinen schönen, sanften braunen Augen, seinen dünnen, weißen Runzeln, die seine von Sonne und Wind gegerbte Haut rillten, seinem großen lädierten, schwarzen Hut. Mager stand er in seinem weiten Regenmantel da, der die Farbe nasser Erde hatte, stolz auf seinen schwarzen Regenschirm mit dem geschnitzten Griff aus Holz gestützt, den er ständig bei sich trug.

Unter dem Firnis wurde sein Blick lebendig.

Er strahlte vor Freude.

»Ich werde es in mein Schlafzimmer hängen. Es bekommt einen Ehrenplatz. Die alte Edelmira, meine Vermieterin, wird grün vor Neid werden.«

Er umarmte Suiza, zerquetschte sie beinahe, als würde er für immer fortgehen, und wickelte sein Bild vorsichtig in eine alte Decke, nachdem er sich zwanzigmal vergewissert hatte, ob es auch trocken sei. Er trug seinen Schatz in die Kneipe, um ihn stolzgeschwellt jedem zu zeigen. Ich gab vor, ihm bei dem Transport des großen Werks zu helfen, und begleitete ihn, das wollte ich mir nicht entgehen lassen.

Die Kunst- und Literaturkritik war das Ereignis des Tages. Man analysierte die Technik, bewertete Farben und Pose. Man war sich einig, die Darstellung des Pulpo war so realistisch, dass er jeden Moment aus dem Suppentopf kriechen konnte, Ramón jeden Moment zu sprechen anfangen, die Jungfrau in der Kneipe erscheinen konnte.

Man trank auf seine Gesundheit, erhob die Gläser auf das Bild, es hielt mit einer Laudatio Einzug in die Ruhmeshalle. Glücklich, puterrot vor Stolz, glühend wie ein Ziegel im Brennofen versicherte Ramón jedem, der es hören wollte, dass das Bild irgendwann neben *Las Meninas* und *Die Erschießung der Aufständischen* im Prado hängen würde.

Ich schwieg, aber Gott ist mein Zeuge, dass ich stolz wie ein Pfau war, nur das Pfauenrad fehlte.

An einem nebligen Vormittag fragte ich Lope:

»Glaubst du an Gott?«

»Warum fragst du mich danach, Chef? Glaubst du, du musst sterben?«

»Nein, nur so.«

»Es kommt darauf an, ob ich ihn brauche. So stelle ich mir die Frage nicht. Stattdessen frage ich, warum ich ihn brauche. Und du, Chef?«

»Na ja, ich …«

Ich traute mich nicht, ihm zu sagen, dass ich in meiner Lage einem Spinner glauben würde, der mir zuvor eine Gehirnwäsche mit Psalmen verpasst hatte, und ihm in Hippiesandalen und weißer Toga bis ans Ende der Welt folgen würde, um mich schließlich zusammen mit meinen durch Fasten und makrobiotischen Fraß bis auf die Knochen abgemagerten Freunden mit rasierten Schädeln umzubringen. Der Gedanke, dass alles, was mir passierte, auf den guten Willen eines allmächtigen höheren Wesens zurückzuführen war, das über Leben und Tod meiner unbedeutenden Person entschied, tat mir plötzlich unheimlich gut. Vielleicht genügte es also, es freundlich zu stimmen, ihm Honig um den Bart zu schmieren, mich zu bessern und zu geißeln, damit es mich mit einem magischen Finger berührte und in null Komma nichts heilte. Die Krankheit hatte mich ungewohnt naiv werden lassen, das grenzte schon an Dummheit.

Ich wagte nicht, irgendjemandem davon zu erzählen, besonders nicht dem Priester. Durch Bücher, Schule, Studium war ich inzwischen nicht mehr gut auf die Religion zu sprechen. Für mich bedeutete Religion nichts als Obskurantismus, Inquisition, Nährboden für Bruderkriege, Selbstentfremdung und das Mundtotmachen ungebildeter Massen – besonders in Spanien. Meine Ablehnung war sehr früh aufgekeimt, als mich mein Vater während meiner Jugendzeit zwang, mich an seiner Stelle in der Kirche blickenzulassen. Es war so langweilig, dass ich abwechselnd mit dem Schlaf oder Lachkrämpfen kämpfte, denn vorne schwadronierte ein alter, seniler Priester über die Bibel, und ich hatte keinen blassen Schimmer, worum es ging. Ungeduldig wartete ich auf die Stelle, die ich mochte, die Kommunion, die vorübergehend mein lautes Magenknurren besänftigte, war ich doch ohne Frühstück aus dem Haus gegangen, und ich genoss es, so beflügelt wie möglich durch die Seitengänge zu meinem Platz zurückzuschweben. Jetzt, da ich mich wegen meiner Krankheit versuchte, auf Gott einzulassen, hatte ich das Gefühl, die Überzeugungen meiner Jugend zu verleugnen, meinen Intellekt und meine Zurechnungsfähigkeit teilweise aufzugeben, kurz gesagt: zur Kanzelschwalbe zu werden. Von meinem neuen und plötzlichen Glauben hatte ich niemandem erzählt, ich schämte mich, hatte Angst, dass man sich über meine unerwartete Metamorphose zum gläubigen Katholiken lustig machen würde. Auch über diese Scham wunderte ich mich. Im Dorf schrie jeder seine Zugehörigkeit heraus, trug sie demonstrativ zur Schau. Ich hielt mich bedeckt, und nur an der Spitze einiger Nervenzellen kitzelte der Reiz des Gedanken: Ich glaubte, dass ich möglicherweise glaubte. Ich hatte mich selbst verblüfft, als ich Javier, dem Gemeindemitarbeiter, nach zwei Kartenspielen gesagt hatte, vielleicht an Gott zu glauben. Er hatte es gut gemeint, der Dicke. Da er also davon ausging, mit mir auf einer Wellenlänge zu sein, hatte er sich in einer überschwänglichen Rede über Gott, Engel und all den Krempel ausgelassen. Seltsamerweise hatte mich diese Rede, anstatt mich in meinem gut begründeten neuen Bestreben zu bestärken, furchtbar zweifeln lassen.

Sie malte ein Bild für Francesa, eine Überraschung als Dankeschön für den Unterricht. Suiza hatte die alte Frau gefragt, ob sie das Buch über Paris ausleihen könne, angeblich, um es mir zu zeigen.

Sie wollte daraus den Place du Tertre abmalen, denn dort hatte Francesa im Frühling sonntags und an Feiertagen mit Carlos Eis gegessen. Sie wollte ihr »ein bisschen Frankreich in all dem Spanien schenken, ein bisschen Butter in all dem Olivenöl«. Es war nicht leicht, aber sie war zufrieden mit dem Ergebnis. Der Platz aus dem Buch, *made in Suiza*, unter einer Frühlingsbrise, die alles erschauern ließ, und die Rückenansicht zweier Personen, die sich zärtlich küssten.

Als Suiza ihr das Bild schenkte, weinte Francesa wie ein Springbrunnen während der Dürre: wenig Wasser, aber viel Geschnaufe. Milch und Eier wollte sie nicht annehmen, sie wolle nicht mehr bezahlt werden, denn sie brauchte ihre Schülerin Suiza mehr, als Suiza den Spanischunterricht brauchte. Sie spreche genauso gut wie sie, wenn nicht besser, und es sei eine Schande zu glauben, sie wäre dumm. Ich musste erst sauer werden, von wegen spanischer Ehre und Abmachung, mit der Faust auf den Tisch hauen, damit sie meine Mitbringsel schließlich annahm. Danach fragte ich sie kurz entschlossen, ob sie Suizas Trauzeugin sein wolle, daraufhin heulte sie umso heftiger. Ich biss mir auf die Lippe, als ich begriff, dass ich damit noch hätte warten sollen. Das Bild und die Hochzeit, das war zu viel auf einmal.

*

*Ich stellte alle Gnome auf die Fensterbank im Schlafzimmer, ich badete sie und malte sie zuvor neu an. Ich küsste sie, wir mögen uns, sie und ich. Sie beschützen mich. Damit sie nachts in den Wald zurückgehen können, wenn sie wollen, öffne ich ihnen das Fenster. Der, der einen anderen auf dem Rücken hat, heißt Eins, der andere mit seinem schönen Lächeln und seinem dicken Bauch heißt Zwei. »Mein Prinz« hat gesagt, wenn sie nachts in den Wald gehen und nicht mehr da sind, ist es null. Wenn man die Eins neben den anderen stellt, die Zwei, und sie sich bei den Hän-*

*den halten, macht das Zwölf. Wenn einer ohne den anderen weggeht, macht das zehn oder zwanzig. Alle beide haben einen stechenden Blick. »Mein Prinz« hat auch gesagt, dass Eins eigentlich Eineinhalb ist, weil er einen Kleinen auf dem Rücken hat. Das habe ich verstanden. Ein bisschen weiß ich schon über Zahlen. Das darf Tomass aber nicht erfahren, er kann ja keinen Kuchen backen.*

⋆

Für Josefina malte Suiza ein Porträt von Euserbio im Halbprofil, der seine Mutter in den Armen hält. Mit der Kirche im Hintergrund. Euserbio war keine Herausforderung für sie, denn Josefina zeigte ihr immer dasselbe, in seiner Kunststoffhülle perfekt erhaltene Passfoto, das sie verehrte wie eine Reliquie. Meiner Meinung nach kannte sie ihn vor allem aus Josefinas Erzählungen, als hätte sie über ihn in Blindenschrift gelesen.

Um sechs Uhr nachmittags lud sie Josefina zum Kaffee ein. Ich war wegen des Kuchens reingekommen, eines Clafoutis, einer Spezialität aus ihrer Heimat mit Äpfeln, die ich mindestens genauso gern mochte wie die Tarte. Josefina hatte sich gerade hingesetzt, als Suiza, die es kaum erwarten konnte, ihr Gesicht zu sehen, das Geschenk überreichte. Die Alte riss das Papier auf, hielt das Bild in den Händen und schwieg. Ich war noch nervöser als Suiza, wartete besorgt und mit offenem Mund auf ihren Kommentar, ich fürchtete, sie würde sagen, es wäre grottenschlecht. Plötzlich stand sie auf und beteuerte, den Blick nicht von dem Bild lassend, weihevoll:

»Kindchen, ich sage dir morgen Danke, heute ist es einfach zu viel … Ich gehe jetzt mit meinem Euserbio nach Hause, ich glaube, er will mir was sagen.«

Sie ließ uns stehen wie zwei Deppen, ich aß den Kuchen allein, aber er war auch kleiner als sonst.

Blieb nur noch Lope. Er wusste nicht, was er wollte. Hatte keine Idee. Ich erzählte Suiza von Luis Caballero, von dem ich in Madrid einige Zeichnungen gesehen hatte. Damals hatten mich die Bilder schockiert: nackte, ausgestreckte Männerkörper in eindeutigen Posen, aber mit der Zeit wurde mir bewusst, dass das, was mich vor allem schockiert hatte, ein Gefühl der Erregung war, die der Anblick des männlichen Geschlechts in mir ausgelöst hatte. Ich hatte Angst, dass es mir gefiel.

Sie wollte zwei junge Bauern bei der Ernte malen. Der eine lag mit nacktem Oberkörper auf der Seite und drehte dem Betrachter den Rücken zu, während er dem anderen zuhörte, ihm gegenüber auf einen Schober gestützt, sein kurzärmeliges weißes Hemd trug er offen, was den Blick auf seinen unbehaarten, leicht muskulösen Oberkörper freiließ. Ich weiß nicht, wie sie das hinbekommen hatte, noch warum, aber sie strahlten eine elektrisierende Erotik aus, die mich verwirrte. Diese offenbar pastorale, unschuldige Szene strahlte noch etwas anderes aus: die Kraft des Verlangens, der Lust, des Sex. Dieses harmlose Bild mit seinem leicht romantischen Kolorit schrie nur so nach Vereinigung.

Lope lächelte unmerklich. Er wandte sich an Suiza:

*»Madame, c'est merveilleux!«*

Ramón schluckte schwer.

»Hör zu, ich weiß nicht, wenn ich du wär, würde ich das nicht in die Kneipe mitnehmen.«

Da waren wir uns alle einig.

In der darauffolgenden Woche fing ich an, mich um Suizas Papiere zu kümmern.

Wenn ich sie heiraten wollte, musste ich ihre Identität herausfinden. Als »Mein Prinz« mal wieder nach Madrid fahren wollte, hatte ich die Gelegenheit genutzt und ihn gebeten, die ersten Schritte beim Konsulat einzuleiten. Suiza hatte keinen Ausweis, während ihrer Reise hierher hatte sie alles verloren, wir mussten alles neu beantragen.

Eines Tages hatte sie Lope im Vertrauen erzählt, sie sei gar keine Schweizerin, sondern Französin. Dieser große Frankreichliebhaber war schnurstracks zu mir gedackelt und hatte es mir überglücklich erzählt, denn nun hatte er endlich die Erklärung, warum er eine so besondere Zuneigung zu ihr empfand: Für Französinnen hatte er schon immer dieses »Feeling« gehabt.

»Woher weißt du das, wo triffst du denn normalerweise deine Französinnen?«

Das stimmte ihn nachdenklich, und ich fing an zu kichern, es machte mir Spaß, ihn zu triezen. Es stieß mir sauer auf, dass er sich mit Französinnen besser auskennen sollte als ich.

Nachmittags war er wieder zu mir gekommen, um mir Kontra zu geben:

»In den Romanen treffe ich die Französinnen, Chef. Immer derselbe Typ, leidenschaftlich, emotional, was ihnen zum Verhängnis wird. Und ich bin mir ziemlich sicher, dass ich mehr Romane gelesen habe als du.«

Für die Leute im Dorf war sie weiterhin Schweizerin, sie waren es so gewöhnt, außerdem gab es schon eine Französin: Francesa. Wir behielten das Geheimnis für uns.

Abgesehen davon hatte Ramón vor Weihnachten bei Luis für Suiza einen Kalender »made in Switzerland« bestellt, denn er bestand darauf, ihr ein Geschenk zu machen, das sie an ihre Heimat erinnerte.

Natürlich hatte er ihn in der Kneipe und im ganzen Dorf herumgezeigt: der Weinberg von Lavaux im Herbst, Genf und der See, das schneebedeckte Matterhorn. Er hatte seine Geschichte so gut verkauft, dass alle Welt davon überzeugt war, Suiza habe in einem Chalet aus Holz unter dem Cervin gelebt und sei jeden Tag mit der kleinen Gornergratbahn nach Zermatt ins Dorf hinuntergefahren, bevor sie bei uns gelandet war. Dort habe sie sich ausschließlich von Schokolade und Käsefondue ernährt, und in ihrem Garten habe permanent eine große rote Flagge mit einem akkuraten Kreuz im Wind geflattert. Das Märchen wurde weiter ausgeschmückt, und ein paar Tage später war sie eine Nachfahrin der russischen Zaren, inkognito mit der Schweizer Hautevolee geflohen, die in Spanien Zuflucht gefunden hatte, nachdem sie von Präsident Putins ausgebufften Bluthunden aufgestöbert worden war. Diese hätten sie durch die ganze Schweiz, Frankreich und

Spanien verfolgt. Ich ließ es laufen, fühlte mich gebauchpinselt: Ich würde nicht irgendjemanden heiraten.

Ich wusste, dass die Ehe nichts zwischen uns ändern würde, unser Leben würde wie gehabt weiterlaufen. Aber der Priester hatte recht, seitdem die Männer im Dorf meine Absichten kannten, war sie besser angesehen: Die Ehe war wie ein Eigentumstitel, sie war keine obdachlose Streunerin mehr, sie hatte ein Herrchen, und zwar ein ziemlich streitsüchtiges, und Eigentum hatte hier fast göttlichen Wert. Wenn sie jetzt den Alten über den Weg lief, hauchten sie ein respektvolles *Señora* zum Gruß, wobei sie leicht nickten und den Blick senkten, während sie den Hut zogen. Allerdings drehten sie sich wie gehabt trotzdem um, um ihr im Gehen auf den Hintern zu glotzen.

Für die Frauen änderte es nichts. Sie hatten sie schon lange akzeptiert, und das wurde mir erst spät bewusst. Anfangs hatte ich an schlichte Solidarität unter Frauen geglaubt, aber es war etwas anderes. Ich sah klar und deutlich, was ich unbewusst schon immer gespürt hatte: Selbst in gesellschaftlichen oder emotionalen Krisen waren Frauen zäher als Männer. Trotz des Mangels, der Leere, der Einsamkeit hatten sie immer noch etwas Liebe zu geben, als stünde ihnen von Natur aus ein größerer Vorrat zur Verfügung, von Geburt an. Ebenso wie Luis, nur eben von Anfang an, hatte Suiza sie mit ihrer Arglosigkeit, ihrer Art, wie sie sich bedankte, berührt. Ich hatte es an einem Sommertag begriffen, als ich Suiza bei Francesa abholte. Sie hatten früher Schluss gemacht, weil die Französin wegen neuer Rezepte zu Don Confreixo musste. Sie entschloss sich, mir entgegenzuschlendern, anstatt untätig herumzusitzen. Ich sah sie auf dem Weg vor Martas Garten stehen und still und aufmerksam deren Stangenbohnen betrachten. Bevor ich bei ihr war, kam die alte Frau auf sie zu und öffnete ihre hagere, knorrige Hand, um ihr eine Handvoll Saat zu schenken. Weiße, fleischige Bohnen, ungeheuer groß, in einer kleinen, ausgemergelten, rauen Vogelkralle. Suiza hatte sie umarmt und die Bohnen den ganzen Weg lang an ihre Brust gedrückt. Die beiden Frauen hatten kein Wort gewechselt, alles war mit Blicken gesagt worden, Händen. Die Sprache der Frauen, die nichts besitzen außer Liebe. Marta lebte in Armut, und der einzige Stolz ihres schweren Lebens waren ihre Kartoffeln und ihre Bohnen, die sie am Montagmorgen auf dem Markt verkaufte und die man nirgendwo sonst fand. Mehr hatte sie nicht zu geben, und Suiza nahm es als das an, was es war, ein kleiner Schatz der Liebe.

»Mein Prinz« hatte mir eine schöne, sehr poetische Rede mit einem wundervollen Ende auf Französisch vorbereitet, die er mich während der Arbeit einüben ließ, damit ich mich im entscheidenden Moment nicht verhedderte. Ich war für Kirche und Rede bereit, also musste ich mich nur noch entscheiden, wo ich um ihre Hand anhalten wollte: Ich schwankte zwischen einem schicken Restaurant in Lugo, wo das Essen ein Vermögen kostete und die Tischdecke bis auf den Boden reichte, und zwei Tagen in Madrid, so dass wir die Papiere unterzeichnen und über die Gran Vía flanieren könnten. Auch hier hatte »Mein Prinz« einen Rat: besser auf einfache, solide Werte setzen. Er kannte ein gutes Meeresfrüchte-Restaurant in Tapia de Casariego, wo man hinter einer Scheibe, die vor der Gischt schützte und die Sicht auf Meer und Hafen freiließ, die besten und frischesten *Chipirones* der Welt essen konnte. Er hatte mir nahegelegt, ein kleines Boot zu mieten und meinen Antrag mitten auf dem Meer zu machen, aber den Wetterbericht zu verfolgen, um einen Tag mit gutem Wetter auszusuchen, wenn die See ruhig war und blau wie ihre Augen. Zum Dank für seine Idee hatte ich ihm zugestanden, er habe definitiv dieses Feeling für Französinnen und kenne sich mit Frauen viel besser aus als ich. Er wurde rot vor Rührung.

An diesem Morgen war es noch nicht Frühling, aber es lag etwas im Wind, das nach Leben roch. In der Morgensonne verkündeten die Vögel die große Neuigkeit. Ihr ohrenbetäubendes Konzert in den Eukalyptusbäumen am Waldrand weckte uns bei Morgengrauen, lange vor dem Melken.

Nach dem Kaffee standen Lope und Ramón stramm, wir machten Holz. Ich hatte einen neuen roten Traktor gekauft, und sie schlugen sich darum, ihn zu fahren, aber ich war der Chef. Es wurde langsam Zeit, dass sie das zu spüren bekamen. Seit einiger Zeit verbündeten sich die beiden gegen mich, um Privilegien weit über ihre Stellung als Landarbeiter hinaus zu genießen, und ich war ziemlich nachgiebig. Ich hatte das Gefühl, dass ich auch in dieser Hinsicht die Zügel schleifen ließ.

Suiza war seit einigen Tagen angeschlagen, ich fand, sie war noch blasser als sonst, falls das überhaupt möglich war. Fast durchsichtig. Kurz war mir durch den Kopf geschossen, dass Krebs ansteckend sein könnte.

Ich hatte seit einer Woche Rückenschmerzen, und sogar auf dem bequemen Sitz des neuen Traktors stach es ordentlich. Manchmal musste ich absteigen, mich strecken, damit der Schmerz nachließ. Deshalb schlug ich vor, dass Ramón oder Lope übernehmen sollten, Alt und Jung freuten sich wie die Kinder. Sie hätten mich mit der Schaufel ausgeknockt, um den neuen Traktor endlich selbst fahren zu können.

»Jungs, ich gehe kurz rein und nehme eine Aspirin, ich hab Rückenschmerzen, muss mir einen Muskel gezerrt haben.«

»Vielleicht solltest du zu Don Confreixo gehen, Junge, entschuldige, wenn ich so direkt bin, aber du siehst wirklich beschissen aus heute.«

»Mach ich. Ich muss sowieso wegen der CT-Ergebnisse von gestern zu ihm. Du machst mit Lope weiter. Wenn du willst, frage ich Alberto, ob er für mich einspringen kann.«

»Es geht schon, Chef, mit dem Jungen ist das ein Klacks. Mach dir keine Sorgen. Leg dich ein bisschen hin.«

Neuerdings schaute er mich sichtbar sorgenvoll an, sank leicht in sich zusammen, wenn er mit mir sprach, drehte das Gesicht weg, als könnte ich vor seiner Nase explodieren und er die Fetzen abbekommen. Das war ziemlich beängstigend, ich fragte mich, ob seine Befürchtung vielleicht begründet war. Ich ließ sie untereinander austragen, wer den Anfang machen durfte, und stieg unglaublich vorsichtig in den Seat, der alte, kaputte Sitz war ein richtiges Folterinstrument.

Auf dem Heimweg rief Don Confreixo wegen der Ergebnisse an, er wollte mich sofort sehen.

Er nahm mich zwischen zwei Terminen dran. An seinem Gesicht, nur an seinem Gesicht, sah ich, dass ich erledigt war.

Metastasen an den Wirbeln C7 und D1, plus eine winzige an der Nebenniere. Der Onkologe schlug eine leichte lokale Bestrahlung vor, um die Schmerzen zu lindern, und Hochdosis-Chemotherapie, damit ich schneller starb.

Ich schaute Don Confreixo direkt in die Augen und sagte nein. Nein zu allem, zu den Therapien, der Fahrerei ins Krankenhaus, den Arztterminen. Ich wollte nur nicht leiden, aber dafür hatte ich schon eine Idee.

Ich ging zu Fuß nach Hause, ich brauchte frische Luft. Mein einziges Problem war Suiza. Ich konnte jetzt keinen Rückzieher mehr machen, ich musste eine Lösung finden.

*Heute Morgen hab ich schon wieder gekotzt. Ich bin schwanger. Ich bin vielleicht dumm, aber das weiß ich. Ich stelle mir das Baby vor. Oh! Wenn ich dran denke, sind zwei Suizas in mir. Die erste lacht und ist froh. Nicht so glücklich, dass du's rausschreien willst, so überglücklich, sondern da spielt nur eine kleine, ruhige Musik in meinem Kopf. Ich bin froh, tralala, ich bin froh. Du lächelst die ganze Zeit, du bist mit deinem Leben auf einmal auf einer Wolke, wie wenn du in der Sonne ein Glas süßen Weißweins vor dem Essen getrunken hast. Aber da ist auch die zweite Suiza, die, die Angst hat. Eine große böse Angst, die dich mit einem Mal packt, dass du dir in die Hose machen oder weglaufen musst, so schnell du kannst, mit aufgestellten Nackenhaaren und Gänsehaut.*

*Angst, dass sie mir mein Baby wegnehmen. Ich erinnere mich gut, was die Mädchen im Heim gesagt hatten, besonders die von oben, Priscilla und Morgane: »Mädchen wie wir dürfen keine Babys kriegen, auch wenn sie wollen. Wenn du weißt, dass du schwanger bist, wartest du, bis du fühlst, wie es sich bewegt, bis du es sagst, weil dann bist du sicher, dass sie dich nicht irremachen und ins Krankenhaus bringen, damit du es dir wegmachen lässt, weil du es nicht schaffen kannst, kein Geld hast und keine Familie, keine ›Krippe‹.« – »Was ist eine ›Krippe‹?«, fragte ich. – »Weiß nicht, du hast jedenfalls keine, das kannst du mir glauben.*

*Hier kannst du außerdem nicht bleiben, das ist nichts für Babys. Wenn sie's dir nicht sofort wegmachen können, weil es schon zu groß ist, schicken sie dich in ein anderes Heim nach Besançon. Da steht zwar nicht Gefängnis auf der Tür, aber das ist quasi dasselbe. Um da reinzukommen, musst du auch noch in ein Dings-Programm. Aber um das Programm brauchst du dich nicht kümmern, die Sozialarbeiterin sagt dir, was du sagen musst, die kennt alle richtigen Antworten. Vor allem musst du sagen, dass du die Schwangerschaft bejahst.« – »Aber was heißt bejahst?« – »Keine Ahnung, aber so was wie du kommst zurecht. Du überlegst dir schnell einen Namen und kaufst ein paar Kleider, das mögen die Sozialarbeiterinnen. Und du fragst nach der Hebamme. Sie ist nett, sie will immer, dass du das Baby behältst, sie hat keine Angst, dass du es nicht schaffst. Du sagst ihr einfach, dass du nicht mehr rauchst und kein Bier mehr trinkst, dass du lernen willst, wie man das mit der Geburt macht: Das gefällt denen. Gut, der Unterricht ist Mist, du sitzt da mit Frauen, die nur von ihren Problemen reden, ihr ganzes Leben breittreten, und am Ende macht man komische Sachen, um sich zu entspannen und ›den Wehenschmerz wegzuatmen‹, aber das klappt nicht, Vanessa hat gesagt, wenn du das Kind kriegst, fühlt es sich trotzdem so an, als hättest du einen Affenbrotbaum im Arsch.*

*Wenn das Baby dann da ist, versuchen sie immer noch, es dir wegzunehmen, aber das geht jetzt nicht mehr so einfach, du musst echt total Scheiße bauen, damit sie es dir wegnehmen, vielleicht so was wie es vergessen, wenn du im Club abends die Sau rauslässt, weil dir die dreckigen Windeln bis hier stehen. Es gibt ein paar*

*Sätze, die du sagen musst, wenn du zeigen willst, dass du eine gute Mutter bist, wie die es sich vorstellen. Frag Coralie, die hat sie in ein Heft geschrieben, damit sie sie auswendig lernen kann. Aber denk dran: Wenn du schwanger bist, sagst du es nicht, erst, wenn es wirklich nicht mehr anders geht …«*

*Mein Baby bewegt sich doll, jetzt kann ich es sagen, sie können es mir nicht wegnehmen, und Tomass lässt sie nicht, da bin ich sicher. Er behält alles, sogar mich. Wenn Malenzeit ist, muss ich zum Doktor, mit dem Geld aus der Cinderelladose. Jetzt kann ich ganz allein zum Doktor gehen, keiner muss mitkommen. Das Problem ist nur, dass man einen Termin machen muss, und ich weiß nicht, wie. Vielleicht kann ich »Meinen Prinzen« fragen? Nein, das geht nicht, Babys sind Frauensache. Gut, macht nichts, gehe ich eben hin und setze mich ins Wartezimmer, dann sehen wir weiter.*

*Don Confreixo ist nett, er wusste direkt Bescheid. Weil das Baby schon groß ist, hat er gesagt. Er musste mir Blut abnehmen, einen Ultraschall machen, und ich soll noch dreimal wiederkommen und dann im Krankenhaus von Lugo das Kind kriegen. Das Baby wird ein Erdbeerbaby, ein gesundes Frühlingskind. Ich soll es UNBEDINGT Tomass sagen, er wüsste, was zu tun wäre. Ich muss es UNBEDINGT sagen, weil Tomass das im Moment braucht, ihm geht es nicht so gut, er braucht Medizin, und er will sie nicht nehmen. Vielleicht würde er mit dem Erdbeerbaby es doch wollen. Don Confreixo freute sich wirklich für Tomass.*

*Ich musste ihn fragen. Ich wartete, bis ich an der Tür war, und dachte, wenn er ja sagt, renne ich einfach weg:*

»Wird man mir das Baby wegnehmen, weil ich es nicht kann?«

*Er schaute mich mit Papas Augen an und sagte: »Aber was redest du denn da für einen Unsinn, mein armes Mädchen, wo hast du denn so was aufgeschnappt, setzt deine Mutter dir solche Flausen in den Kopf?« Und dann waren es plötzlich Mamans Augen: »Aber nein, Mäuschen, mach dir keine Sorgen, ich weiß, dass du es schaffst, du musst dir nur ein bisschen Mühe geben.« Er lächelte und sagte mit seinen richtigen Augen: »Wenn man ein Diplom bräuchte, um Kinder großzuziehen, könnten Tiere keine Kinder machen, und sie kriegen es, wenn man genau hinschaut, eigentlich viel besser hin als wir Menschen.« »Glaub mir«, sagte er noch, »ich weiß, dass du eine gute Mutter sein wirst, und außerdem hilft dir Tomass. Versuch aber, es ihm so schnell wie möglich zu sagen. Sag es ihm bald.«*

*Als ich rauskam, regnete es. Überall. Um meinen Regenschirm herum rauschten die Niagarafälle. Ich wollte ohne gehen, damit das Wasser mein Gesicht wusch, aber ich hatte Angst, dass das Baby sich erkälten könnte. Ich hielt ihn nur ein bisschen weg, damit die Tropfen mich küssten. Nur drei Minuten, drei kannte ich, drei war der Liebesgnom. Ich fragte laut:*

»Magst du Regen, Baby?«

*Natürlich, Kartoffelkopf. Es war galicisch, den Regen und das Meer liebte es jetzt schon.*

*Mein Problem war, es Tomass zu sagen. Ich wollte, dass es*

*ein hübsches Gedicht war, oder eben das Filmende. In Cindys amerikanischen Serien gab es ein Mädchen, Kimberley, das ins Zimmer stürmte wie ein Tornado und Brandon zuflüsterte: »Ich muss dir was sagen, ich war heute beim Frauenarzt, ich kriege dein Kind, das ist der schönste Tag meines Lebens.« Brandon schmolz dahin, nahm sie in die Arme, und man sah genau, dass das auch für ihn der schönste Tag seines Lebens war. Ich musste mir was Besseres ausdenken als: »Das ist wunderbar, mein Liebster, du wirst Vater.« Großmutter Yvettes Braten in der Röhre? Mir fiel nichts ein, ich wusste nicht, wie man wichtige Sachen sagt.*

*Als ich nach Hause kam, fiel es mir ein. Mit einem Bild. Durch das Malen verstand er mich besser, und ich konnte Sachen besser sagen, ohne reden zu müssen.*

Schon seit zwei Tagen schob ich es auf die lange Bank, zerbrach mir den Kopf darüber, wie ich das Problem lösen sollte. Ich hatte meiner Trägheit nachgegeben, saß in meinem Sessel und drehte mir eine Zigarette. Mit dem Holz war ich noch nicht fertig, wegen dieses verdammten neuen Traktors, der einen ganzen Tag ausgefallen war, hinkte ich hinterher. Das war mir alles egal, ich wusste, dass ich nicht mal mehr den Frühling erleben würde, nicht sehen würde, wie die Samen aufgingen. Ramón und Lope machten mit den alten Traktoren ohne mich weiter.

Aus Gewohnheit schaute ich zu dem Bild auf. Ich sah, dass sich etwas verändert hatte: Ich sah das Baby.

Ich legte Tabak und Papier auf den Tisch, stand langsam auf und näherte mich von der Seite. Ein schwarzes, zappeliges Würmchen, fast wie ein Skorpion. Ich hatte nicht den Mut, mich direkt davorzustellen, ich wollte, dass ich falschlag. Aber da war es, in Suizas Armen. Mit der Haut seines Vaters und den Augen seiner Mutter. Es sah friedlich und vergnügt aus, ein vertrauensvolles Lächeln erhellte sein Gesicht. Es war ein Säugling, wie ich mir als Jugendlicher ein Baby vorgestellt hatte. Eine perfekte Mischung aus hell und dunkel, Stärke und Schwäche.

Dann fing ich an zu heulen wie ein Blöder.

Dieser Koloss, Fleisch und Blut, dieser bullige Klotz, fing an zu weinen wie ein Kind, leise anfangs, dann lauter, laute Schluchzer. Ich heulte Rotz und Wasser, und seltsame Dinge gingen mir durch den Kopf, ich bedauerte, dieses Baby nicht in meinem Bauch zu haben, ich dachte an meinen Vater, meine Mutter, die es nicht mehr sehen würden, an alle Menschen wie mich, meinen bevorstehenden Tod, an den Moment, wenn ich endlich würde glücklich sein können.

Sie ließ mich nicht lange allein. Sie drückte sich an mich, um dem Gewitter zu lauschen, das meine Brust schüttelte. Ihre Wärme beruhigte mich ein wenig, ich war nicht mehr allein in meinem Gefühlschaos. Sie dachte wohl, ich wäre glücklich, würde vor Freude weinen, und ich konnte ihr nicht sagen, dass es aus Wut war. Ich nahm ihr Gesicht in meine Hände, verschmierte es mit meinen Tränen und flüsterte, als ich sie fest im Arm hielt:

»Ich liebe dich, mon amour.«

Ich musste den Bilderbuchvater mimen, Theater spielen, so tun, als schmetterten die Posaunen von Jericho, um die frohe Botschaft zu verkünden. Ich konnte ihr die Freude nicht verderben, nicht jetzt. Ich musste ihr noch etwas Zeit geben. Ich hielt sie, hatte Angst, man würde sie mir schon jetzt nehmen, ihr weh tun. Ich sagte den üblichen Quatsch:

»Ich will nicht, dass du dich weiter um die Truthähne kümmerst, sie sind zu aggressiv, sie könnten dich verletzen. Ich will auch nicht, dass du die Einkäufe von Luis nach

Hause trägst, sie sind zu schwer für das Baby, lass sie dort stehen, und ich gehe sie abends abholen. Du darfst auch nicht mehr mit dem Rad fahren, du könntest stürzen. Bestimmt musst du jetzt Siesta halten und dich ausruhen. Ich frage Don Confreixo, was wir machen müssen. Hast du auf irgendwas Lust? Du musst besser frühstücken, Orangensaft trinken, und weniger Kaffee trinken.«

Da ich sehr schnell sprach, war ich nicht sicher, ob sie alles verstand, aber ich ging davon aus. Ich war liebevoll, während die Panik mein Herz zusammenschnürte. Da war das konfuse Bewusstsein, dass ich sie noch mehr beschützen musste, aber dass das unmöglich war. Das Baby würde geboren werden, und ich würde sterben.

Den ganzen Nachmittag drehte ich mich im Kreis. Ich wusste genau, dass all das unmöglich war. Dieses Kind, der Vater tot und die Mutter unfähig. Um mich herum nur Alte. Keine Vertrauensperson, der ich beide aufs Auge drücken konnte, die den Betrieb leiten, die Bankkonten führen konnte. Sie arbeitete fröhlich und fleißig, als ob nichts gewesen wäre. Putzte die Fenster und summte vor sich hin. Am liebsten hätte ich gesagt: Lass das doch, komm, wir fahren ans Meer, aber die Schmerzen und die Müdigkeit fesselten mich schlapp und flau an meinen Sessel. Was hätte ich tun können?

Am Abend holte ich das Gewehr meines Vaters vom Dachboden. Ich gab vor, ich müsse die Abrechnungen machen, damit sie allein ins Bett ging, ich drückte sie lange an mich, auf meinem Schoß, um sie ein letztes Mal zu berühren, zu streicheln. Nicht zu viel, sie durfte nichts merken, denn sie hatte manchmal den sechsten Sinn wie eine Hellseherin. Sie konnte mich lesen, wusste, wann ich Angst hatte, vielleicht verriet mich die Distanz, die ich dann zwischen uns schuf, ohne mir dessen eigentlich bewusst zu sein. Oft schmiegte sie sich besorgt an mich und fragte: »Liebst du mich noch?« Dann wusste ich, dass etwas nicht stimmte. Jetzt hatte sie nicht gefragt, ich war schweigsam und sanft genug, so dass sie ins Schlafzimmer ging und sich schlafen legte, nach einem letzten Kuss.

Ich rauchte eine letzte Zigarette in der klaren galicischen Nacht. Der friedliche Wald umfing mich mit seinem Duft. Die Stille wog schwer wie vor einem Gewitter, obwohl der Himmel wolkenlos war. Ich wusste, das Unwetter tobte in meinem Innern, und die Unruhe grollte nur in meinem Herzen. Ohne die Lunge konnte es kräftig und laut schlagen. Es gab ein Echo.

Ich hatte Lope gebeten, morgen früh für mich zu melken, ich wusste, er würde als Erster kommen, er war robuster als der Alte.

In meinem Todeswunsch hatte ich innerhalb weniger Minuten alles bis ins kleinste Detail geplant. Ich würde langsam ins Schlafzimmer hinaufgehen und sie ein letztes Mal anschauen. Sie würde ruhig auf der Seite schlafen, den Mund wie immer leicht geöffnet. Sie würde mir ihre Schläfe darbieten, ich bräuchte nur abzudrücken. Ich würde ein paar Sekunden zögern. Nicht lange. Ich würde den Abzug drücken. Mit der Entladung würde sie sich leicht bewegen, als wachte sie auf, dann würde sie auf das Kissen zurückfallen. Auf ihrer Schläfe wäre ein sauberes kleines Loch. Auf der Unterseite wäre es vermutlich hässlicher, ich würde es mir nicht anschauen. Ich dürfte sie nicht mehr anfassen. Sie würde schön sein, ihre großen blauen Augen geöffnet. Sie hätte keine Zeit zu bemerken, dass sie tot war. Das Kind wäre auch überrascht, nichts mehr zu hören, dass da plötzlich nichts mehr wäre, aber sein eigener Tod wäre langsamer und ruhiger. Es würde allmählich einschlafen.

Ich hätte keine Schuldgefühle, da wäre nur eine unendliche Traurigkeit.

Dann würde ich den Lauf in meinen Mund stecken und diesmal nicht eine einzige Sekunde zögern.